通識教育叢書·通識課程叢刊

經典傳播與藝文日用

——實用中文寫作集林

姚彥淇　主編

張序

　　傳世經典，是文化不朽的載體，必須盡心流通，致力傳播；文學藝術，攸關人文素養，應該投入闡發，推廣利用。而語文表達能力，是經典、傳播的媒介，人際網絡的桶箍，認知、說服的利器，更上層樓的階梯，值得用心講究。秦漢儒家主張以經術治國，北宋胡瑗講究明體達用，清初顧炎武、黃宗羲、王夫之標榜經世致用，十七世紀後的朝鮮提倡實學，亦追求經國濟民。可見，利用厚生，是古今中外治學創業的不二指針。

　　文學、史學、哲學，展示感動，刻畫人性，體現胸襟；繪畫、書道、音樂、語言，凸顯創新巧藝、開拓思維；宗教、藝術，撫慰心靈，指出向上一路。Nokia 的廣告詞：「科技源於人性」，我則云：「創意來自人文」。「態度決定高度，格局決定結局」，是成功的方程式，亦企管界之常言。然而，態度固然決定高度，卻是人文素養形塑了態度。格局固然決定結局，但創意發想左右了格局。總之，是人文素養影響了態度，決定了高度；是創意發想左右了格局，決定了結局。

　　文史哲學界講授經典，一味以薪傳文化為至高無上的責任，而不去思考文化還有哪些可愛或可貴的附加價值。理想的語文教育，乃思維重新定位的一種訓練，而不是記誦文獻的無聊活動；文史哲教學如是，未免「拙於用大」。文史哲學者志向或空疏，或遠大，或因循苟且，得過且過，或只為了稻粱之謀，不知借力使力，不知規劃最終用途，不知連結市場需求，不知因應時勢顛覆變革，不知翻轉舊有重新定位，不圖生新創發，開拓超勝。猶如《莊子・列禦寇》所載：「朱

泙漫學得屠龍之技，卻無龍可屠一般。」滿腹經綸，卻無用文之地，猶學得屠龍之技，卻無所用其巧一樣。有人以坐在鑽石堆中的乞丐自嘲，比況十分形象。

人文學院的教師，有一個普遍的不足，就是「拙於用大」。如同《莊子・逍遙遊》所記載：「宋人有善為不龜手之藥者，世世以洴澼絖為事。客聞之，請買其方百金。聚族而謀曰：『我世世為洴澼絖，不過數金；今一朝而鬻技百金，請與之。』客得之，以說吳王。越有難，吳王使之將。冬，與越人水戰，大敗越人，裂地而封之。」擁有不龜手之藥的宋人，代代守著洴澼絖，世傳家業，不疑有他，所謂「拙於用大」者。迨客買其方，經由翻轉移換，重新定位，作為戰略物資。由於此藥「能不龜手」，用於冬天作戰，吳遂大敗越人。不龜手之藥，是一樣的，宋人世世不免於洴澼絖，客善於借用連結，於是為將、裂地、封侯。物質不變，移換為大用、效益遂天差地別。人文學者觀此，能不深思？

文史哲學院的資產，好比擁有不龜手之藥，卻又世世代代「不免於洴澼絖」。又好像朱泙漫傾其所有，學得屠龍之技，卻又無龍可屠。前者問題，出在「拙於用大」，故步自封，不知創發與開拓；後者問題，昧於市場需求，又未能借用與連結，設法重新定位。這固然和大學的課程設計陳陳相因，未能與時俱進有關。另外，教師編著之教材，內容是否與時俱進、富於人文素養？當下之施教方法，是否啟迪創意發想，落實學用合一？宋蘇軾〈稼說〉稱：「博觀而約取，厚積而薄發」，移以期許教師，又談何容易？

二〇一四年至二〇一七年，成功大學申請與執行教育部五年五百億頂尖大學計畫。我忝任文學院院長，全力配合執行與推動，不在話下。每週三下午，校長主持召開主管會報。當時，成大有文學院、理學院、工學院、電機資訊學院、規劃與設計學院、管理學院、醫學

院、社會科學學院。這八個學院，具體而微，相當於臺灣整個學術生態的縮影。高強校長要求每位院長，報告各學院一週來的業績與表現。通常醫學、工學、電資、規設、管理五個學院，學科實用，攸關國計民生，故成果亮麗輝煌，值得稱道者多。於是，逐漸體會到以下的事實：二十一世紀的社會注重功利，學術市場以實用為導向。這是時勢所趨，不得不然。猶蘇軾〈遷居臨皋亭〉詩所云：「我生天地間，一蟻寄大磨。」個人或學科，身處如此這般的學術環境，猶如「一蟻寄大磨」，抗衡既無效且無謂，何不聖協時中，與時俱進？

有鑑於此，於是執行計劃，提倡「實用」中文的教學與寫作，成為最初的覺悟。國中高中已有六年的語文基礎，大一國文的教學，應百尺竿頭更進一步，注重學用合一，嫻熟民生日用之需求，偏重實用之寫作。為落實理念，乃向教育部發展國際一流大學及頂尖研究中心，提出研發與製作教材之計畫，理念獲學界友朋認同，同心協力完成，出版《實用中文講義》（三民書局，上下）。〈自序〉以「語文教學，應當兼顧實用化、生活化和現代化」為標題，望文生義，則教學改革之內容可知。之後，又持續申請及執行計劃，先後出版《實用中文寫作學》（1～6）、《中文實用寫作二十講》等論文集，作為教材推廣。提供科技大學及一般大學通識教育之教材，期待有體、有用、有文，能改善當下通識學分銳減之教學困境。同時，又發表〈與時俱進與經典轉化──人文經典之實用化、創意化、數位化與現代化〉、〈人文學門課程的實用性與創意化〉等論文，宣示理念，作為鼓吹，讀者不妨參看。

長久以來，人文學院篤守有體有文之經典，在既定的文化圈內，講究文獻的解讀、闡發、賞析，孤芳自賞，其樂無窮。至於如何借用熱門市場，聯結人文經典，進行交叉研究，以發揮更大的傳播效益，則匪我思存。如此一來，他人無從知己，自己亦無緣知曉他人。為突

破此一困境，應管理學院吳萬益院長之邀，前往企業管理研究所 EMBA
班開課，兩次組隊教授「傳統文化與經營管理」，針對兵謀、儒學、老
莊・佛禪、《周易》與企業管理，作若干提示與開講。稍後，合著出版
《傳統文化與經營管理研究論文集》。疫情三年來，未出遠門，接受委
託，擔任《續纂群書治要》主編。以魏徵《群書治要》標榜之「治要」
為準則，參考現當代經營管理之學理，覆按唐宋九部史書之精華，兩
相會通融合，凸出「治要今詮」，作為一篇之警策。一旦出版，可提供
華人管理學文獻之佐證。孔子云：「不患人之不己知，求為可知也。」
如此作為，「求為可知」顯然。

想當年，五個熱門學院院長報告時，其意興風發，至今難以忘
懷。幾番下來，沮喪之餘，不禁思索再三：世界各名校，大多普遍設
立人文學院。廢除人文學院，有無關係？它的成立，究竟有何意義？
有何價值？人文學院的學術底蘊，到底有無秘密武器，足以與電、
工、醫，管等學院相匹敵？折騰年餘，思索再三，終於發現：創意，
是任何學門、任何科系，任何職業、任何階層，所不可或缺的思維利
器。蘋果電腦創辦人賈伯斯（Steve Jobs），以創意崛起於手機界。二
〇一一年十月辭世時，當今臺灣首富林百里曾說：「超恨臺大電機
系，沒有教我們創意。」有創意，就成了領導者、先行者。否則，即
是追隨者、落伍者。這些道理，並不難懂！尤其在文學、繪畫、音樂
作品、工藝、美術、設計方面，無論創作或理論，都以新變創造，自
成一家，作為無上追求。陳植鍔著《北宋文化史述論》，以為宋學富
於創造、開拓、實用、兼容之精神。持此考察宋型文化所體現之經、
史、子、集傳世文獻，亦大體相合。本人鑽研宋代文學三十餘年，可
以印證這個命題。

二〇一九年十月，復旦大學主辦第十一屆「宋代文學國際研討
會」。我受邀於大會發言。劈頭就說：「研究宋代文學，可以使人聰

明！」贏得很多掌聲。就詩歌而言，唐詩大家如林，名篇佳作如雲。宋人生唐後，富於超勝的意識，又有自成一家的追求，凡所作詩，多以唐詩作為對照，視為挑戰，企圖超勝：宋詩大家名家所作，或未經人道，或因難見巧，或絕去谿徑、或破體出位，體材廣而命意新，故能於唐詩繁榮昌盛之後，平分詩國秋色，形成「詩分唐宋」的文學奇葩。因此，為了創意研究的落實，我就從宋代文體學、詩、詞、文、賦，以及宋詩話、元戲曲著手研究。前後發表：〈破體與創造性思維——宋代文體學之新詮釋〉、〈創造性思維與文學創新——以宋詩之組合思維、開放思維、獨創思維為例〉、〈宋詩與創意思維——以求異思維、反常思維為例〉、〈評《詩人玉屑》述詩家造語——以創意之詩思為核心〉、〈《詩人玉屑》「創意造語」說述評——以不犯正位之詩思為例〉、〈王昭君和親故事與宋詩之創造思維〉、〈《漢宮秋》本事之變異與創新——從唐宋詩到元雜劇的演化〉、〈清代王昭君題詠之轉化與創新——以和親是非之主題為例〉、〈蘇軾〈赤壁賦〉之創意詮釋〉、〈蘇東坡文學與創意造語、新變代雄〉。甚至，研究《春秋》宋學，如〈北宋《春秋》學之創造性詮釋——從章句訓詁到義理闡發〉；講述學術論文寫作，如〈研究方法與學術創新〉、〈研究選題與學術之獨到創新〉、〈多元開拓與選題創新〉，亦標榜創新作為指標。探討現代散文家之殊勝，亦不離創意思維之規準，如〈陳之藩散文與創造性思維——以獨創思維、組合思維、類比思維為例〉。宣示理念，作為鼓吹，有如此者。最近，又指導一位博士生，完成《余光中散文的創意研究》論文。在在證明，傑出的詩人，傳世的作品，多富於創造性思維。創意，猶開礦，不穿之鑿之，則寶不出。

　　文學的類別，十分豐富，藝術的門類，也十分多元。創造性思維，導致獨到創獲，提煉其中之創意，必須運用學科整合，交叉研究，始能有成。本人已出版《創意造語與宋詩特色》、《宋詩特色之發

想與建構》、《論文選題與研究創新》三本有關創造性思維之學術專著。又集思廣益，執行創意研發之計畫，主編：《典範與創意學術研討會論文集》，《人文與創意學術研討會論文集》，《文學藝術與創意研發研究論文集》（三編），《文學藝術與創意研發研究論文集》（四編）四本論文集粹。希望拋甎引玉，後出轉精。期待相關論著既多，蔚為研發人文創意之風潮，從而提煉其中創意之理論，轉化為經營管理、規劃設計之參考。甚至可作為引領起心動念之指針，左右言談舉止之推力。

當年一股熱忱與傻勁，曾獲得不少老師與年青學生之認同，姚彥淇老師是其中之一。二〇〇九年二月，我受聘香港中文大學中文系，擔任訪問教授。之前，在成大中文所開授「史傳文學與《春秋》書法」課程，彥淇為少數選修者之一。就是這次結緣，開啟日後無限意外與可能。在我退休，又遠赴香港講學三年之後，當下料想：「實用中文寫作學」，從此將偃旗息鼓，走入歷史。令人意外驚喜的是：彥淇熱忱接棒，投入心力，發揚光大，擴大規模。如今，「實用中文寫作教學工作坊」，已持續主辦十九屆，前後近十年，儼然成為臺北護理健康大學通識教育中心的重點和亮點計劃，真是可喜可賀。這個使命很偉大，也很沉重。彥淇一肩挑起，捨己為群，最為勞苦功高，才有今日的成果。

近日，彥淇來信說：為了語文的表達、賞析、傳播、創作、運用，以及推廣，一群志同道合的老師們，為落實語文教學之實用化、創意化、數位化、生活化與現代化，分別撰寫議題，各自表述所得。計口語表達，四篇；經典賞析，五篇；知識傳播，五篇；藝文創作，五篇；職場日用，六篇；推廣紀實，六篇。凡三十一篇，將集結成書，以饗同好。統攝其內容旨趣，大抵不離實用中文寫作之範疇，姑以《經典傳播與藝文日用》名其書。《禮記·學記》稱：「善歌者，使

人繼其聲；善教者，使人繼其志。」由此可見，實用中文寫作之推廣，後繼有人，繼志述事者不少。書出有日，欣慰之餘，乃現身說法，略敘原委如上。是為序。

國立成功大學名譽教授　張高評序
二〇二三年八月十六日

編序

　　所謂「實用中文寫作」顧名思義就是聚焦於實用型文類的中文寫作活動，但從廣義來看，只要是為滿足特定需求或特殊情境的寫作形式皆可屬之。談到實用型文類很多人會直接聯想到在各級校園裡歷史悠久的應用文課程，過去此類課程的主題多著眼於職場或生活中較常接觸的公文、書信等，或是像對聯、題辭等交際應酬文體。但隨著社會形態的多元發展以及傳媒形式的日新月異，實用型文類的名目品項隨著時代潮流推陳出新，幾乎每隔一段時間就會有新主題誕生面世。不管是長期習慣稱呼的應用文還是本書所定名的實用中文，其發展樣貌早已超出了傳統矩範。本人與實用中文寫作的結緣最早起於博班時期，數次參加由張高評教授及其團隊所舉辦以實用中文寫作為主題的研習活動。參加研習活動的最大收穫除了瞭解張教授「務實致用」的核心理念，也深切認同張教授對學界語重心長、苦口婆心的建議－就是大學的國語文教育必須創意融入實用中文寫作的成份，如此方能在通識教育裡繼續佔有一席之地（特別是大一國文課）。因此本人在進入北護大服務後就著手進行相關籌劃工作，希望能將實用中文寫作的理念在科技大學的課程裡做推廣。最初步成果是本人與東吳大學林盈翔教授於一〇二年十一月二十二日在本校的城區部（西門町內江街）首次舉辦了實用中文寫作教師培訓工作坊，該次活動不但獲得張教授的戮力支持，也引發不少關注和回響。其後本人固定每學期舉辦一次以實用中文寫作為主題的工作坊，有時是在本校舉辦，有時是跨校合辦，冀盼能將此理念推廣到各高中職及大專院校。不知不覺中工作坊

的舉辦次數已屆滿十九，而持續時間也即將邁入完整的十年。原本工作坊的初衷僅是推廣理念和分享經驗，但隨著舉辦屆次的拉長，本工作坊也慢慢轉型成為大專校院擁有相同理念教師的交流互動平台。更令人振奮的是這幾年來有越來越多高中職教師也來參與工作坊，本人深切期待實用中文寫作的理念能與素養教育做有機結合，在高中職校園裡向下紮根。

雖然每次工作坊皆氣氛熱鬧、回響踴躍，但對於無法到場聆聽分享、交流經驗的同好們來說總是有缺憾，另外每位講者飛揚俊逸的神采和精彩絕倫的內容也僅限現場來賓領會，未免令人覺得可惜。因此本人於去年邀請了多位曾經擔任工作坊講者的專家先進，由他們自定題目撰寫發揮實用中文寫作理念的教案設計與經驗分享文章，並承蒙萬卷樓出版社梁總經理和張總編輯的鼎力協助，讓諸位專家的佳構以特輯的形式分期在《國文天地》雜誌做發表。希冀透過刊物的廣泛傳播，讓更多的國語文教學者及莘莘學子能瞭解實用中文寫作目前的實踐成果，並在此成果之上激發出更多的教學創新。又恰巧近日因緣具足，為讓諸位專家的心血結晶為能進一步藏之名山傳之其人，並盡可能創造出更大外延效益，因此敦請萬卷樓出版社將文章集結成本書，盼能讓有志在此道路上共同的奮鬥的教學工作者，可以有一個直捷精要的參考對象。本書將專家們的文章分為六大主題，分別是「口語表達」、「經典賞析」、「知識傳播」、「藝文創作」、「職場日用」和「推廣紀實」，每一個主題皆緊扣時下熱門教學議題及教學現場需求。建議教學者可以酌參本書專家所提供的教材案例，設計出擁有自身特色的教學內容及模式。

本人在此先為讀者們簡介這個六個主題的主旨精華，首先是「口語表達」。教育部於一○七年公布十二年基本教育課程綱，國語文課程的目標之一是「分享經驗、溝通意見，建立良好人際關係，有效處

理人生課題」。因此,透過雙向互動與靈活彈性的教學設計,訓練學子具有適切合宜條達暢明的口語表達能力,就是下階段國語文教育的新任務。除「口語表達」之外「經典賞析」一直是國語文教育的重要內容,過往的教學重點多放在累積文化知識和培養閱讀能力之上,但是在新潮流和新科技的引領之下,未來的經典教學將朝體用合一的方向做改革轉型。本書的「經典賞析」主題就是向讀者們示範,如何將經典的文化底蘊透過教師的創意教學方法,重新向網路世代的人們展現無窮生機。傳統上經典文本代表人類智識發展的最高成就,但在當下這個以知識創新引領產業發展的年代,我們對於各種知識的價值認知早已不被經典文本所囿。甚至連知識本身也成為一種可被包裝重製並行銷販售的意念商品,各種傳播、報導及展演知識內容的文字作品受到讀者熱烈關注,主題廣泛、琳琅滿目。因此,本書為呼應這股新趨向特別邀請數位有相關經驗的專家教師,從知識傳播的角度分享科普、小論文及策展的撰寫(規劃)技巧,為實用中文寫作別開生面、另闢新局。

　　過去我們對文藝寫作的印象就是創作者以文字為載體,抒發個人內心的情志感懷,表現特定的精神主題,或是構造一個具體而微的文字宇宙。但是當代各種新科技和新觀念的發明,讓整個寫作活動從最初的靈感收集、素材開發到後來的形式表現,每個過程都出現過往所沒有的技術創新,同時也讓心靈與文字世界的對話不斷翻奇出新、無限擴延。因此本書「藝文創作」主題就邀請數位在創作及教學上皆成績卓然的老師,向大家介紹他們如何利用跨界思維為傳統文藝寫作注入新潮風貌,不管是新技巧的創意輔助或新觀念的轉益博取,相信在寫作教學工作上都會大有助益。我們實用中文寫作的主要理念,就是希望國語文教學除了幫助學生提升素養、表情達意外,也能夠培養務實致用的能力。因此本書的「職場日用」主題特別針對現代社會所

需，請專家們來介紹幾個在職場工作和日常生活裡比較常接觸到的實用型文本，並拆解其中的寫作技巧。相信透過專家們深入淺出的分析，教學者未來在進行教學時會更得心應手。最後一個主題「推廣紀實」主要是請位幾位專家分享自己在校園裡推廣實用中文寫作教學的心路歷程，不但有經驗傳承也有行動反思，相信對有心推動者具有極高的參考價值。另外本人與許仲南老師也在本主題中特別撰文，為大家摘要介紹北護大實用中文寫作教學工作坊從第一屆到第十五屆的活動精華，算是為這一系列別具意義的活動留下歷史紀錄，也讓後人有跡可考。

張高評教授這十年來仍孜孜矻矻於實用中文寫作的新題研發，其中一個新構想就是從浩如煙海的傳統典籍中提鍊出「務實致用」的智慧結晶，並以符合當代人樂於接受的傳播形式加以推廣。有心者甚至可以結合學術研究，嘗試用當代社會科學觀點重新詮釋古籍，不但歸納原則、發明理論，同時也透過古今知識的交融催生新智慧，為文化發展做出開創性的貢獻。此構想不但可破除一般人對傳統經典陳腐守舊的刻版印象，也為實用中文寫作的發展指引出一個嶄新的方向，值得吾輩循此道路深耕努力。最後祈盼本書所收錄的三十一篇文章可以給海內外關心此議題的先進同道們，帶來豐沛的靈感啟發與奇思妙想，繼續為實用中文寫作激盪研發出更多的創新子題。不僅讓國語文教學能與時俱進引領時代潮流，更能滿足眾多學子們永無止盡的學習欲求。期望當學子們離開校園進入社會後，偶然回首起自己的國語文學習之路，在腦海裡所浮現的皆是溫暖的感動與充實的收獲。

姚彥淇

二○二三年八月十七日於鑑水齋

目次

三 知識傳播

四 藝文創作

五 職場日用

六　推廣紀實

一　口語表達

簡報口語表達

邱詩雯

國立臺灣師範大學華語文教學系助理教授

簡報的主體是人

你是個沉默寡言，還是口若懸河的人呢？在華人傳統文化之中，我們重視道德涵養，有時甚至將口才與道德視為二元論的兩端，對於擅長口語表達的人，容易產生負面的人格印象。然而，佛要金裝、人要衣裝，口語表達就是你滿腔才學的重要轉化劑，是一場成功簡報的關鍵要素。

談起優秀的簡報經驗，許多人應該都會想起已故的蘋果電腦創辦人 Steve Jobs，和起源於美國的 TED 系列演講。一位講者站在講臺上，結合口語表達與簡報影像，在有限時間內唱作俱佳地表達自己獨特的想法。

然而，什麼是簡報的主體？換個問法，演講者、簡報檔、麥克風、簡報筆，如果只能保留一個，哪個才是一定要保留的呢？我想在我們日常生活多數的簡報環境並沒有聚光燈舞臺，也未必有完全不故障的影音設備，因此，一場精采簡報的主體是人，講者的說什麼、怎麼說才是能否引人入勝、精準表達的關鍵。

簡報的目標在說服聽眾

簡報根據目的，通常分為提案型簡報和總結型簡報兩種模式。然而這兩種簡報的共同核心目標，都在說服對方。試想，提案的目的是要聽眾接受你提出的方案，所以說服對方當然是你的目的；然而總結型簡報雖然是類似成果報告，但是總結的目的不也是希望聽眾肯定你已完成的成果？因此雖然就目標的表象看，分為提案與總結，但事實上萬變不離其宗，說服聽眾是簡報的核心目標。

什麼樣的內容才能說服聽眾？換位思考，根據聽眾的需求提出解方，是構思講稿的思考方法。就提案型簡報而言，常見的辦法是先說明在當前的狀況中存在的問題，接著分析聽眾的需求，最後再提出自己的解方，並且強調優勢。而總結型簡報則是濃縮問題與需求，接著詳細的說明成果，也就是你的解方，並且強調成果如何回應道問題與需求。換句話說，提案型簡報和總結型簡報的主體結構，都有從「提出問題」到「分析需求」，再到「強調優勢」的流程，差別只是在於提案型簡報要花較多的精力在從「提出問題」到「分析需求」，而總結型簡報則聚焦在成果優勢如何回應到問題需求，比重略有不同罷了。

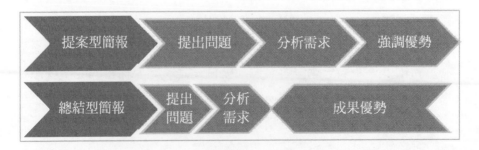

提案型簡報　提出問題　分析需求　強調優勢

總結型簡報　提出問題　分析需求　成果優勢

簡報的四種表達策略

　　好的開場，決定簡報的成敗。一般而言，聽眾面對陌生的講者，通常在開場時都會耐著性子，期待講者將帶來的內容。然而，伴隨著時間的流逝，如果講者無法吸引住聽眾，那麼，即便簡報準備再豐富，也很難表達出百分之百的內容。因此，選擇適當的敘事策略是簡報口語表達先立其大的原則。

　　以下我將說明四種較常見、便於操作的敘事策略。至於要選擇那一種，主要取決於你簡報的內容以及簡報者的性格決定。如果簡報內容與人的性格搭配得當，就能夠引人入勝，開啟一場成功的簡報。

策略一：計出萬全的綱目法

　　在簡報開場之初，說明這場簡報的綱目，是最常見的方法。先說明簡報的報告流程，可以讓聽眾掌握表達的脈絡。「綱舉目張」是和綱目有關的成語，以綱目法開啟簡報，就有因為綱舉目張而能讓簡報面貌眉目清晰的作用。

　　要做到綱舉目張，在簡報準備之初，建議先將你打算簡報的內容列出，然後確認內容階層，將同樣階層的內容分門別類，反覆檢查是否有分類邏輯的錯誤。因為使用綱目法時，講者腦中出現的往往是架構圖，但聽眾聽見的還是時間軸的線性敘事，因此內容的正確歸類，報告邏輯才能廓清，會讓簡報被「聽」的更清楚。

　　綱目法開場四平八穩，適用於正式場合，也是最安全不會出錯的一種方式，因此如果經驗並不是太豐富的簡報者，建議可以採用這種保守的戰略。但是凡事都有一體兩面，用綱目法開頭，也容易因為簡報內容已經讓聽者可預期，因此較容易產生了無新意的枯燥感。該怎麼避免這樣的問題呢？建議有兩種解決方法：其一，講綱上一開始只

保留大綱,細目後續口語再帶出。而在整場簡報提出結論時,再將完整的綱目作為回顧總整理,首尾呼應。其二,在簡報輔助畫面綱目,用圖標取代文字,讓觀眾視覺只看見圖像,而集中注意力在聽覺,由講者說出具體的大綱,這樣便能避免聽眾分心,收到影像和口語相輔相成的效果。

策略二:奇正相生的翻案法

如果你是個 TED 的收視愛好者,你會發現多數的西方講者,喜歡用一種開場方式:提出一個詞語,舉幾個一般人對於它的刻板印象,接著顛覆刻板印象,提出自己的見解。我們思考一下這種方式,其實有兩個重點:一個是顛覆的創意,另一個則是提出創見後,層次嚴謹的說理表達,才能說服聽眾認同你的概念。

這種翻案法其實在宋代的文學創作中十分常見。唐宋之交是中國從中古走向近古的時代轉折,內因外緣非常複雜,相關論著十分豐富。這裡我只想簡單說明一個與主題有關的現象:由於活字印刷術的改良導致大量書籍出現,知識取得方式與過去不同造成人才選拔方式因之改變。當時想要參加科舉考試的文人,必須先寫下數十篇史論文,表達自己的才學,通過初選,才能進入複試。因此,初選的文章是仕途的敲門磚,針對同樣的歷史事件,你的觀點要別出心裁、與眾不同,才有可能通過初選。所以在這樣的時空背景下,當時產生了大量極具創意、富有翻案精神的史論文。過去我們所熟悉宋代大家的論說文,多是他們在上述背景下完成的作品。而其中的論說破題,就是用這種奇正相生的翻案法。

我們舉蘇洵〈六國論〉為例,開頭為:「六國破滅,非兵不利,戰不善,弊在賂秦。賂秦而力虧,破滅之道也。」以「賂秦」破題,提出自己的創見。接著自問自答提到:「或曰:『六國互喪,率賂秦

耶？』曰：『不賂者以賂者喪，蓋失強援，不能獨完，故曰弊在賂秦也。』」提出一般人的疑惑設問，進一步承接「賂秦」的主題，演繹推論，說服讀者，翻案成功。

因此，簡報的**翻案法**，適合用於你的簡報內容有獨特創見的時候。你可以選擇將你的創意在開場時與大眾的刻板印象對比，突顯創見。然而應當注意的是，前已說明，翻案法除了提出創見外，必須銜接因果邏輯，環環相扣的論點證明，才能夠成功翻案。因此這種方法雖然貴在出奇不意，但必須在出奇後用嚴謹的邏輯承接，才能奇正相生，成功說服聽眾。否則兵行險招，承接不當，徒有標新立異，便無法據理力說，以理服人。

策略三：一夫當關的問答法

簡報時有些臺風穩健的講者，喜歡用問答與聽眾互動開場。這種方法的優點在於講者可以很快速的找到專心聽講、願意與自己互動的聽眾。在開場之後，可以鎖定客群，與之更多的交流，營造效果。

淮陰侯韓信曾為我們了示範問答法的要訣。當年韓信亡楚歸漢，還未成名之時，差點因故被滕公斬刑。當時與韓信同時被綁的十三人皆已被斬殺，下一個就輪到韓信，韓信在這千鈞一髮的關鍵時刻，不是請對方手下留情，而是問滕公一句：「上不欲就天下乎？何為斬壯士！」滕公好奇他的話，並佩服他的膽量，後來經過一番談話之後，不但不殺他，還推薦他到劉邦身邊，最終建立了赫赫戰功，成為西漢開國功臣大將。我們看韓信提問的要訣，勇敢、簡潔、切中要害。簡報的提問法也如此，講者的態度要勇敢，問題設定必須是簡短的是非題，並且要與聽眾的經驗正相關。如能把握三點要訣，則一夫當關，能很容易將講臺成為你的主場。

策略四：以小喻大的故事法

　　如果你的簡報是一個觀念正確卻教條式的抽象主題，比如教育機會均等、注重學術倫理等等，該如何吸引聽眾？建議你可以借鑑寓言故事的策略，用一個具體的小故事包裝，從中歸納道理，以小喻大，回應抽象的主題。

　　不論是中國的《莊子》寓言、希臘的《伊索寓言》皆是如此，河伯誇秋河的故事告訴我們人外有人，天外有天的道理；北風與太陽的對話則告訴我們與其以力制人，不如放手讓對方心悅誠服。當然，如果自己擁有豐富的人生經驗，也可以舉自己的經驗為例，提煉出故事和道理的結合點，以小喻大，表達抽象主題。

　　然而故事是否能夠動人，注重細節的體驗，以利聽眾代入。舉《莊子》「曳尾塗中」的故事為例，講者可以鉅細靡遺的描述廟堂神桌與江湖泥路的區別，甚至用簡報畫面補充兩張圖片，聚焦在烏龜生與死的表情，如此可以讓聽眾身歷其境，更能感受到逍遙的真諦。再如用龜兔賽跑的過程，我們應細節描述烏龜如何強化心理素質，堅持走到終點云云。如果用後者，當講完故事要轉化出道理時，可以讓啟發更深植人心。

簡報的首尾用草蛇灰線貫通

　　經過了一段時間的簡報，終於到了結論的時刻。由於聽眾對於簡報的印象分數，常常會停留在最後的結論，因此精彩的結論是成功簡報的最後一哩路。

　　我曾在頂大開授數年簡報單元課程，學生們囊括了校內歷屆簡報賽多數的優勝獎項。常常會有學生問我：「簡報腳本是否應該要結論

先行？」我總會不禁反問：「結論先行的話，那你結論打算重複一次嗎？」因此我認為簡報開場與結論的關聯，不如用古典小說中常見「草蛇灰線」一詞概括之。

「草蛇灰線」是什麼？蛇經過之處，地面會留下淺淺的痕跡，乍看不知，但實際連結著起點和終點。簡報的結論也應當如此，它應當由你的主題統攝，依循開場論述、邏輯演繹，層層推進。雖然邏輯清晰，但又讓聽眾無法完全預期結論，才能保持興趣，專心聽講，這是「灰線」。而簡報到了最終的結論，將上述要點提煉成簡短響亮的標語，簡單易記，加深聽眾印象。而這句結語，讓聽眾恍然大悟，原來造成地上「灰線」的成因，不是禽鳥，不是走獸，而是一條「草蛇」！用草蛇灰線伏筆貫通全場，經過了開場設計、論證推導，最後總收在標語結論，便能首尾呼應，引人入勝，完整表達。

深度討論問題型式的口語表達教學策略設計

王世豪

國立雲林科技大學漢學應用研究所助理教授

一 理論與方法：
深度討論七種問題類型表的提問教學設計

P.Karen Murphy 主編的 "Classroom Discussions in Education"中，主要以「Quality Talk（深度討論）」作為教學實驗模式，讓學生成為課程主體。課堂中教師不再作為提問的主角，而是透過鷹架理論（Scaffolding Theory），提供提問和討論的先備知能，支持學生以小組討論模式，解析文本並且提出問題進行深度討論。

筆者於大學人文課程中實施「深度討論教學」即將邁入第五年，每一年都在「思辨」與「表達」兩大主題框架上，進行以深度討論模式的教學實驗。其中筆者發現，深度討論七大問題類型不僅能夠促進學生進行批判性的思考，其「討論訓練」更有助於在口語表達上使學生有效的提問和促進彼此的溝通。

（一）理論：深度討論教學法的思辨本質

深度討論的本質是建構在促使學生具備思辨能力。"Classroom

Discussionsin Education" 書中第四章 "Learning Processes and Products: Propelling Students Ahead Through Talk"（學習的過程與成效——以討論促進學生學習），透過深度討論教學在語文課程上為期一年的教學實踐，學生在闡述說明、探索性談話等批判性思考能力鑑別指標，都有所提升（Murphy, P.K., 2016），顯示出可以透過明確、系統化的教學實踐強化學生的思辨能力。

（二）理論：深度討論教學法的表達成效

在前者的基礎上，藉由討論產生的表達，就能產生高成效的成果。"Classroom Discussionsin Education" 書中第五章"Pedagogical Decisions and Contextual Factors: Tipping the Scales Tword Highly Productive Discussions"（教育決策和情境因素—導向高成效討論）中的研究顯示，使用討論模式的班級，其在口說方面扮演更積極角色的學生，較之於不積極的學生展現出更多自信。（Mullen, B., & Copper, C, 1994）透過小組討論和異質化的成員組合，學生輪流分配發言順序，公開發表自己的想法、提供或接受詳細的闡述並與同儕共同組織建構觀點和意義。（Mengyi Li, 2018）

表一

問題層次	問題類型	問題性質之表達功能
基 礎	求知型問題AQ/Authentic Question 追問型問題UT/Uptake Question	具備開放性 能深入追索探討
高層次	分析型問題Ay/Analysis Question 歸納型問題Ge/Generalize Question 推測型問題SQ/Speculate Question	具析解訊息功能 能整合相關資訊能思考各種可能性
支持性	感受型問題Af/Affective Question 連結型問題CQ/ConnectiveQuestion	具自身經驗與觀念 連結前次或跨領域知識

（三）方法：深度討論問題層次與類型設計

　　深度討論要培養學生的是具備有深度、有價值的提問素養，意圖藉由問出好問題，獲得有益的訊息以及有效的溝通。其問題類型可分為基礎與高層次和支持性共三層次、七種類型（見表一）。

　　表一中問題性質的表達功能的設計，其目的主要在透過七類問題的特性的提問，應用於口語討論中，產生討論效益與溝通效果。

二　提問力：從思考問題辨析口語表達應具備的訊息

　　《禮記》中云：「情欲信，辭欲巧」，指的是真實的情感還必須能夠透過巧妙的文辭表達出來。前述之深度討論問題的類型應用，重點在於幫助參與討論者，在理解文本，批判思考之後，能夠在討論中產生有效益的提問對話，以「問題」連結「思考」和「表達」，使之「會想又會講」。我們可以透過深度討論的問題類型，在對話中釋放好感，促進溝通進而深度思辨。[1]

（一）釋放好感訊息的提問：採用支持性層次的問題類型

　　深度討論問題類型中「支持性」層次的提問，通常在使對話彼此藉由自身經驗的表述提問，釋放出友善的訊息，從而獲得對方正面的回應。所以在提問時，必須要排除與避免「測試型問題（Test Question）」而採取「深度討論題型（Question of Quality Talk）」，例如：

1　下表例之問題皆參考改編自《讓人忍不住侃侃而談的358個提問技巧》（臺北市：臺灣東販，2018年）。

x 測試型問題 Test Question	○感受型問題 Affective Question
Q：請問你是哪裡人？	QT：我來自臺中，請問您是哪裡人？

表中測試型問題的問法，是單方向索要資訊的提問，易令人感到不受尊重以及防備心。

若採用感受型問題的提問，先藉由談論自己的資訊，顯示訊息交換的友善態度，則在對話過程中主動釋出好感，對方則較容易卸下心防，產生回應。在此更可以進一步提出「您家鄉有哪些名勝或名產？」等追問型提問，延續對話。

(二) 促進對話溝通的提問：採用高層次的問題類型

當開啟對話，開始進入溝通討論時，為了產生有效的對話訊息，可以採用深度討論高層次的問題，進行提問，例如：

x 測試型問題 Test Question	○歸納型問題 Generalize Question
Q：這句話是什麼意思？	QT：若用一句話說出重點，你會怎麼說呢？

對話過程中，如果不太能理解對方表達的意思，可以採用歸納型的提問，促使對方重新整理思考，為旁人解釋訊息。這種表達方式與在近年來網路媒體上採用「關鍵字」的策略類似。

身處對話夥伴，同時也能夠以「原來如此，剛才你說的是○○這個意思吧？」的提問回應，確認對方的訊息是否和自己理解相同，使之產生共同對話的基礎。(〔日〕小田正人、松田充弘，2018)

（三）深度思辨討論的提問：活用基礎、高層次與支持性三層次七種問題類型

在《讓人忍不住侃侃而談的358個提問技巧》書中所談到的問題種類包含「開放式問題」、「封閉式問題」、「5W1H 問題」、「寒暄式問題」，其中封閉式的提問又稱「速度問題」和「寒暄式問題」都無助於對話的有效進行，應該避免。例如：

1　基礎

x　測試型問題 Test Question	○求知型問題 Authentic Question
Q：上次的企畫書，你什麼時候才能完成？	QT：上次的企畫書，你目前完成到哪裡了？

只有詢問何時完成，對方只會就目標的終點進行回應，在會議中並無法形成討論。相反的若透過開放的求知型提問，則讓對方可以整理工作進程，並且思考如何安排完成進度，產生有效的會議討論。

2　高層次

x　測試型問題 Test Question	○分析型問題 Analysis Question
Q：你為何沒有立即採取行動呢？	QT：你覺得是什麼因素阻礙了你下決斷？

前者封閉式提問，乍看之下可能會變成「責問」，無助於對話的進行。既然有意溝通，則應採取客觀的分析提問，如此則產生彼此一同針對問題，提出分析探討的對話。

x 測試型問題 Test Question	○推測型問題 Speculate Question
Q：你每次都是找這個藉口吧？	QT：你覺得如果是○○，這時候他會怎麼處理？

遇到困難情境，在對話討論中，可以採用推測型提問，使對方從不同的觀點，模擬在執行工作時的另一種可能性。

3　支持性

x 測試型問題 Test Question	○連結型問題 Connective Question
Q：你不覺得自己進步很多嗎？	QT：跟去年相比，有什麼事變得可以處理得更順手呢？

連結型的問題內涵在於「將這次的討論與上一次的討論或上次已分享的知識連結」（陳昭珍，2020）所以在表例中，與其只是透過提問讓對方感到受到肯定，應可以進一步透過提問，引導對方思考成長的因素，也可以藉由進一步地追問「那麼我們接下來要怎麼訂下一階段的目標呢？」，延展討論的內容。

三　深度討論力：
透過深度討論的問題設計來精準表達與溝通

　　愛因斯坦說過：「假如我可以拿一小時的時間來解決一個攸關性命的問題，我會把前面的五十五分鐘用來決定應該怎麼問問題，因為一旦我知道什麼是正確的問題，就可以在五分鐘之內解決問題。」管理學大師彼得杜拉克也曾道：「過去的領導者可能是一個知道如何解

答問題的人，但未來的領導者必將是一個知道如何提問的人。」當前的教學現場，培養學生豐富的知識之外，還必須使學生具備思辨知識、表述知識的素養。

我們可以透過深度討論的問題類型為鷹架，規劃口語表達教學策略，讓學生知道如何提問，才有助於討論。筆者提供深度討論的問題設計，使學生能夠透過討論，提出問題，並且藉由提問來解決問題，其策略見下圖所示：

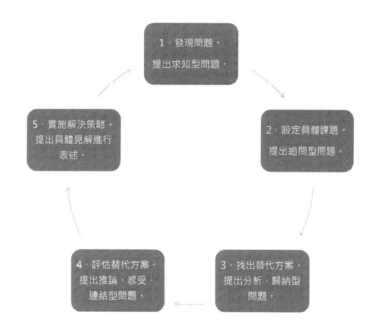

一、發現問題並分類。提出求知型問題。

二、設定具體課題。提出追問型問題。

三、找出替代方案。提出分析、歸納型問題。

四、評估替代方案。提出推測、感受、連結型問題。

五、實施解決策略。提出具體見解進行表述。

知識共構與言說表達
——論 PBL（Problem based learning）在文學 課程上的實踐進路

何儒育

國立臺北藝術大學通識中心兼任助理教授

一　引論：「互為主體」的課堂圖像

在當代教育思潮與教學實踐的變革歷程中，課堂成員之間「互為主體」（Intersubjectivity）的關係，以及透過這種關係，共同建構知識的脈絡，逐漸成為核心論題。以〈十二年國民基本教育課程綱要〉為例，〈總綱〉的基本理念，即將每個學生視為具有動能的「學習主體」，透過與他人、社會及自然互動的歷程，陶成各項核心素養，在生命處境中自然地實踐出藉由互動所證成的知識內涵（〈十二年國民基本教育課程綱要〉，2019年實施）。[1]

「知識共構」能否達成，關鍵在於課堂成員互動的歷程。正如美國當代認知心理學者布魯納（J.S. Bruner, 1915-2016）從「文化心理學」（Cultural psychology）的視角所提醒的，若要讓教室成為「交互學習的社群」，就要讓每個主體所浸潤的文化、與生俱來的天賦秉性展現出來，使之相互仿效、摩擦、調和；如此，學習的歷程與成果才

1　參見網址：https://reurl.cc/W3Z1vy。

能展現「互為主體」的特質[2]。

布魯納的提醒如何實踐於「文學課堂」中？教師是否可能建構一種文學課堂，透過成員之間的交流、表達與創作，共享並拓展彼此的整體經驗域與知識內涵？事實上，「知識共構」的理念，與德國當代接受美學學者姚斯（Hans Robert Jauss, 1921-1997）所論多有互觀相詮之處。探討主體與對象之間「互為主體」的作品詮釋時，姚斯循著歐陸美學的論述傳統，結合康德（E. Kant, 1724-1804）「無私趣」（Disinterestedness）與布洛赫（Edward Bullough, 1880-1934）「心理距離」（Psychical distance）的概念，解釋主體與對象在保持審美距離的狀態下，不僅能產生自足的快感，亦在此過程中，參與了創作的歷程[3]。如此，主體與對象即非「我與他」（Iandit）之間的分解與割裂，而是「我與你」（Iand Thou）之間的臨在與豐盈[4]。

接受美學的理論，可開啟「讀者」以多重身分與視角體驗作者與作品的詮釋歷程。若能將之有序地建構一套系統性的教學法，引導課堂成員藉由對自身文化與稟賦的運用及反思，與他人相互激盪、共享，甚至衝撞自身的關懷與體驗，應能在傾聽與表達的互動中，多向度地拓展而共構出文學作品的詮釋進路與富具實踐性的知識內涵。

本文擬透過「PBL」（問題導向教學）從醫學與科學領域的轉向，化用於「文學課堂」的體驗，以「一〇九學年度第二學期某藝術大學舞蹈系先修部二年級的古典文學」課程中〈琵琶行〉之教學實踐為例，運用「課堂敘寫」的論述策略，透過記錄課堂成員的提問、討

2　〔美〕布魯納〔J.S. Bruner〕著，宋文里譯：《學校與文化：從文化心理學的觀點談教育的本質》（臺北市：遠流出版社，2018年），頁110-140。

3　〔德〕姚斯〔Hans Robert Jauss〕著，顧建光編譯：《審美經驗與文學解釋學》（上海市：上海譯文出版社，2006年），頁35-36。

4　「我與你」〔"Iand Thou"〕相互臨在的關係，參〔以〕馬丁，布伯著，陳維剛譯：《我與你》（臺北市：桂冠出版社，1996年）。

論與激盪，觀察這種「互為主體」的作品詮釋所共構的知識體系與詮釋進路，探索「PBL」在文學課程上的實踐向度。

二　如何閱讀一首詩：PBL 在「文學課程」的實踐

在漢語語境中，PBL（Problem based learning）常譯為「問題導向教學」或「問題本位學習法」。其基本理念奠基於杜威（John Dewey, 1859-1952）對十九世紀末至二十世紀初美國教育體系重視編序教材，以及社會價值規訓之省思，認為理想的教學法應能從生活情境中發現可探求的論題，以此化解學生藉由編序教材，建構系統性知識可能造成的僵化。

一九六〇年，加拿大 McMaster University 醫學院的巴洛教授（Howard Barrows）覺察醫學院的難以透過記憶、背誦教材，培養運用知識的能力，便將這項在生活情境中證成並實踐知識的教育理念，運用於實踐於以問題為核心的教學法上。其設計一系列個案研究的問題，引導學生在問題的情境中，統整知識以解決問題[5]。

「問題導向教學」即奠基於這套實驗性的醫學教育，而多運用於科學課程中。這類課程常透過小組合作，將核心問題分解為合理的步驟，運用系統性思維，循序漸進地解決問題。美國當代教育學者戴立索（Robert Delisle）提出「問題導向教學」五項主要步驟，分別為「選擇內容及技能」、「決定可用的資源」、「撰寫問題敘述」、「選用引起動機活動」，以及「設計焦點發問」；最後一項則是「決定評鑑策略」[6]。這套教學法是否能轉化而運用於探索並體驗作品的文學課程？

5　〔美〕戴立索〔Robert Delisle〕著，周天賜譯：《問題引導學習》（臺北市：心理出版社，2003年），頁7-10。

6　〔美〕戴立索〔Robert Delisle〕著，周天賜譯：《問題引導學習》，頁31-38。相關課

學界對於 PBL 朝向文學相關的課程實踐已多所討論，其常與生命教育結合，所關懷者，多為學生如何提出自身生命困境，透過作者、作品與讀者之間的激盪與啟發，尋得解方而安頓身心[7]。然則，文學課程除能安頓生命之外，亦有作品詮釋進路的面向。為培養學生在解讀作品中，發掘問題意識，透過小組協作的過程找到解決問題的途徑；教師即試以戴立索教授所提出的五項步驟設計課程，以茲探討 PBL 在文學課程上的實踐進路。

（一）PBL 課程設計的五步驟：
對「作品」提問的課程設計

首先，關於本次授課時數的規劃，在學生已初步自學〈琵琶行〉並參照相關解讀材料的狀態下，這堂課設置一週兩小時的課時，授課日期為二〇二一年三月二十一日星期三。在設定內容與技能，以及決定可用資源的面向上，教師以〈琵琶行〉中的角色或意象分析為主要內容，採用的版本為朱金城校注之《白居易集箋校》[8]。由於本課程奠基於「互為主體」的精神之上，教師期待學生能透過交互討論、辯證，探討出合理的詮釋脈絡，而學生的生命史與詮釋視角，亦成為可相互學習的對象。

其次，正如戴立索教授所提醒的，「撰寫問題敘述」應根植於學

程設計歷程可參〔美〕巴瑞爾〔John Barell〕著，林佑真等譯：《問題引導學習——探究取向》，臺北市：華騰文化，2011年。

7 「PBL」在文學藝術相關課程上的轉化與實踐，可參見林鳳雀、呂雅玲：〈PBL在通識課程上的運用：藝術設計與生活〉，《關渡通識學刊》5期（2009年），頁115-141、陳致宏：〈PBL於文史課程中的運用：以史傳文學與生命圖像為例〉，《關渡通識學刊》6期（2010年），頁111-133。

8 〔唐〕白居易著，朱金城注：《白居易集箋校》（上海市：上海古籍出版社，1988年）。

生的生活場域，以及真實的疑難。教師長期觀察修課學生，發現許多學生在面對作者與作品時，常出現許多困惑，即使是在相對友善的討論氣氛之中，也會因為同儕的眼光而難以言說。為了引導學生解決這項疑難，這堂課的核心問題即：「在這首詩作中，你覺得最難解讀的意象運用為何？」

復次，關於「選用動機活動」的步驟，教師先以不分組的方式，引導學生思考這篇作品可能遇見的困難，引導學生自由發言，再帶回小組討論。而「設計焦點發問」則著重於教師在課堂上引導學生解決核心問題的相關提問。教師先請學生將詩中的角色與意象相互連結，在比興物色與情景交融的抒情傳統視域下[9]，思索〈琵琶行〉中萬物與角色之間的互動，與角色生命史之間的連結，以豐富學生的思考脈絡，增廣提問層次。最後，在「評鑑方式」的選擇上，為強化學生提問的意願與言說的信心，本課程採用「學生互評」的方式，每一組設置兩票，各組經過討論後，投票給最精采的發問組別，藉此觀照「互為主體」意義下的問題與其回應進路；經過全班討論，表決通過得票數最高與次高的組別，在期末撰寫〈琵琶行〉分析報告時，可各得五分與三分的加分。

（二）對話下的知識共構與言說表達

首先，教師引導學生思考〈琵琶行〉解讀疑難時，有位同學提出：「琵琶雖然是樂器，但在〈琵琶行〉中，是否可以把他當成能與人互動的角色？」教師即藉此問題引起動機，請學生自由地提出觀點。學生們在被支持發言的環境中，自由地回應。

一位同學說：「我覺得琵琶也是角色。」

9　蔡英俊：《比興物色與情景交融》（臺北市：里仁出版社，1998年），頁1-6。

幾位同學同時回應：「我也覺得」、「琵琶被擬人了。」

教師延伸探問：「我們不要只用短句說明，試著把觀點說清楚一些。」

另一位同學說：「琵琶就像我們的舞衣舞鞋，看起來好像只是一個物品，但卻是我們最好的朋友。」

教師問道：「這個經驗跟這首詩有什麼關係呢？」

一位同學說：「我們討論了一下，覺得在琵琶女說自己的身世之前，他所有的心事都是透過琵琶來表達的；而且琵琶女沒有名字，我們都稱呼他為琵琶女，這樣琵琶不就變成他的名字了嗎？」

另一位同學接續補充道：「那是不是可以說，在這首詩裡，琵琶的旋律都代表琵琶女的心聲？」

教師接續提問：「分析作品時，我們提出的觀點都需要作品佐證，有哪些詩句，可以解釋你們說的？」

一位同學試著提問：「像『轉軸撥弦兩三聲，未成曲調先有情』，這樣算嗎？」

教師將提問回問全班：「各位覺得算嗎？」

一位同學回答：「老師，我覺得算。因為琵琶訴說的是女主角的情感。還有像是『間關鶯語花底滑，幽咽泉流水下灘』看起來是琵琶曲，其實是在講女主角一開始很開心，之後就變得痛苦的情緒轉變。」

另一位同學接續說明：「老師不是要我們找到證據嗎？他講的也很符合琵琶女演奏之後的自述。而且琵琶女在被男人拋棄之後，她能傾訴的對象也只剩下琵琶了啊！所以琵琶不只是被擬人了，是不是也可以說是在遇見作者之前，唯一了解她的人？」

這位同學講完之後，得到很多掌聲，一位同學回應道：「你口才好好！其實有琵琶當知音也滿好的！」

　　從後設分析的角度觀之，在這段約八分鐘的討論過程中，學生共同建構出一條「物我關係」的作品詮釋進路。正如姚斯所揭示的，在解讀敘事作品時，審美體驗往往源於與角色主人公的互動，而能感同身受地投射出憐憫、憤怒、欽慕等活潑而豐沛的情感[10]。教師退開一步，以適度的反問與補充，讓學生各別的閱讀體驗開展出來，相互感發；如此，在課堂中單一讀者與作者、作品的互動，即推拓為每個殊別的主體與他人之間「互為主體」的互動，透過正向的對話與反思，將他人的生命經驗與詮釋進路，納入自我的思考之中，豐富彼此的經驗域與詮釋視角。

　　經過「引起動機」的討論後，即行分組，各組討論「最難解讀的意象運用」。教師請各組將疑問寫在黑板上，本擬由全班一起討論，但有幾組問道：「老師，我們可以先討論答案？」教師即請各組同學都先研討自己所提出的難題，在對話中得出共識，並將簡要的提綱寫在黑板上（見下圖）。

第一組　　　　　　第二組　　　　　　第三組　　　　　　第四組

---

10 〔德〕姚斯〔Hans Robert Jauss〕著，顧建光編譯：《審美經驗與文學解釋學》，頁190-191。

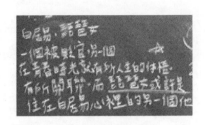

第五組

第一、二組提出的問題是〈琵琶行〉一詩中「水」與「月」的解讀。在引導討論時，教師希望他們挑選一兩句描述水、月之詩。第一組嘗試解讀「別時茫茫江浸月」與「繞船明月江水寒」的中「水」與「月」的意象。第一組報告的同學說：「我們覺得月亮沉於水中，好像代表作者和朋友有一種看不到未來的無助感；這跟琵琶女被丈夫拋棄之後，深夜覺得很孤單的感覺一樣。」同組的同學問道：「老師，我可以補充嗎？」教師支持他們將論點補充完整。補充報告的同學說：「這是同一天發生的事，白居易去江邊本來就是送行，朋友離開他已經讓白居易覺得很孤單了，沒想到琵琶女也一樣孤單，為什麼這兩人的孤單都用水與月呈現呢？」教師正要將這個問題回問班上，第三組報告的同學說：「我們也講同一句，我們想先報告完大家再討論，不然我怕論點被講完。」他們接著說：「白居易和琵琶女都沒有太老，它們都在還算年輕的時候經歷了凋零，我們覺得，這讓他們感受的水和月格外淒涼。」

第四組主要的問題是：「白居易與琵琶女不過是一面之緣，怎麼能有這麼強烈的情誼？這種情誼是愛情嗎？」他們原本討論出的回應原本是：「二人都淪落天涯，因此能特別能感同身受」，但聽完同學的討論之後，報告的同學說：「老師，江與月很像是舞台，江上的霧氣讓琵琶女像仙女一樣出現，詩裡不是說：『今夜聞君琵琶語，如聽仙樂耳暫明』嗎？這讓他演奏的音樂像仙樂一樣，有一種很神祕的感

覺，詩人應該更想了解他吧！」

第五組同學說：「我們本來就覺得琵琶女是住在白居易心裡的另一個他自己，但是我們沒辦法提出詩句來證明，這樣看起來，詩裡面兩人的生命歷程和他們對江與月的感受都很契合。」

在分組討論、統整知識與表達言說的過程中，教師扮演的角色是「引導者」，若學生無法將觀念表達完整，就要適時地提問，讓言說自由地流動下去。在分組報告之後，教師進行討論統整，引導學生歸納今日討論的知識架構，學生歸納出三項詩歌的詮釋進路：

其一，將作品的「意象」與角色各自的生命情境結合，探索角色如何體驗萬物。

其次，透過「意象」所構成的天地場域，探索角色之間的互動方式與流動的情感。

其三，感同身受地站在角色的立場，體驗角色的感受，讓作品的情感流動於自身。

此三種詮釋脈絡不僅貼合前論中國文學「抒情傳統」的詮釋視角，讓作者、作品與讀者三者的內涵互觀相詮、相互豐盈，更能透過表達言說的練習，呈現知識的共構性，使知識的脈絡與內涵，富具從「個人」擴展、浸潤至「群體」的實踐性格。正如當代社會建構理論學者肯尼斯・格根（Kenneth J. Gergen, 1934-）於其名著《醞釀中的變革：社會建構的邀請與實踐》所提醒的，知識與知識所構成的世界，並非一個具有本來面目的世界，而是透過每個言說主體在互動中的敘說、理解與言詮，不斷建構、擴大富具辯證性的知識板塊與經驗知識的方式[11]。

---

11 〔美〕肯尼斯・格根〔Kenneth J. Gergen〕著，許婧譯：《醞釀中的變革：社會建構的邀請與實踐》（臺北市：心靈工坊，2014年），頁62。

三 結論：「PBL」在文學課程上實踐與挑戰

本文旨在探究「PBL」（問題導向教學）在文學課程上的實踐可能。「PBL」的核心理念為學生自發性地提出問題，結合彼此激盪的成果，以及教師在歷程中給予的引導，找到理想的回應途徑。從課程參與者的視角觀之，教師與修課學生各自有需承擔的要務。教師立足於去中心化的角色，作品的詮釋脈絡不再由教師單方給出。因此，教師在課程之前，可適度給與參考書目，或引導學生自行查閱資料，以豐富討論的資源。在課程進行中，教師應作為討論的引導者，將學生的問題反問於班級，使學生自行激盪出合理的詮釋脈絡。

修課學生需展現相互尊重與合作的態度，舞蹈系學生已於各項舞蹈專業課程中，培養十足的默契，故而在彼此討論激盪、言說表達的過程中，能以「互為主體」的方式，達成相互理解、解決問題，並逐步拓展、架構知識脈絡的教學目標。

從課程評鑑的角度觀之，「PBL」實踐於文學課程上，需設置一套嚴謹的形成性評量方式，如隨堂的口頭報告、自評與他評的問卷，以及師生之間的質性說明。如何設置一套有效的評鑑方式，是「PBL」課程的挑戰，有待來日多方嘗試。

「口語演說工作坊」之課程設計與活動規劃

陳秀美

宏國德霖科技大學園藝系暨通識教育中心副教授

緣起

　　人們常說：「危機就是轉機。」面對目前多媒體、3C 的網路數位時代，一切講究快速，簡短的人際溝通模式，再加上「影像取代文字」的傳播效用，於是形成語言與文字表達上的兩極現象。當我們打開手機隨處可見「網紅直播主」口若懸河的推銷產品時，在科技大學的中文學門的課程，一方面要反思如何在教學上讓學生對文字的敘事與書寫有感，以及在口語演說表達上更加流暢；另一方面在當前智慧型手機充斥，貼圖、短句的互動傳訊模式盛行，雖然學生普遍的資訊能力提升了，但在語言文字的表達力上，反而有逐漸弱化的現象，所以在中文表達能力上，勢必要面對另一波的挑戰！

　　這個「口語演說工作坊」的課程設計與活動規劃，是宏國德霖科技大學（以下簡稱「本校」）推動「一〇八年度高教深耕計畫」分項計畫 B：「通識革新，基礎扎根計畫」的活動之一。此一活動目標，是為提升本校學生閱讀思考與口語表達能力，結合「自我探索」、「人文涵養」與「社會關懷」等內涵；因此藉由工作坊的課程活動，如：

「彩繪心智圖」、「五分鐘短講」、「改編故事」、「說故事比賽」，最後完成「學習成果展示」等。期望藉由「口語表達工作坊」的分組學習、討論、分工的活動形式，引導學生透過閱讀、書寫、實踐、分享、回饋，達到「閱讀與表達」能力的提升。

課程設計的理念

所謂創新創意教學，其實是在「舊事物上有新想法」。一向以來，人的個體「生命存在」與「人生體悟」，是人類一切學習的核心所在，從這個「存在體悟」的「連類引伸」開始，學習才有熱情、有活力，因此「迫切感」與「必要性」引發的「共感」學習效應，是一種生命的價值。

筆者多年來，致力於技職校院「中文學門」的教學方法、課堂活動與教材運用的教學反思與革新規劃工作，認為「活化文學」最終目的，就在如何活化科技大學通識教育「中文學門」的情境式教學。因為要提升學生興趣與學習力，就不能死守「單向式」、「一言堂」、「靜

「口語演說工作坊」開訓大合照

態化」、「知識本位」等傳統教學老路。所以如何以「逆向式學習」引導學生，讓學生從「被動」學習，變成「主動」參與，達成學生融入式情境學習的理念，就必須從「課程設計與活動規劃」上入手。

　　而這「融入式」教學理念，是一種將知識與能力結合的課程設計，它貴在自我實踐。因此要將知識的學習與活動的參與結合，就必須在「課程設計與活動規劃」中，運用「融入式教學」。在本次「口語演說工作坊」的課程理念下，除了讓「課程」教材活化、活動活化，也希望能達成教學方法的活化。因此活動的主角是學生，如何讓「學生」在「資料的自主學習」、「教材的重點分析」後，完成分組短講授課，進而一起「編故事」、「說故事」，最後結合「全校型：一起說故事競賽」的規劃。因此透過「逆向式學習」與「融入式教學」等理念的落實，讓學生在學習上更有趣味，這是本次活動課程設計的理念。

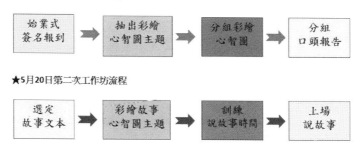

「口語演說工作坊」任務卡

課程設計、教材運用與活動規劃

「口語」，其實就是我們生活上常用的「口頭語」，它與「書面語」是相對的，它是人類口頭交際時使用的語言，也是最早被人類普遍應用的語言形式。從遠古時代的口傳文學看來，人類通過聲音傳播，遠早於文字的記敘。所以是用聲音來進行的表達形式，雖然是日常生活常用的語言，但不表示每個人都能善用這項本能，因此「口語演說」是一個需要練習的課題。此外，它是雙向訊息傳達的重要媒介之一，除了「非語言溝通」之外，從文字的讀到聲調、語氣、表情、肢體動作、目光接觸的訊息溝通過程中，必須不斷注意，或解讀對象目的與需求，才能讓口語表達趨近正確、清晰，而完整。

這個「口語演說工作坊」活動，是由本校「博雅中文教師社群」所主辦的。依課程規劃是由兩場「工作坊」活動，結合一場「全校型：一起說故事比賽」，以提升學生閱讀思考與口語表達能力為前提。如前所言，「逆向式學習」與「融入式教學」是本活動的課程設計理念，所以採取全校開放報名形式，因場地空間因素，每場研習報名上限為六組，依報名先後，經中文應用小組審查確認，再行通知入選學生。

因為「工作坊」是希望以「學生」為主體，透過兩次的「口語演說工作坊」的互動式學習方式，翻轉傳統中文課程：「老師說，學生聽」的授課模式。活動是利用週三下午，課外活動時間進行（見下表一）。

表一

	時間	課程內容	課程活動說明	地點
1	2020年 5月13日 （三） 15:40-17:00	「口語演說導言、要怎麼說故事」等議題	分組將手上分配到的「教材議題」，以「心智圖」方式，彩繪在海報上。	商學館 301 PBL教室
2	2020年 5月20日 （三） 15:40-17:00	編寫劇本故事、撰寫大綱	1 分組上臺「5分鐘短講」拿獎金。 2 分組將所編寫之劇本故事大綱，彩繪成「心智圖」的實務操作。	商學館 301 PBL教室
3	2020年 5月27日 （三） 15:00-17:00	全校型：一起說故事競賽	活動辦法： 1 報名日期：即日至5月20日止。 2 報名方式：3-5人為一組。 3 參加者記第2類公民點數2點。 4 得獎人頒給每人獎狀一紙，並頒給下表所訂之等值禮物： 第一名2000元、第二名1500元、第三名1000元、佳作3名各500元	圖書館 2樓 視聽教室
4	2020年 6月8日 （一） 至 2020年 6月12日 （五）	成果展	成果展活動	圖書館 3樓 閱覽室
5	2020年 6月10日 （三） 12：00	頒獎典禮	舉行頒獎典禮，頒予獲獎同學獎金及獎狀	圖書館

五月十三日解讀資料彩繪心智圖

因為這個課程設計的目的，是讓同學成為「講者」角色的活動，所以參與者必須從手冊資料中，完成議題的分析，選擇講述的重點，做為其「五分鐘短講」的演說內容。

如前所言，這個研習工作坊的設計，是以「逆向式學習」出發的，所以並非以講師單向授課的方式來進行，分組同學在研讀這兩份資料後，進行「彩繪心智圖」活動的目的，是在訓練學生學習「極短」時間內，提升資料分析解讀的能力，掌握自己五分鐘短講的「口語演說」重點。同時透過張貼自己所彩繪的「心智圖」海報，做為傳意者「短講」時的重點提示，也能強化傾聽的受意者，能有明確的收訊效益。

在第一次「工作坊」研習結束後，請同學在 Line 群組上寫出研習心得，學生表示：這是「第一次」，是一種「新」的學習方式。他們說：

> 「和同學一起分工合作，不僅能培養默契，也能增進感情，很好玩！」
> 「畫完心智圖，讓我學到了許多知識，增廣見聞，很開心今天

有這個機會來參加。」

「今天學到了團隊合作的默契，也瞭解到怎麼整理重點，也知道了如何演講的方式。」

「很開心可以跟同學們發揮想像力，一起完成作品，希望我們下週可以做得更好！」

「和朋友們一起分工合作，從一張紙找重點完成心智圖很開心。」

「第一次參加這種活動，真好玩。雖然時間很緊迫！」

「第一次參加口語演說，很新奇、很特別，大家一起分工合作完成心智圖，很開心。」

「很開心有這個機會可以來參加工作坊，這是從來沒有體驗過的經驗。」

「這課程實在是太新鮮了，非常喜歡！只是在找重點這部分，有待加強……。」

「參加口語演說讓我們學到很多表達的方式，以及尋找重點的方式。」

「這個活動很創新，同學們可以自己手繪心智圖，這點很棒！」

從學生的回饋看來，無論是「口語演說」，或是「怎麼說故事」的議題，經由同學們的解讀與重點的摘取，完成海報上「心智圖」的彩繪，再以自己彩繪的「心智圖」做為「短講」的圖示，完成第一階段五分鐘口語演說拿獎金後，紛紛表示在解讀資料、分析演說方向與重點方面，有不一樣的體會與收穫。學生們短講後，在 Line 群組上表示：

「參加這個活動很有趣。上臺演說的同學講得都很好、很勇敢，能自信的說出自己那一組的心智圖。」

「這次是口說來表達自己圖畫的內容。雖然題目都一樣,但是看著每組表達方式、內容都有不同,覺得很有趣!」

「每個人的演說技巧不同,都有把想表達的內容說出來,各組的心智圖都很有創意。」

「很難得有這個機會可以在課堂報告以外做演說,表達力在日常生活中是非常重要的,希望活動後大家都能克服上臺的恐懼。」

這個活動是先完成「心智圖」海報,再上臺五分鐘短講,同時分組要錄影上傳 Line 群組,綜合以上評比,最後一至三名的分組同學取得獎金。

此外,要說明一下,本次活動的第一單元「口語演說導言」的資料取自普義南〈口語與媒體運用〉[1],第二單元「要怎麼說故事」的資料引用了陳婉箐採訪洪震宇〈TED 打動人心〉[2]的報導內容。這兩份資料,承載著本次活動在「口語演說」與「怎麼說故事」的「知識性」。在此基礎上,希望同學們能夠明白,「聽、說、讀、寫」是我們的日常生活中,接受訊息,以及給予訊息的方式。身為一個大學生如果「聽」不清楚,「說」不明白,或是「讀」不懂,「寫」不出來,其實是會阻礙個人的判斷力、思考力與表達力的,當然在自主性與獨立性上,甚至自我肯定力、成就感取得,也會大受到影響。

雖然我們不是每個人都是要去當「演說家」,但無論是與人溝通,或是求職面試,口語表達還是十分重要。因為「傳情」與「達意」是一體兩面的。它是一種「社會化行為」,可讓人「有效」傳遞

---

1 普義南主編:《中國語文能力表達:多媒表達》(臺北市:五南圖書,2017年2月)。

2 資料參考自:https://kknews.cc/comic/2lr2gy.html。洪震宇為澄意文創專案講師、TEDXTaipei講師。

自己的意念，明白和分享雙方的訊息，如下表二。

表二

當然我們「可以說、可以唱、可以演」，還可以透過「影像、音訊、視訊」等新型態媒體，來豐富我們的表達。但無論是那一種形式，都離不開「口語傳意」。我們平常的「說笑話」就是一種生活的口語表達。然而「說笑話」、「講故事」時，最精彩的不在內容，而是在「關鍵處」稍做停頓，或者語氣、聲調的強化，甚至擠眉弄眼、裝表情，才是它讓傾聽的受意者發噱的巧妙處，這些有時是天份，但透過訓練也是可以掌握口語演說的一些技巧，這是口語傳意超越文字表達之處。

學生在研讀普義南的講義後，掌握到「口語傳意」時，必須「訊息準確」、「表達清晰」、「用語得體」的「消極修辭」，但覺得最後的「語言生動」上，他們認為這種「積極修辭」是最難的，它不僅是意義的傳遞，最重要的是在場性的發揮。我們都要記得口語傳意時，用語精確得體之外，掌控節奏也很重要，以聲調的高低來表現語氣的輕重，變更聲調與音量，或是變更說話的速度，都離不開說話時場域大小的問題。而這些重點，學生在文本解讀與講授課程的活動中，都有深刻的體會與學習的收穫。

因此經過五分鐘「口語演說拿獎金」的過程，讓學生體會到「口語傳意」在「即時性」、「複合性」、「互動性」上的特色。因為他們在「短講」是動態進行式，是當下時空並存的結果，是每個瞬間都在變化著的獨特性傳播。一場「短講」在他們分工合作下，主講人的聲

音，加上海報上「彩繪心智圖」的提示，以及同組同學手機錄影上傳群組後，檢視主講者說話時的手勢、姿態，以及眼神，還有在場聽話者的回應等，都讓同學體會到口語演說的「複合性」與「互動性」的趣味。在活動中還必須提醒同學在「口語傳意」前，一定要做以下的反思（見下頁表三）。

這第二單元「要怎麼說故事」的課程設計目的，其實是要落實「口語演說工作坊」之「融入式」教學的理念。我們都知道「口語演說」可實踐的動面向很廣，也很多元。所以要讓學生在工作坊的進行，有學習的主題與實踐的舞臺，於是設計了「要怎麼說故事」這個單元。讓同學們學習「怎麼說故事」，一方面是做為第二階段「編寫劇本故事、撰寫大綱」的知識性基礎，另一方面做為推動第三階段「全校型：一起說故事競賽」的競賽種子選手的前置學習。

同學們從陳婉箐採訪洪震宇〈TED 打動人心〉的報導裡，明白了故事會讓人覺得事件好像如在眼前，因為當講者一邊描述，聽者也會同步在腦中建構，無形中會將人拉進事件中，也消除了彼此的距離。因此，用故事取代道理，反而讓人記得住、也願意聽。那要如何才能說一個好故事？洪震宇提出三步重點：

第一步：先決定要「用什麼方式」來講一個「怎樣的故事」：目標、阻礙、行動。

第二步：把故事想先規劃成「三幕劇」：六分鐘內完成的限定，可按時間軸排列，亦可採倒敘方式。

表三

目的	傳意的目的是什麼？	抒情、說理
方式	用什麼方式來說？	口頭報告？是簡報？是演講？歌唱？是戲劇？
身分聽眾	誰在說話？ 聽眾是誰？ 說給什麼人聽？	聽眾是學生，你就要用老師的身分來說話；聽眾是同學，你就要用分享的身分來說話；務必說話得體，免得貽笑大方。
場合地點	在什麼地方說話？	地點在哪裡？要說多久？那麼場地有多大？會多少人來聽？會場有沒有提供麥克風、簡報筆或者其他多媒體設備？我要站在哪個位置？要講多久？
場合時間	要說多久？	
內容	說些什麼？	決定要說些什麼內容。而這些內容要透過什麼技巧組織而出？好讓人聽得懂，也為之感動。
技巧	如何進行？	說話內容什麼該放前面？什麼該放後面？要直抒議論？還是舉例說明？這些都是說話技巧，涉及到表達策略、計畫、組織等環節。

第三步：三個重點、一個理念：「寫作」要有結構，以免發散；「故事」也要有架構，才不會鬆散。「說故事」前要先打草稿，才能譜出故事架構。

　　同學們對洪震宇說的「很會說故事的人，通常也很會聽故事。透過好的提問，採集別人的故事，就可變成自己的故事。」因而瞭解到任何日常小細節，都可以變有趣，尤其是「把我的故事，變成我們的故事」，真的是一件非常有趣的事情。

　　此外，參加工作坊的分組同學，要完成「改編劇本故事、編寫大綱」的實務操作，並且一定要參加「全校型：一起說故事競賽」。在編劇本故事的規範中，除了編寫劇本的基本格式教學外，也提供同學們相關的故事選材，所有故事皆可從古典小說，或現代小說、劇本取得，

除了提供學生篇章外，也鼓勵學生自編故事，期許同學們自由發揮。

最後參與工作坊的六組同學們，共有三組達成「全校型：一起說故事競賽」的投稿，完成比賽。比賽之前，工作坊第四組企管系三年級三位同學，利用課餘時間，找老師看劇本，並且不斷地重覆練習，最後以〈快樂王子〉取得說故事競賽的第一名。賽後同學表示：一起說故事很有趣，這是一次難得的經驗。

活動規劃結合一場「全校型：一起說故事競賽」設計

五月二十七日「一起說故事競賽」大合照

我們所處的時代，是一個忙碌的時代。設計一個連續性的校內工作坊活動，對象是學生，在執行面上，有相當大的難度。學生打工，或課外活動上，都安排得非常緊湊。此外，這個活動受限於疫情的限制，一方面要顧慮到群眾的安全性，另一方面也必須讓同學能夠在百忙當中能安心學習。因此對於能夠從一而終參與「口語演說工作

坊」，規劃了公民點數加分的規定，加上獎金的鼓勵，希望能為同學們的學習，有加溫的效益之外，更在課程設計上，特地安排一場全校型的競賽活動，讓同學們的學習能有一個實踐的舞臺，於是「全校型：一起說故事競賽」可說是本次活動的成果展示，也是本活動希望達成的延外效益。

　　這「全校型：一起說故事競賽」，是開放給全校同學報名參加的，活動辦法除了前述之時間、地點、競賽獎勵規定外，相關的比賽規定，如下：

一、每組說故事時間六分鐘（含一分鐘準備時間）。

二、報名時請先填寫「故事名稱」與「故事大綱」。

三、說故事形式不拘：可採說唱、歌劇、朗讀、戲劇演繹……等方式。

四、務必要以「團隊合作」的方式完成。

五、凡參加競賽活動者，可得第二類公民分數二分。

六、評分標準：口語表達力百分之三十、故事內容百分之三十、服裝儀容百分之二十、團隊合作力百分之二十。

　　這場比賽，最後全校共有五組同學報名，其中有三組是工作坊同學。五組所講的故事名稱分別為：〈80元的愛情〉、〈愛一個人不一定要擁有〉、〈快樂王子〉、〈煙火〉、〈小美人魚〉。這五組同學講故事的方式，除了〈快樂王子〉是以「戲劇演繹」的方式呈現外，其餘還是以「朗讀方式」為主。因此透過口語演說工作坊分組討論形式，引導學生透過閱讀、書寫、實踐、分享、回饋的活動式學習模式，最後以競賽的方式，總結學生的學習成效，是能提升本校學生在閱讀思考與口語表達方面，且能有更精進的反思力、組織力與表達力的自我實踐機會。

結語

　　這兩年來，受到疫情的威脅，在校內的課程設計與活動規劃上，面臨著種種的阻礙與挑戰，再加上個人主義盛行，在活動的推行上，以分組競賽的方式，確實會有很多的困難度。但為提升本校學生閱讀思考與口語表達能力，除了實用中文課、國文課之外，我們還有許多可以嘗試的口語表達模式。這些活動的終極目標，就是希望引導學生進行「自我探索」，增強「人文涵養」與「社會關懷」。因此藉由「口語演說工作坊」的課程設計與活動規劃，達成多元操作，來提升學生總體的「口語演說」與「閱讀表達」能力，是一個可多元操作的模式。

二　經典賞析

技專國文中的《左傳》教學芻議

黃羽璿

國立中山大學中國文學系助理教授兼臺灣中文學會副秘書長

　　僕自二〇〇九年起，南北輾轉，教授大專國文，益以專長使然，每多以古文辭相授，《春秋》經傳，尤其在列。晚近國語文教育之「文白之爭」張熾，不但高中的文言選文比例驟降，大學的國文課程亦亟思轉型，臺灣師範大學一改「國文」為「中文閱讀與思辨／中文寫作與表達」，便是顯例。在這波國文課程的變革聲浪中，技專校院亦非毫無動靜，其著者即反映在「課程名稱」上，國內六十七所公、私立科技大學與技術學院，僅三十所保留「國文」此一傳統課名。[1]換言之，高達五成五以上的學校選擇更名，其中又以「中文鑑賞與應用」、「中文閱讀與表達」為大宗，多達二十所選用近似的名稱。[2]此一課名的變動結果顯示：國語文課程由原來的「純閱讀」性質漸次轉向「兼實用」性質，[3]故亦有三所學校直接將課名改作「實用中文」。甚者如輔英科技大學，自一〇八學年度起乾脆棄用「中文」相關名稱，而新開「愛情文學與告白攻略」、「武俠小說與腳本編寫」、「飲食

1　統計所得三十校亦包含「本國語文」、「大學國語文」、「大學國文」、「大學國文選」、「中文」、「中國文學」六種課名。

2　他如「中文閱讀與鑑賞」、「中文閱讀與書寫」、「中文閱讀與寫作」、「中文寫作與思維」等，可知諸校課名皆在幾種固定詞彙間重組替換。

3　如德明財經科技大學特意將課名定為「中文『悅』讀與『舒』寫」，亦是基於此種思維之潛在表現。

文學與文案設計」等課取代必修之「大一國文」。[4]

前述科技大學之課名變革直接影響課程內容，傳統的文言選文除了《詩經》、《史記》外，多難入列；各校十八週的課程，平均亦僅安排二至四週教授。在此前提下，要將《左傳》繼續納入如是之課名／課程系統下，實難相稱。根據本文觀察，目前全國七十九所技專校院選教《左傳》之實況如下：

國內十二所專科學校，一般安排三至四年的國文課程，其特出者，如文藻外語大學之專科部則是五年皆有，且課名各異。[5]由於教育部所頒高中國文課綱之教材篇目，不論從「95暫綱」、「98課綱」的四十篇，到「101課綱」、「103課綱」的三十篇，再到現今「108課綱」的「普通型高中」十五篇、「技術型高中」十四篇與「綜合型高中」六篇，《左傳》「僖公三十年」的〈燭之武退秦師〉始終在列。受此影響，五專各校之國文課程選教《左傳》時，多取以為範文；另外，亦有數校別增「僖公五年」的〈宮之奇諫假道〉以為補充者。[6]

國內六十七所科技大學與技術學院，一年的國文課程中若有保留

---

4 其他尚有「人文觀照與多元表達」、「青春物語與夢想實踐」、「說理人生與專題寫作」、「旅行文學與創意企劃」、「生命敘事與家族書寫」等課供學生修習，其後或因課名與原「大一國文」相去甚遠，故校方自一○九學年度起又於每門課前新增「閱讀書寫」四字，以利選課辨識。

5 專一為六學分之「中國文學簡述」，專二為四學分之「古今文選」（國語文），專三為各四學分之「四書選讀」與「詩詞選」（國文二），專四為六學分之「史籍選讀」，專五為四學分之「先秦諸子選讀」，其國文課程之安排，已粗具大學中文系之基本專業，為專科學校所罕見。

6 〈宮之奇諫假道〉同〈燭之武退秦師〉，皆因收入《古文觀止》而裁出成篇，前篇所以受到部分專科學校青睞，殆因其為成語「脣亡齒寒」之典故出處而見於《左傳》者也；臺北護理健康大學通識中心姚彥淇教授即嘗據《左傳》中之「名言」設計課堂活動，詳參氏撰：《由地籟進於天籟：大一國文教學方案與策略新探》（臺北市：五南，2021年），第三章〈以《左傳》名句名言為主題並融入磨課師及「狂新聞」文字腳本寫作的教學方案設計〉，頁61-90。

文言教材者，最常選錄《詩經》〈關雎〉與《史記》〈刺客列傳〉、〈管晏列傳〉。由於《史記》與《左傳》同被歸入「史傳文學」之範圍，因此常見「取《史》則去《左》」之現象。而選教《左傳》者，有十所學校之課綱列「秦晉殽之戰」，約佔整體比例百分之十五，殆思延續高中所教〈燭之武退秦師〉之事件發展。惟此戰以「秦、晉關係」為背景，近涉秦穆、晉文、文嬴的「重耳之亡」，遠及秦穆、晉惠、伯姬的「驪姬之亂」，前後將近三十年，一一交代，恐非數週光景，故亦有三所學校單取「重耳之亡」為教。然更多的則是選擇另起爐灶，其中又以〈鄭伯克段于鄢〉位居前茅，同樣有十所學校選列課綱。

〈鄭伯克段于鄢〉因置《左傳》卷首，事涉君臣、親子、兄弟等多重人倫關係；益以君子「純孝」之謂，頗契中國社會倫理之價值取向，[7]且開後世史書傳記之論贊傳統，其文則史，其義則經。傳文篇幅，兩週能就，故選教者不少。此外，晚近出土〈鄭武夫人規孺子〉一篇，見收於《清華大學藏戰國竹簡（陸）》，簡文記載鄭武公新死、莊公初即位，武姜以守喪為由示意新君讓權、委政大臣，以及莊公與群臣間之周旋應答。簡文以三方對話構成，替二十二年後武姜助共叔段造反一事張本，可視作〈鄭伯克段于鄢〉之「前傳」，合之以教，亦得為武姜與莊公二人糾結之親子關係，提供更多面向之觀察。

關於《左傳》之教本，成功大學中文系張高評名譽教授新編《左傳英華》一書，全書選文二十四篇，同坊間流傳之《左傳》讀本，語譯、鑑賞俱在；其特出之處，則在新設「評林」一目，搜錄古文名家之析文片語。案《左傳》之評點風習，至明而盛，因多賞文而少注經，故為後世研經者所不取。惟其評點多對文章而發，內容正適語文

7　如我國教育部「國民及學前教育署」為落實中小學生之孝道實踐，即特設「孝道教育資源中心」加以推廣。

教育，故張書於個別選文後臚列宋、元、明、清諸家之批語數十條，[8]
即取其「有利為文」之意。

由於現今技專國文之實用導向，文章事理之人生借鏡成為教材選
用之其一考量，成功大學中文系黃聖松主任近撰《《左傳》三十六
計》一書，其副標題為「贏家攻略的36計和自保的36則生活智慧」，
頗切通識國文之實用精神，全書以白話轉譯《左傳》、說解事例，拍
合人事、擷取警語。如評析「秦晉殽之戰」後續，謂晉襄公釋秦三帥
乃為彈壓原軫，同時做順水人情予嫡母文嬴，並將大臣之怨懟全數轉
嫁；並提煉襄公之智慧云：「若他人目標與自己一致時，亦不可讓對
方知道，更應表現自己勉為其難，最後委曲求全而順從對方」。[9]從
「人君術」講至「人生道」，活化經典、以應世用。中興大學中文系
蔡妙真副教授於一一○學年度執行教育部教學實踐研究計畫：「以應
用導向提升《左傳》教學成效之研究」，將有聲書、Podcast 錄製與桌
遊設計帶入課堂，透過跨領域的學習方式脫離傳統的文本講授，執行
成果獲選年度「績優計畫」。黃、蔡二先生皆熟習《左傳》而致力於
教材、教法之創新者，為正處國文課程轉型之風口浪尖的古代文言經
典，另闢蹊徑。

---

8 如於〈鄭伯克段于鄢〉後之「評林」引金聖歎曰：「一篇文字，凡用三『遂』字作
　關鎖。此志姜氏之于莊公也，曰『遂惡之』，惡得急遽無理。親所生子，何至于
　此？後志莊公之于姜氏也，曰『遂置于城』，置得急遽無理。身實生焉，何至於
　此？末結二人曰『遂為母子如初』，卻正就他急遽無理處，一翻翻轉來。于此可見
　聖人教人遷善改過，妙用如許。」析句辨字，正可為衡文作教。見張高評：《左傳
　英華》（臺北市：萬卷樓，2020年），壹〈敘事文〉，頁12。
9 參黃聖松：《《左傳》三十六計》（臺北市：五南，2019年），26〈晉襄公之「順水人
　情」〉，頁161-168。

敘事教學實務
──以史記為例

劉錦源

馬偕醫護管理專科學校跨領域教育中心助理教授

一　前言

　　史記是一部深具價值的傳統經典，筆者投入史記研究二十餘年，愈投入就愈喜歡這部經典，深深覺得它是一部足以媲美聖經、佛經的經典。「一○九學年度第一學期」筆者首度於任職學校開設「史記人物故事」選修課程；令人意外的是：甫開課，選修這門課的學生就大爆滿，遠超出筆者當初的預期。還有許多學生說，因選課動作稍微遲緩，想選修這門課就選不到了；言語中充滿無限遺憾。課中、課後，學生給予這門課的「教學評量」反思回饋也極佳，滿分五分，學生平均分數給到四點八分。這一切大大增添了筆者繼續開授這門課的勇氣、信心及心情上的愉悅。二○二一年四月二十三日──就在臺灣開設 COVID-19疫情三級警戒前夕，「實用中文寫作教學工作坊」熱情邀請筆者前往演講，筆者以「讓夢想成真──我與史記人物故事教學」為題，跟與會的師長朋友們分享我開設這門課的教學心得。會後，筆者奉命將當天演講內容整理，再分享讀者朋友們。居於上述，於是筆者就不揣淺陋，以「敘事教學實務──以史記為例」為題，歸納一些可操作的教學方法，就教予諸位專家朋友們。

二 教學目標

　　這個世界隨時都在發生各種形態的故事，故事無所不在。一個善於敘事的人，能發揮深遠的影響力，能深入打動人心。許榮哲說，未來的一切產業都是媒體產業。未來的廣告、行銷、遊戲，甚至更廣泛的職場和商業領域，都要求人人必須擅長說故事，能不能在三分鐘內打動面試官、合作夥伴、投資人或者消費者，說好故事很重要。我們永遠記得賈伯斯在蘋果的產品發表會上侃侃而談的樣子，他不是在向我們推銷3C 產品，而是用故事來行銷一種價值。可是很多人都在發愁：我不會說故事啊，我沒有天賦。[1]可見敘事能力的強弱，關係著個人能否在各類競爭中脫穎而出，是職場重要的軟實力。學生喜歡聽故事，但不一定每個人都具備敘事的能力。是以本課程之教學實踐，首要任務即試圖透過諸種教學方法，培養學生敘事及多元之能力。

三 教學內容

　　史記是一部充滿故事性的經典，司馬遷寫史記就好像在說一則則動人的故事給大家聽一樣，把所有人物都陳述的很生動。如他寫狂飆英雄——項羽、天才將領——李廣、「卡里斯馬（charisma）」領導者——劉邦等，無不引人入勝。[2]本課程即希望透過介紹史記中豐富的人物故事，引發學生高度的學習動機。其次，史記敘述最精彩的部分，筆者以為當屬漢高祖時期和漢武帝時期。因此，本課程教學實踐在挑選史記人物準據方面，即以漢高祖時期和漢武帝時期為核心。環

1　許榮哲：《3分鐘說18萬個故事，打造影響力》（臺北市：遠流出版事業公司，2020年）。

2　林聰舜：《史記人物故事》（臺北市：三民書局，2020年）。

繞著這二大核心時期，挑選：一、學生較熟悉的，或至少曾聽說過者。二、或性格鮮明者。三、或事蹟較特殊者。四、或在歷史上被討論較多者。五、或對後人啟發較多者。六、或較有趣味者。七、或對時代有重大影響者。以這七個準據為基礎，分別挑選出：嬴政、項羽、劉邦、劉徹、張良、蕭何、韓信、陳平、竇嬰、田蚡、李廣、衛青、霍去病、游俠、酷吏、司馬遷等人物作為介紹的對象，並旁及同時期的相關人物。企圖透過一個個具代表性的人物故事整合，勾勒出一個大時代的圖像，呈現出歷史中的大問題與大趨勢，以培育學生「究天人之際」、「通古今之變」之氣度。

四 教學方法

（一）解壓縮法

　　司馬遷以「文言文」書寫史記。雖然「文言文」具有縮短資料長度，減少書寫時間，降低儲存空間的價值；但「文言文」也是書寫工具還不發達時代，所產生的一種簡明扼要記載資料、傳遞訊息的方式，距今年代較久，大部分學生因不了解它形成的過程，覺得它很難學，甚至懷疑它在今天存在的價值，很不想接觸它，致使「文言文」教學荊棘滿布，不僅學生挫折感重重，教師授課也很氣餒。

　　本課程之教學實踐以瀧川龜太郎《史記會注考證》為主要參考文本，因全是文言文，無法避免上述「文言文」教學上的問題，因此需要運用「解壓縮文言文」的方法，解壓縮其所要傳遞的訊息。筆者的方法是：應用電腦「壓縮」和「解壓縮」的概念，將「文言文」看成是被「壓縮」過的文字，是書寫工具還不發達時代人們共識共用所取得的一套「壓縮技巧」，用它來書寫他們心中所要記錄的。「解壓縮文

言文」，即仿電腦程式「解壓縮」的概念，透過「解壓縮」的步驟，
逐步將壓縮於文言文的文本訊息，諸如寫作動機、寫作技巧、弦外之
音等，「解壓縮」出來，並在課堂上予以說明。讓學生明白該篇章形
成的過程，並清楚其「壓縮」的原理，進而知道如何「解壓縮」《史
記會注考證》中相關篇章的文字訊息，對《史記會注考證》中相關篇
章的訊息能有完整而精確的掌握，並進而產生學習上的「成就感」。

（二）深度討論法（Quality Talk）

傳統教學的框架，雖然也包含交談，但主角大多是教師，和學生
間的關係是「我說你聽」。「深度討論」是讓師生產生更多互動，並藉
由說話、討論來培養學生自主談話的能力。透過一套循序漸進的設
計，逐步引導，反覆辨析，不斷歸納整理，並調動原有知識和隨時檢
索資訊，建立一套價值觀和哲學原理，以訓練學生思辨與表達能力。
「說話／討論」是「深度討論」的一個主要元素，它鼓勵學生透過說
話來表達意見，或展現評判能力。討論時問題的形式不限，也不一定
要有正確答案。教師與學生之間討論的問題，可以跳脫簡答或是非題
的考題形式，而是以「你覺得如果……會怎麼樣呢？」、「假如當
時……你要怎麼辦？」的形式，來激發學生的思考和進行彼此間的討
論。[3]真正有意義的討論或提問，需要學習。

因此，筆者擬運用美國賓州大學 P. Karen Murphy 教授的「深度
討論」（Quality Talk）教學法，期望透過「對談」和「討論」，促進學
生思考，達到更進階的思辨與認知層次。因此，在本課程教學實踐方
面，筆者結合歷年參加相關學術研討會及於期刊、專書發表的研究成
果，與學生深度討論。例如：在「高祖本紀中的劉邦介紹」這一單元
裡，設計包含：

3　參見網址：http://pr.ntnu.edu.tw/news/index.php?mode=data&id=18084。

　　一、赤精斬白蛇、劉媼夢與神遇等神話傳說的意義。二、劉邦以一介平民，在毫無憑藉的情況下，短短五年之間就削平群雄，登上帝位，這是所謂的「天命」嗎？三、劉邦的豁達，表現在那些方面等議題。其次，在「分組討論議題分配」方面，筆者將邀請學生就《史記》本紀、世家、列傳、表、書中的人物，就其興趣所在，選擇其中一個人物深度探討。擇好題目後，須先予筆者評估其可行性；再製作成 Microsoft PowerPoint 簡報檔格式，口頭報告這個人物的性格、曾從事的活動事蹟及其對現代人的啟示等。

（三）反思法

　　所謂「反思」，它是對某一個議題的思考，是行為主體對自己的態度、觀念、情感及情境的思考，是對於過去經驗事件的「回顧」，是反身朝向觀者自己的一項活動，是一種探索的活動，帶來的是不確定、困惑、猶豫、懷疑的狀態。它有別於一般的「心得報告」。在解決問題的過程中發揮作用的「反思」，主要是在答案出現之前和之後所進行的探索。在還沒有找到答案之前，「反思」讓我們直接去面對經驗世界，進行觀察、探索和試圖找尋可能的答案。[4]參酌上述「反思」指引，本課程教學實踐在學期末會安排學生進行「反思」活動。首先我們會在活動中邀請學生思考：一、當初他修這門課的動機是什麼？（即當時為什麼要選這門課、對這門課的憧憬有那些）二、從第一週到目前為止，他印象裡這門課上了那些內容？其中那些內容令他印象最深刻？三、請他說明這門課那些地方符合或不符合他的期望（回答「不符合」者必須說明他覺得應該如何改進）？據筆者經驗，「反思」結果對教師進行教學改進幫助很大。

4　林文琪：《反思寫作：刻意練習手冊》（臺北醫學大學出版，2018年），頁2-4。

（四）協同教學法

二〇〇九年的「技職教育再造方案」，該方案共有十項策略，其中「引進產業資源協同教學」即為遴聘業界專家（以下簡稱業師）共同規劃課程及協同授課。因此，本課程教學實踐也遴聘了業界專家協同教學，由業師與筆者共同組成教學團隊，以筆者為主，業師為輔，共同規劃課程內容及編撰教材，計畫與執行教學活動。透過協同教學，充分運用教師專長分工合作，創新教學組織，改進教學型態，充分利用教學設備及教學資源，發揮團隊精神，突破傳統教學模式，變化學習方式，提高學生學習興趣，使學生透過「業師協同教學」獲得更多的指導。[5]

本課程教學實踐近期是邀請陳連禎教授協同教學。陳教授研究史記多年，曾出版《小心黑天鵝——史記與危機管理》、《劉邦的團隊臉譜》等著作。更難能可貴的是其從警四十餘年的經驗，歷任過分局長、縣市警察局長、警察專科學校校長等重要職務，資歷完整，在領導統御、行政管理、危機處理等方面有豐沛、珍貴的親身經歷；可以在史記學「學理」層面及人生社會學「實務」層面，給予學生極佳的指導。

（五）其他

除去上述「解壓縮法」、「深度討論法」、「協同教學法」之外，在當前 COVID-19疫情衝擊下，本課程教學實踐也擬將教師端「線上教學」的創新和研發，以及學生端的「線上學習」成效，列為「史記人物故事」這門課程努力的重點。此外，再結合：一、在教學單元結束時，給予學生「延伸閱讀」的書單。二、舉辦「成果發表會」，展示

5　參見網址：https://reurl.cc/NrmGxQ。

靜態的上課筆記，延伸閱讀相關書籍，分組報告成果，使成績的評量方式多元化。三、強化電子線上創新教學內容及方式，並製作「數位教材」。四、引導學生查索工具書及利用圖書館資源。五、舉辦「討論」或「分組座談」，參考 PBL（Problem-based-learning）精神，要求學生針對議題鞭辟入裡剖析，訓練學生敘事與思考能力，並藉此提升學生活學活用和解決問題能力。六、因應時代未來發展趨勢，訓練學生善用現代科技，以跨領域跨學科視角，要求課後繳交「微電影」作業，提升學生專業知識及技能學習，培育具備跨領域溝通協調整合能力及分析能力，以培訓產業所需專業人才。七、申請「創新教學研究計畫」經費補助，豐富本課程可運用之教學資源。

五　結語

綜合前述可知，史記是一部體大思精的鉅著，書中敘述的人物更是精彩絕倫，足以引發學生的學習動機。因此，筆者開設「史記人物故事」課程，不僅是要為「史記事業」的推廣和傳播略盡綿薄之力。透過解壓縮法、深度討論法、反思法、協同教學法、講述法、分組合作討論法、專題學習法、實作學習法、發表學習法等，不僅可以訓練學生敘事、思考和善用現代科技之能力，提升學生活學活用和解決問題能力，更能培育具備跨領域溝通協調整合能力及分析能力，符合現代產業所需的專業人才。在此要特別強調，上述各個教學法間不是各自獨立進行，而是彼此相輔相成。筆者最終目的，不僅要讓學生明白：「史記人物故事」極富變化和趣味性，是一門極具學習價值的課程；更要讓「以史為鑑」或「讀史使人聰明」，有更具體落實的可能性。

〈紅線〉讀寫創思探究之教學設計

蔡娉婷
陸軍軍官學校通識教育中心教授

一 前言

　　「傳奇」興起於隋唐之際，繼承了魏晉南北朝筆記小說以來的搜奇記趣，是中國古典小說發展的重要轉折，題材亦豐富廣泛。揉合了佛道的果報輪迴、以武犯禁之豪俠主題的〈紅線〉，是令人印象深刻的晚唐傳奇佳作。

　　〈紅線〉的作者袁郊，字之乾，蔡州朗山（今河南汝南縣）人，唐昭宗時為翰林學士，唐文宗開成年間登科中第，官至虢州刺史。文學藝術價值能深植人心，與其寫作特色有關，全文共一千六百餘字，文字精巧簡省、清晰且優美，富於敘事、描景、記人、狀物的寫作特色，核心人物為唐朝潞州節度使薛嵩的婢女「紅線」，敘述其姻親魏博節度使田承嗣廣招兵馬，意圖侵吞薛嵩的領地，為了替主人分憂解勞，紅線利用自身的特異本領，夜半前往田承嗣枕邊盜取金盒示警，不僅遏阻了田承嗣的野心意圖，也消弭了薛嵩的兵禍災難。人物虛實相參，故事帶有濃厚的傳奇與俠義色彩，也反映了唐代中後期藩鎮割據、陰謀角力的現實面。

　　E. M. Forstor 在《小說面面觀》說：「小說是散文寫成的某種長度的虛構故事。」虛構是小說的必要條件，唐傳奇的形成，遠繼神話、

傳說和史傳文學，近承魏晉南北朝志怪及志人小說，發展成以史傳筆法寫奇聞軼事的小說體式。本篇固然是虛構之作，然而寫人情事理，無不通透，在短短篇幅中刻劃紅線這位奇女子的前世今生，讀罷令人叫絕。

　　由於升學考試的壓力，許多學生在國、高中階段的語文課程必須背誦許多教材，使得教學內容的規劃常為學科考試範圍的學習，往往忽略考試之外應涵養的思考能力，致使應具備之基本語文素養與核心能力有所欠缺，直至進入大學課程，對文言小說更是漸行漸遠，如何讓非傳統中文系所的學生閱讀唐代傳奇故事而不致感到枯索艱澀，在教學設計上，則應問思並進。本文將之分為三次共六節課的規劃，參考 PISA 閱讀素養的「擷取與檢索」、「統整與解釋」、「省思與評鑑」三種歷程向度，進行閱讀與寫作各兩堂課的創思探究。

表一　〈紅線〉教學設計

時間	讀寫歷程	具體方向	教學目標
兩節課	擷取與檢索	擷取訊息	掌握小說情節之發展，瞭解人物之關係。
		檢索資料	閱讀小說文本，查找相關典章、時辰制度、地理位置。
兩節課	統整與解釋	廣泛理解	理解紅線智取金盒的過程與用意。
		發展解釋	理解紅線深藏不露的心跡。
兩節課	省思與評鑑	文本內容	理解小說主要人物的性格，故事主題與藝術價值。
		文本形式	剖析敘事手法、管窺唐傳奇的性質，瞭解唐朝俠義小說的特色，比較類似題材之承繼與開展。

二 教學設計

（一）流程規劃

　　本篇之教學目標及教學實施如表一。文本部分，〈紅線〉選自袁郊所著之《甘澤謠》，《新唐書》、《宋史》亦皆有著錄「袁郊《甘澤謠》一卷」。其書名來自「以其春雨澤應，故有甘澤成謠之語。」[1]於第一次上課前一週，即將文本電子檔放置教學平臺，供學生下載閱讀，除了〈紅線〉全文，並提供簡單的題解訊息，請學生研讀後，自行搜尋相關說明或語譯，做為初步瞭解的參考。為促進學生初步閱讀理解的成效，課前須完成一項簡單的作業，以短文敘述回答以下兩個問題，於上課前上傳至教學平臺：

> 題目一：紅線的身分及來歷、有何特殊本領？
> 題目二：薛嵩與田承嗣之身分及關係、領地在何處？一更到三
> 　　　　更是多久？

　　透過問題的作答，可導引學生掌握基本的情節，檢取文本的重要線索，做為擷取與檢索之基礎，並為之後「閱讀深究」搭建鷹架。在第二次上課之「閱讀深究」主題結束後，教師再分配予學生《淮南子·道應訓》與唐傳奇〈聶隱娘〉、〈謝小娥傳〉，做為課後閱讀與補充，並成為第三次上課主題「寫作深究」的探討內容。三次課程結束後，學生須完成兩題開放式問題，作為課後評量作業：

1　陳振孫《直齋書錄解題》，今收入《太平廣記》卷一九五。本篇的教學設計，文本來源是汪辟疆校錄：《唐人小說》，（上海市：上海古籍出版社，1978年1月，頁260-262。）

題目一：紅線盜金盒的情節，與《淮南子‧道應訓》「楚偷」
　　　　有哪些異曲同工之妙？

題目二：比較〈聶隱娘〉、〈謝小娥傳〉裡的俠女與本篇有何不
　　　　同？

（二）教學主題一：閱讀深究

　　第一次上課初始的五分鐘，教師可先透過 IRS 系統實施十題課
前測驗，以封閉式問題之單選題為主，可為課程做暖身，兼瞭解學生
翻轉學習成效，並同時完成課堂點名。教師可根據學生答題情形，先
讓學生對本文概念定錨。讓學生完成前測題目的時間不宜過長，目的
僅在測知學生是否已具有課堂討論的先備認知。對學生端而言，也是
基本觀念的釐清與掌握。題目及選項如下：

一、「青衣」的意思是什麼身分？（媒婆／司馬／婢女）

二、紅線是誰的青衣？（田承嗣／薛嵩／令狐彰）

三、以下敘述何者正確？（薛嵩的女兒嫁給了魏博節度使的兒
　　子／薛嵩的兒子娶了魏博節度使的女兒／薛嵩的女兒嫁給
　　了滑臺節度使的兒子）

四、什麼是「外宅男」？（喜歡在外遊盪的宅男／儲備在城裡
　　伺機而動的兵卒／在家擔任長工的下人）

五、紅線夜盜金盒的故事前有所承，請判斷來自何處？（《淮
　　南子‧道應訓》有關「楚偷」之事／明代梁辰魚的雜劇
　　〈紅線女夜竊黃金盒〉／宋代話本〈紅線盜印〉）

六、故事中哪個句子的描述感受得到心情的輕快？（夜漏三
　　時，往返七百里／專使星馳，夜半方到／念往喜還，頓忘
　　於行役）

七、紅線覆命於薛嵩的話語,有何特色?(選出錯的)(使用
　　了對仗的語句,文字優美生動／是用倒敘的方式陳述當夜
　　的經過情形／對於自己的行為,極盡邀功之能事)

八、紅線為何會在薛家並報恩?(上輩子誤殺三人,今生要拯
　　救生靈免於塗炭／薛嵩世代對紅線家人有恩,故思圖報／
　　紅線是埋伏在薛家的女俠,事跡敗露而走)

九、哪些細節描述,看得出紅線的心思細密?(聽得出擊鼓的
　　人有心事／一更首途,三更可以復命／冀減主憂,敢言其
　　苦?)

十、田承嗣看到金盒被送回,他的反應是?(大為生氣,立刻
　　舉兵進逼薛嵩／大驚失色,立刻打消侵犯潞州的野心／伺
　　機而動,不時覬覦薛嵩的領土)

　　根據美國認知心理學家 Ausubel 的意義學理論,認為學生的認知
結構是學習新知的基礎,即強調學生的先備知識,他也重視「講解式
教學法」(expostitory teaching),即教師對基本資料及知識的提供,讓
學生築起觀念的基礎。由於課前學生已完成基本資料閱讀,教師可以
透過有系統的簡報呈現,將故事架構、人物關係、時辰制度、地理位
置,與學生進行「擷取與檢索」的確認,過程大約不超過十分鐘。包
括小說裡的自然環境、社會環境與藩鎮制度,理解紅線言行的特色及
智取金盒的用意。教師可匿名分享幾位同學於課前問題的答案,收凝
聚注意力之效,也可和學生討論前測題目的疑問。紅線夜奔的起迄地
名,透過 Google 地圖查詢的結果,從薛嵩所在的山西長冶市至田承嗣
所在的河北邯鄲,相去一百六十六公里,步行須三十七小時。可再想
想,子夜前三刻指的是幾點幾分?紅線來回花費多少時間?透過上述
的暖身操作題,除了做為學生進入主題的溫習,也喚起學習動機中的
「好奇心」。

　　在第一次的兩節課中，乃「擷取與檢索」階段，透過故事的五何：何人、何時、何事、何地、如何（如：「紅線有哪些本領」、「紅線報恩的原因」），已可初步掌握文本內容。

　　在第二次兩節課中，進入「統整與解釋」階段。根據第一次上課的討論與認知奠基，進一步發展對文本的解讀。心理學家 Vygotsky 認為，閱讀是個人主動地對文本進行認知理解與意義創造。文言短篇小說的閱讀目標，在於故事設計的終極關懷何在，在理解文意過程中，教師可透過「核心問題（essential questions）」的提問，與學生分組討論紅線深藏不露的心跡。「核心問題」的概念來自 Jay 和 Grant[2]，也就是文本的中心思想是什麼？想呈現什麼意義？先以「引導式問題」為踏階，再探觸「核心問題」。

　　「引導式問題」則屬第六何——「為何」的問題，例如：「夜盜金盒的過程，小說作者為何要交由紅線自己來敘述？」透過小組討論交換意見與同儕激盪，提升學生的思辨力。再例如：「為何小說要詳細描寫紅線執行任務前的裝束打扮？」、「『夜漏三時，往返七百里』和『專使星馳，夜半方到』，這兩句話想表達什麼？」此一層次可促進對於文本的理解與詮釋，掌握閱讀本篇小說的重點。

　　而「核心問題」包括：「小說主要人物的性格，可從哪些情節中刻劃出來？」、「紅線沒有傷害節度使田承嗣，而以計取，有何涵義？」、「唐代小說中的俠女，與一般婦女形象有什麼差異？」等，便值得留給學生稍多的時間討論，再邀請各組分享看法。故事中的前世經歷和來世將往的歸宿，夾雜因果輪迴、超離塵世等佛道思想，固然不脫唐傳奇常見的窠臼；紅線為彌補前世的過錯，投胎為婢女以贖罪的主貴奴賤、男尊女卑思想，也可請學生發揮己見。

2　J. McTighe & G. Wiggins著，侯秋玲、吳敏而譯：《核心問題：開啟學生理解之門》（臺北：心理，2016年10月）。

以現代眼光來看，本篇具有形象錯置的性別角色，紅線以一介女流，而能「通經史」且擔任「內記室」，掌管公府文書，已具備當時男性應有的職場能力。眼見薛嵩飽受田承嗣的軍威欺壓，想必她早已十分明白主公的處境。看得出她早已胸有定見，只待時機到來，便能將預備好的計策付諸實行。獻策親赴魏郡前，她的語氣躊躇滿志（某之行，無不濟者），對照薛嵩的不知所措（然事若不濟，反速其禍，奈何？）更使人見出紅線果敢獨斷的個性，也具備不同於傳統女性的作風。

（三）教學主題二：寫作深究

第三次上課，乃進入「省思與評鑑」階段。上課伊始，先請同學分享課前所撰寫的閱讀感受，包括《淮南子・道應訓》「楚偷」之事、〈聶隱娘〉、〈謝小娥傳〉與〈紅線〉之主題異同，與全班交流意見。隨後根據小說主題意識、人物刻劃、敘事方式，進一步分組討論，從寫作角度進行深究，再與全班分享。歸納本篇的寫作特色如下：

1 創作主題

本篇為唐人俠義小說代表作之一，俠義小說的出現，往往因為社會環境所限，人們無法從法律得到應有的保障，故盼望除暴安良的俠客出現，伸張正義。女俠角色甚為特別，大多為了報恩、復仇，〈紅線〉屬於僕報主恩，兼有「贖罪」的意味，與後世武俠小說中的「俠」仍有所不同。紅線與聶隱娘、謝小娥不同的是非報私仇，而是執行重大的政治任務，使「兩地保其城池，萬人全其性命」，形象文武俱全，心思細密，裝扮莊嚴，能夜行七百里，妙取政敵床頭寶物如探囊，武功莫測，事成亦不居功，淡泊名利，隨後即飄然不知去向，令人掩卷悵然。

　　寫作題材方面，紅線盜取金盒之事，與《淮南子‧道應訓》篇幅及敘事詳略上區別甚大。楚偷三次潛入，造成齊軍的恐慌而退兵，全文不到三百字。〈紅線〉在人物形象的刻畫，更勝一籌。後世據〈紅線〉改編的小說、戲曲有：宋代話本〈紅線盜印〉、明代梁辰魚的雜劇〈紅線女夜竊黃金盒〉，以及近代梅蘭芳的京劇《紅線盜盒》等。相似的母題，在不同時空下變化迥異的體裁，此又為一明證。

2　人物刻劃

　　人物是小說塑造的靈魂，沒有人物也就無法構成故事。首段即掌握了紅線的形象特點，使其浮現紙上。她能從擊鼓聲判斷鼓手心懷塊壘，不僅呼應了「善彈阮咸」的音樂素養，更進一步顯示了紅線心思之細密，為日後薛嵩於庭院憂心忡忡而代其解決問題，預埋伏筆。紅線雖為節度使之青衣，薛嵩仍不以人廢言，不但聽取其言，並體察鼓手的喪妻心情，立刻放其歸家奔喪。透過第一段的百餘字，已在讀者心裡留下鮮明的印象。刻劃薛嵩記掛紅線行蹤時，「舉觴十餘不醉」、「忽聞曉角吟風，一葉墜露」，人物內心的惶惴不安具體且鮮明。

　　本篇人物虛實相參，薛嵩祖父薛仁貴為唐代名將，田承嗣、令狐彰原為安祿山部將，後降唐，根據計有功的《唐詩紀事》，薛嵩曾有侍婢手紋猶如紅線，故名之。薛家為紅線餞別時，座客為其賦詩的冷朝陽為唐代宗大曆四年之進士，憑添故事的傳奇性。

3　敘事方式

　　〈紅線〉的敘事方式有以下六項特別處：一般故事均先鋪陳背景，然本篇以紅線為開場，敘其識人之明，乃特別之一。允諾薛嵩進行夜間秘密行動後，隨即倏忽消失，待事成返回後，再補敘行事過程，乃特別之二。補敘時改以第一人稱敘述行動始末，並以優美的駢

文鋪陳，乃特別之三。去程急如星火，未及多言；回程方有餘暇描述四周環境與輕鬆的心情，乃特別之四。號稱擁有龐大軍士駐守的魏博節度使府邸，居然深夜全城昏寐，使紅線如入無人之境，看盡兵卒滑稽睡姿，憑添故事趣味，乃特別之五。以田承嗣軍備武勇的陣勢，薛嵩家族世代的遺業可能盡失，卻在紅線巧妙用計之間，弭平可能出現的兵戎禍難，一張一弛間，增添故事張力，乃特別之六。

　　文言體裁承載著重要的古典文學、史學與美學，除了字句理解外，結合寫作手法的探究，可提高對文本的理解，並可讓學生改寫經典為現代小說，做為本篇教學設計的延伸試煉。寫作視角可使用第一或第三人稱；第一人稱則可採用紅線或薛嵩視角，自可營造不同的創思趣味。

三　結語

　　閱讀古典小說的情味，在於滿足情節的虛實想像、感受典型人物的飽滿生命，並從中體察文學與文化的深度與廣度。閱讀活動是十分美好而享受的心領神會，而寫作探究是明白其之所以然的進一步剖析。美國當代哲學家 M.Greene 認為，「我們要採取陌生人的觀點去看待日常生活中的一切，也就是以探究、懷疑的方式看待自己所生活的世界，這樣的觀點就像久居外地後再返家一樣。」教師須先扮演教室的陌生人，從學生角度面對我們原本熟悉的古典文言小說，像「返鄉遊子」般重新體悟文本，探究與思考，才能帶給學生嶄新的視野，在讀寫歷程中另闢蹊徑。

生命教育融入詩詞閱讀教學探析
——以蔣捷〈虞美人〉為例

謝淑熙

國立臺灣海洋大學共同教育中心兼任助理教授

一　前言

　　在二十一世紀知識經濟發達的時代，每個人除了具備專業智能、專業證照外，更重要的就是要有良好的道德情操和生命智慧的素養。而其中的生命智慧更是推動生命教育的原動力。生命教育的內涵則包含了「人生觀的深化」、「價值觀的內化」、「知情意行的人格統整與靈性發展」等三個向度，亦即終極關懷與實踐、倫理思考與反省、人格統整與靈性發展三大課題領域。[1]美國發明家愛迪生（Thomas Alva Edison, 1847-1931）說：「生命如同大自然百科一樣，需要自己用心去挖掘、去體會，才能找到屬於自己的寶藏。」的確，在人生之旅中，生命的意義要在生活中去實踐力行，每個人觀照到自己的角色定位，才能讓生命茁壯成長。

　　在社會結構瞬息萬變的時代裡，盱衡臺灣的教育制度，脫離不了升學主義的窠臼。學生面對功課與升學的壓力、交友的問題、家庭的暴力……等問題，使得快樂指數直線下降，挫折感也隨之增高。在抗

---

[1] 參見普通高級中學選修科目：〈「生命教育」課程綱要〉，2008年。

壓性差與情緒失控下，使得萬念俱灰，因此青年學子自殺的現象，已成為臺灣十大死亡原因之一。加上 E 世代的年輕人，常常以「只要我喜歡有甚麼不可以」的人生哲學來待人處世，無視於父母的苦口婆心，視師長的諄諄告誡猶如過耳飄風。在生活上稍有不順遂就心生瞋怨，甚且尋仇挑釁，因此青年學子結夥滋事事件層出不窮。為人師表者，對沉痾已久的教育問題，豈能視而不見、習而不察呢？因此如何將生命教育融入教學過程中，這是每位教師所應承擔的重責大任。

二　生命教育的重要性

教育是百年樹人的興國大計，生命教育探索生命的課題，包括人生目的與意義的探尋、美好價值的思辨與追求、自我的認識與提升、靈性的覺察與人格的統整，藉此引領學生在生命實踐上能知行合一，追求幸福人生與至善境界，其實施乃全人教育理念得以落實之關鍵；生命教育的學習主題涵蓋了哲學思考、人學探索、終極關懷、價值思辨與靈性修養等五大範疇，其實質內涵則以「人生三問」為核心，其中「人為何而活？」乃是對於人生終極關懷問題的思考，「人應如何生活？」則反映對於價值思辨的不斷淬煉，「如何能夠活出應活的生命？」是知行合一的問題，而知行合一則是靈性修養的目標。[2]

大學生命教育之最佳切入點大概是愈來愈受到各校重視的通識教育課程，通識教育學會在二〇〇八年十一月出刊的《通識在線》中清楚指出，大學的專業教育與學生的生命成長正逐漸脫節中，身處全球各地文化劇烈碰撞、價值理念互相衝突的社會文化環境之中，大學生迫切需要安頓生命的意義與價值。而這正是通識教育的主要目的，也是生命教育的目標。因此，如何建構以生命教育為核心課程之通識教

2　參見〈十二年國民基本教育課程綱要生活課程〉，2019年。

育,可以說是在大學推行生命教育的當務之急。[3]因此利用通識課程,借古今中外名人生命歷程的傳記,引領學生建立正確的人生觀,以開創人生的光明面,這也是推動生命教育的圭臬。

三　生命教育融入詩詞閱讀教學:以蔣捷〈虞美人〉為例

　　中華民族五千年的悠久歷史,源遠而流長,載浮著古聖先賢的智慧結晶,孕育了璀璨的詩篇,優美動人的韻律,更憑添中華文化綠意盎然的色彩。孔子說:「溫柔敦厚,詩教也。」[4]所以在詩詞的教學上,鑑賞與分析,不但可以陶冶學生的性靈,並且可以使學生在潛移默化中,培養高雅的情操及發思古的幽情。茲就蔣捷(1245-1301)〈虞美人〉所描述一生意象的軌跡,來設計生命教育的教案,如下:

(一)課程目標

一、學生藉由品讀〈虞美人〉詞,進而體悟作者生命歷程三個階段不同的感受,引領學生建立正確的人生觀,以開創人生的光明面。

二、學生能體會「悲歡離合總無情」的無奈與悲痛,學會珍惜生命中的每一天,積極進取奮發向上。

　　少年聽雨歌樓上,紅燭昏羅帳。壯年聽雨客舟中,江闊雲低,斷雁叫西風。

3　參見孫效智:〈臺灣生命教育的挑戰與願景〉,《課程與教學季刊》12卷第3期(2009年7月),頁20。

4　引自〔漢〕鄭玄注,〔唐〕孔穎達疏:《禮記正義‧經解》(臺北市:藝文印書館,1998年),卷50,頁845。

而今聽雨僧廬下，鬢已星星也。悲歡離合總無情，一任階前點滴到天明。

蔣捷〈虞美人〉

本詞是一首小令，是作者蔣捷生命軌跡的分期紀錄，也是一生真實的寫照，以三幅象徵性的畫面，概括了從少年到老年，在環境、生活、心情各方面所發生的巨大變化。詞人曾為宋末元初的進士，過了幾年官宦生涯，但宋朝很快就滅亡，他的一生是在顛沛流離中度過的。三個時期，三種心境，讀來令人感傷不已。全詞旨在表現國家已亡、江山易主、歷盡人事滄桑的悲痛無奈之情。並以聽雨為題材，概括了少年、壯年和晚年三個時期的不同感受，身世家國之感極為痛切，其中「壯年聽雨客舟中，江闊雲低，斷雁叫西風」二句，尤其悲壯蒼涼。

（二）單元設計與立意取材

	時間	地點	場景
立意取材	少年聽雨	歌樓上	紅燭昏羅帳
立意取材	壯年聽雨	客舟中	江闊雲低，斷雁叫西風
立意取材	晚年聽雨	僧廬下	一任階前點滴到天明

「少年」聽雨的畫面，是由「歌樓、紅燭、羅帳」三組詞語，傳達年少歡樂風流的情懷，正是燈紅酒綠「不識愁滋味」的青春年華。「壯年」聽雨，是飄零在「江闊、雲低」的「客舟」中，映入眼簾的是「斷雁」、聽到的是蕭瑟的「西風」，可說是作者顛沛流離處境的寫照。晚年歷盡滄桑、亡國亂離的悲愴，即使徹夜聽到雨聲，也「一任階前點滴到天明」，似乎所有的悲歡離合，無法激起心湖的漣漪。

在僧廬之孤寂冷落與鬢髮之斑白中，正流露出他飽經憂患後悲涼

的心境，看破世間的悲歡離合。對作者而言「悲歡離合總無情」，是對一生經歷的無奈與悲痛。

（三）教學目標與寓意理解

教學目標	寓意理解
能掌握關鍵文字增進對文本的理解	聽雨的地點：「歌樓、客舟、僧廬」分別代表人生三個生活階段。少年輕狂，在歌樓上喧譁度日；中年為生事奔波，場景換到客舟中；晚年孤獨聽雨，則在僧廬下。僧廬下聽雨，表示朋友少了，缺乏共剪西窗燭的對象，只好常往廟裡走，這是一種晚景的寫照。
能理解文本結構脈絡與深層的寓意	「聽雨」雨水代表時間少年聽雨，詞人沉醉於歡樂；壯年聽雨，詞人傷感於孤獨。到了老年，詞人看透了變幻無常的人事，對這場雨，便採取聽之任之的態度，隨它下到天明，因為一切也都無法挽回了！

　　古人寫詩詞，有的寫眼前事，訴心中曲，抒寫人生悲歡離合的情懷；有的情繫萬里，思接千載，闡發古今人事盛衰的幽思。形式極為靈活，內涵又極為豐富。蔣捷以「聽雨」為題材之線索，寫下在人生不同時期，不同場域，聽雨的感受，也為自己的一生寫下耐人尋味的詞章。這就是著名的〈虞美人〉聽雨：除了詞簡意深和豐厚的情感內涵外，〈虞美人〉更像是一首令人蕩氣迴腸的生命歌謠。詞中反覆出現「聽雨」字樣，句式也相似，極盡《詩經》中重章複沓的詩趣，每章詞句基本相同，只是更換幾個字詞反覆吟唱，達到情景交融、深化主題的效果。因此，這闋詞就有了迴環往復、意味無窮的韻律美感。

（四）延伸思考

分組活動舉隅：

人生像什麼？

湯　圓：給自己一些磨練，才會變得更圓潤，但始終不變的是
　　　　美好的內心。

拉　麵：成功也需要有人拉一把。

餃　子：真正成熟之前，總要經歷各種沉浮起落。

發　糕：渺小時，比較充實；偉大後，反而覺得空虛，但是成
　　　　就偉大的正是渺小時的充實。

刀削麵：每一道傷痕，都代表每一次收穫。

啤　酒：別急，總會有冒泡的時候。

小龍蝦：好多時候只是紅極一時而已。

酥油餅：有時候無需羞於袒露你脆弱的一面。

　　　從海洋大學大一學生用「美食饗宴」來詮釋人生，例如湯圓：給自己一些磨練，才會變得更圓潤，但始終不變的是美好的內心；發糕：渺小時，比較充實；偉大後，反而覺得空虛，但是成就偉大的正是渺小時的充實。簡短的文句意蘊深遠，頗富人生哲理，這也是青年學子盡情揮灑自我，追求卓越之人生的體現。因此每一位學生應該培養「欣賞別人，看重自己」的襟懷，這與孔子在《論語・衛靈公篇》中所說的「忠恕」之道，有異曲同工之妙。盡己之心，以誠待人接物，就是忠的表現；推己及人，設身處地為別人想一想，這就是恕的表現。可見「忠恕」是充滿生命智慧，生活體驗的哲理，更是每個人進德修業、立身處世的基石。所以生命的第一步要先認清自己，了解

自己本身的優缺點之後，再肯定自己，保持自己的特色，並且提昇自信心，以開創人生的光明面。

四　結論

德國大詩人歌德（Johann Wolfgangvon Goethe, 1749-1832）在浮士德中唱道：「我有入世的膽量，下界的一切痛苦我要承當！」這是何等灑脫的真情，又是何等高明的理性。在急湍的生命長河裡，有激流有險灘，在激流中有寧靜，在險灘中有驚奇，剎那中有恆，串成多采多姿的生命組曲。學生經由閱讀經典名言，領悟到生命的成長、智慧的成熟乃至悟境的提昇、生命意義的持續開展，需經過千錘百練，所謂：「能受天磨方鐵漢，不遭人嫉是庸才。」在遇到挫折與苦難時，可以學習以平和之氣、忍耐的態度反省自我，接受挫折之挑戰，以經典名言增長自己的智慧，進而開拓自己宏觀的視野。

教師是培育學生發展健全人格的重要指導者，因材施教，可以掌握學生的動向，教師深入探討學生問題的癥結所在時，並且要紓解學生的心理壓力，充分發揮輔導功能，注重機會教育，循循善誘，教導他們培養「欣賞別人，看重自己」的襟懷，朝著自己理想的目標前進，並且吸取他人的長處來磨鍊自我。因此各級學校都要加強生命教育，使青年學子在人生成長的途徑中，能經得起順境、逆境的各項考驗。在生命的長河裡，每個人猶如掌舵者，划行著生命的小舟，不論遇到驚濤駭浪或礁石的阻隔，都要以乘風破浪的精神去突破各項險阻，以航向人生成功的彼岸。

傳統戲曲的輕食教學

——經典與流行的交匯

何　澍

國立臺北護理健康大學通識教育中心副教授

一　前言

中國劇曲的藝術價值雖則受到國際認證，果然是頗需珍視保存，但在時代潮流的影音聲光中，其教學推廣不諱言頗有難度．尤其在校園課室中，「牡丹亭」、「長生殿」、「竇娥冤」本就是演出的劇本，沒有了表演的聲情，便如同冰冷的棺槨，雕刻再精美、棺中人再栩栩如生，終究沒有溫度，為了將表演帶入文本教學，播放幾段經典演出的影片不可免，但如何去講解體現其表演的精緻而不讓學生覺得是與潮流脫節的斷井殘垣，相信是每位有心的老師都想努力去突破的。

可喜電影界採用傳統劇曲的素材拍了幾部電影如取材崑劇的「夜奔」、京劇的「霸王別姬」、介紹伶人的「梅蘭芳」等，頗可用來輔助，使用的心得是這些電影讓學生多少知道昔日學戲的辛苦，也多少看到一點京崑的表演，但焦點仍然在故事情節與角色的情感，與劇曲的欣賞還是隔了一層，甚至對於伶人生平毫無所感．這是過去筆者的挫敗經驗。

二　今日的經典是過去的流行

　　教學媒體的活潑運用，讓課室裡增添了現代影音的吸引力，既然電影成為教學媒體的重要資源，相關的影音也不妨一併納入參考行列．自從若干流行歌曲在歌詞與編曲採用了傳統戲曲的素材，甚至拍攝的 MV 也有了不錯的融合，正符合了筆者向來的理念：傳統文化的豐富性本就是新創藝術的不竭資源．何況，回顧昔日戲曲的風靡盛況，相較今日的巨星粉絲，何曾絲毫遜色？所謂今日的經典是過去的流行，在準備教學資料時，運用這些將經典與流行揉合的媒體，除了更貼近年輕學子的生活背景，去除「老骨董」的印象，更可以學生看到經典在現代環境裡的生命力。

三　影音作品選擇

　　本教學設計是透過流行影音的教材來啟引學生對於經典戲曲的興趣與基本認識，所以選取含有傳統戲曲元素的影音教材，不論是通俗歌曲或是當代舞蹈，介紹相關的戲曲知識，並藉著操作演練的入門活動，提升學習的趣味．在教材選取上，配合學生的視聽喜好，選擇輕快或較震撼效果的音樂結構（例如大陸春晚的電音熱舞表演「三岔口」），以及視覺上美感強度高的作品，甚至尋找知名演出者，亦不排除俊男美女（例如大陸 MIC 男團改編「花田錯」、梅蘭芳知名傳人現代乾旦胡文閣演出周華健「女人花」MV），以求能在第一時間牢牢吸引學生的注意力。

四　影音作品運用

說故事

　　透過媒材中的戲曲段落來介紹故事，讓學生最起碼能「知其然」。例如大陸春晚的電音熱舞表演「三岔口」本是楊家將故事中，最常演出的片段，也是東方式默劇的代表。徐嘉瑩的「身騎白馬」歌詞中「我身騎白馬過三關，我改換素衣回中原」是薛平貴與王寶釧的故事。

勘誤

　　某些媒材在使用戲曲段落時有誤解誤用的情況，藉著勘正的機會讓學生知道正確的知識。例如王力宏的「花田錯」讓聽眾產生浪漫愛情的模糊印象，但實際上京劇「花田錯」乃取材自水滸傳「小霸王醉臥銷金帳，莽提轄大鬧桃花村」一回，整齣戲是一個連串荒謬錯誤造成的悲喜交雜故事，與 MV 傳達的浪漫情調完全不同。

　　又例如 VAVA 的歌曲「我的新衣」巧妙的使用了京劇「賣水」一折的唱詞「清早起來甚麼鏡子照？梳一個油頭甚麼花香？臉上擦的是甚麼花粉？口點的胭脂是甚麼花紅？」來襯托主要歌詞要表現的現代人精心穿著打扮的樣態，在官方 MV 中以戲曲小姐裝扮者進行演出搭配該段唱詞。實際上在京劇「賣水」中，該段唱詞是丫鬟梅英為了撮合小姐黃桂英與被毀婚約而流落賣水維生的姑爺李彥貴相見，在排遣小姐等候李彥貴前來之無聊時所唱，故官方 MV 的影像安排是錯誤的；幸而後來有所更正，VAVA 在舞台現場演出時就改以丫鬟裝扮者配合該段唱詞。藉著這段影像，在教學上除了介紹故事，亦趁便可以介紹小姐與丫鬟在裝扮及演出特色上的不同，更進一步讓學生觀賞京劇「賣水」那段經典表演。

對比

對比的作用除了彼此襯映出不同世代的藝術風格及特質，其實也以現代包裝的方式讓傳統戲曲元素的片段反覆出現，增加學生的熟悉度。

─潮典對比：以現代作品與傳統表演作為對比，呈現出潮流與經典間和諧無痕的結合或轉換。例如將京劇傳統演出的「三岔口」與春晚的電音熱舞表演「三岔口」相對比，傳統身段的俐落身手及迅捷的節奏，放在電子吉他與鼓聲的熱門音樂中也能完美搭配。

徐佳瑩的身騎白馬把歌仔戲七字調嵌入現代流行歌曲的曲式結構中，以柔美的流行樂唱呈現傳統唱調來傳達深切的情感，有嗔怨有哀傷，比對起原版歌仔戲演出的正規唱法，不論是楊麗花或是張秀琴，歌仔小生的離鄉滄桑與返家期盼，加上身段的霸氣演出，尤能讓學生感受傳統鄉土戲曲的特有風格。

─潮流對比：同樣的現代作品用不同的編曲風格及演唱方式來表現傳統戲曲的片段也各有特色。以瞬間爆紅華人世界的身騎白馬為例，除了徐佳瑩版之外，最早出現的其實是郭春美的電音版「我身騎白馬」高亢尖銳的樂音與小生渾厚的聲音，另有蕭閎仁的「王寶釧苦守寒窯十八年」憂愁的溫柔男腔，而 deepain 版半帶饒舌的唱法也另有風情與趣味。

─經典對比：同樣的故事經常被各劇種取材呈現，例如薛平貴與王寶釧的故事或是崑劇「百花贈劍」與京劇版的「百花公主」等，透過不同劇種看相同的故事情節，最能夠讓學生立即領會劇種的異同。

借引與實作

前述主要是讓學生觀賞影音作品，教師敘述提示講述，藉著流行影音形成活潑愉快的氣氛引起學習動機；借引的作用則是唱唸作的實

際操練，其目的並非要做到專業演員的程度，而是讓學生在玩樂的過程中對傳統戲曲有進一步的參與感。

一唱念：「北京一夜」歌詞中以戲腔唱出的段落如「不想再問你，你到底在何方，不想再思量，你能否歸來麼，想著你的心，想著你的臉，想捧在胸口，能不放就不放」，就含有尖字想、心、就，上口字何、胸等，是很好的材料解說尖團字的區分與運用原理，在學生練唱該曲時，也一併說明戲腔發聲構音的方式‧而「身騎白馬」的唱詞中，身、三、衣、回也是臺語文言讀音的例子。

一水袖：傳統戲劇的表演最具風情的就是水袖，透過王力宏「在梅邊」的官方 MV 中，小生的水袖翻飛引出水袖的練習，也擴展介紹服飾在戲曲中作為身分及表演工具的特點。水袖的教學可先讓學生直接模仿影片的動作引起學習動機，再引導學生掌握手腕及手臂的動作去達成抖摺及翻弄的效果。

一馬鞭：歌仔戲「身騎白馬」的影片有很清楚的馬鞭出場動作，學生基本上都知道該道具具有馬鞭及馬的雙重功能，可藉此進一步介紹傳統戲劇中的其他道具之相關知識，並讓學生練習使用馬鞭來表演。

不論是水袖或是馬鞭，都是動作進行中所使用的表演媒介，便可因此介紹基本的站姿及簡易的動作和身形，例如丁字步、山膀雲手、握拳及蘭花指、走步等。最後可以藉由學生自行尋找或是教師提供的伶人亮相照片，讓學生作為模仿的靜態姿勢，進度較快的學生則可以進行一段連續的程式動作。

一妝容：京劇化妝術是在視覺上最神奇且最具吸引力的展現，周華健「女人花」MV 中胡文閣的嬌美旦角形象比對起他本人男裝照，相信可以讓學生驚呼，而張藝興在演繹屠洪剛的「霸王別姬」演出時，除了自己臉上象徵性的勾勒，更請出了裝扮完全的楚霸王，在舞

台上的震撼效果十足；除了解說臉譜髮飾的代表區別外，戲曲的妝容
過程若能在學生眼前示範展開，甚至讓學生親身體驗，必能成為其難
以忘懷的特殊經驗，加上流行彩妝也曾採用戲曲化妝元素的風潮，在
在都能作為教學的媒材。

五　相關資源與設備

以上的教學實施所需要的資源不少。首先當然是影音媒材，所幸
目前網路資源甚豐，不論通俗流行歌曲 MV、舞蹈、現代劇等皆可選
取，筆者所使用的影音資料（如文後所附）只是當下所使用，也需要
常常更新，與時俱進‧在硬體上，教學過程中除了讓學生欣賞影音媒
材的播放設備之外，還需有練習身段或操作道具的空間及鏡子，當然
戲服、道具（不論教師所準備的內容是馬鞭、車旗、扇子或是刀槍
等）、妝容用品也涉及經費或供應來源。在軟體上，唱唸作打的部分
如果教師無法親自操作，亦無經費可延請專業演員示範，或可接洽票
友社團予以技術支援。

六　結語

本教學設計的目標是以現代流行／通俗影音作品來減弱學生對傳
統戲劇的距離感與恐懼感，進而引發學生對於傳統劇曲表演的興趣，
並不是讓學生成為戲迷或戲曲欣賞專業，故而在過程中以輕快的教材
與可玩可唱的方式進行，同時由於教師亦非戲曲表演專長，在帶動或
示範時，除了抱著自求盡力就好的心情，也會跟學生說明大家一起玩
一起學，經典不是讓人正襟危坐或高高掛在牆上欣賞的，力求師生都
在愉快的情境中享受與傳統戲劇親近的時光。

七　影片資料

關於京劇，「3D 動畫：什麼是京劇？外國人眼中的中國國粹」，網址：
　　　　https://www.bilibili.com/video/av9969500/。

粉墨嘻哈工作室（街舞），網址：https://www.youtube.com/watch?v=5-
　　　　D0Szll-Dg。（全）

春晚：〈三岔口〉，網址：https://www.youtube.com/watch?v=KZ-M-Zyev
　　　　9I&feature=youtu.be。（全）

京劇：《三岔口》，網址：https://www.youtube.com/watch?v=OtdDydlg
　　　　IgU。（23：10－25：37）

京劇結合肚皮舞，網址：https://www.youtube.com/watch?v=ebxcKn8e
　　　　Bok。（1：50－3：43）

京劇結合現代舞，網址：https://www.youtube.com/watch?v=kmZ7Vm6
　　　　qeGo。

健身動起來：京劇健身操，網址：https://www.youtube.com/watch?v=
　　　　ZYQ1ePHIVn8。（開始－3：22）

分解版「十三響」，網址：https://www.youtube.com/watch?v=b-aNpOr
　　　　W0-o。（00：28－結束）

王力宏：〈花田錯〉，網址：https://www.youtube.com/watch?v=ruCXTls3
　　　　IlQ。

MIC：〈花田錯〉，網址：https://www.youtube.com/watch?v=D7hZQ_G
　　　　Lt58。（00：19－2：45）

周華健：〈女人花〉，網址：https://www.youtube.com/watch?v=TuBjIUb
　　　　ph-c。（2：28－3：26）

京劇：《花田錯》，網址：https://www.youtube.com/watch?v=r-uGNBPC
　　　　RGI。（00：07－結束）

VAVA：〈我的新衣〉，網址：https://www.youtube.com/watch?v=aknkofx
　　　2bHg（00：30－1：39）

京劇：《賣水》，網址：https://www.youtube.com/watch?v=_uCZ_xxjbv
　　　E&t=1136s。（19：00－20：03）

陳昇：〈北京一夜〉，網址：https://www.youtube.com/watch?v=XzN1C5
　　　2s2L0。（開始－2：30）

張韶涵：〈北京一夜〉，網址：https://www.youtube.com/watch?v=JfRe2
　　　DQ21CY。（2：08－3：15）

王力宏：〈在梅邊〉，網址：https://www.youtube.com/watch?v=_OLOM
　　　J1Ytxs。

崑劇：《蟾宮客唸》，網址：https://www.youtube.com/watch?v=klirarc0
　　　PrU。（16：08－16：27）

崑劇：《不到園林唸》，網址：https://www.youtube.com/watch?v=ip_Nb
　　　lh3lrI。（12：35－12：52）

京劇：《百花贈劍》，網址：https://www.youtube.com/watch?v=ztQfUV
　　　V4rr8&t=518s。（10：07－11：17）

崑劇：《百花贈劍》，網址：https：//www.youtube.com/watch?v=3ZXN
　　　RHlUuxE。（9：19－10：09）

旦的水袖，網址：https://www.youtube.com/watch?v=Az8cOzv6wsg。

生的水袖，網址：https://www.youtube.com/watch?v=BpUnIuNLbZA。

徐佳瑩：〈身騎白馬〉，網址：https://www.youtube.com/watch?v=VzXO
　　　T26_Da8。（開始－2：20）

秀琴歌劇團：《身騎白馬》，網址：https://www.youtube.com/watch?v=
　　　ozVz6SNxLF4。

電音：〈我身騎白馬〉，網址：https://www.youtube.com/watch?v=oM70a
　　　VampFg。（0：20－1：17）

京劇：《紅鬃烈馬》，網址：https://www.youtube.com/watch?v=aEJFrk-
　　　ipFE。（00：41－2：50）

京劇馬鞭教學，網址：https://www.youtube.com/watch?v=48APenfPH
　　　BY。（1：30－2：11）。

錢宇珊「TED 演講」，網址：https://www.youtube.com/watch?v=qpb_nf-
　　　qx3E&t=341s&fbclid=IwAR3Lfy7bIMCD6Nlaxl_t6r4HbVTqw
　　　KiOxdxmDyoZpP_0qDX42afJofApseU。（5：30－15：58）

錢宇珊「快妝」，網址：https://www.youtube.com/watch?v=jWxKMPZ
　　　GuTE。

三　知識傳播

科學怎麼講國語

—— 以泛科學網站論新冠肺炎病毒為例

鄭芳祥

國立中央大學中國文學系副教授

　　科學家們，或更廣泛的所謂學者專家們，雖然專業不同，但常有個共同的特點，就是說著其他人聽不懂的話。學者專家們需要學習「講國語」，嘗試跨出專業知識的局限，適當的結合日常生活語言。對學者專家而言，這是學術「問責」的態度。畢竟，學者們是受到社會整體力量的支持，方得以從事學術研究。從科學發展來說，紙媒《科學月刊》、新媒體「泛科學」網站等重要園地，早已訴說科普工作的重要性。而從更廣的公民社會來說，當公民能藉著這類屬於「公共語言」的科普作品，理解不同專業領域，無疑能促進臺灣不同群體減少紛爭、相互理解。

　　近十年來，隨著網路更加普及便利，臺灣出現不少學術科普網站，例如「故事：寫給所有人的歷史」、「巷子口社會學」、「菜市場政治學」等。在人文社會科學之外，創辦於二〇一一年的「泛科學」，無疑是臺灣非常有代表性的科學普及網站及社群。近兩年（筆者案：拙文原發表於《國文天地》37卷5期2021年10月。）COVID-19病毒全球肆虐，泛科學亦發表了二百篇左右相關文章，成為促進世人解讀疫情之外，同時理解相關科學知識的重要推手。本文即以泛科學自二〇

二〇年一月起所發表，標以「COVID-19」關鍵字的文章為觀察對象，
嘗試理出「科學怎麼講國語」的幾個方法。

　　第一個方法，想要更廣泛的傳播科學知識，應可從嘗試寫作「科
普教學文」入手。日常生活中，藉著食譜、說明書或是 YouTube 中的
教學影片，人們只要依序操作，總是能大體不差的炒出一道菜或組裝
完成品。生活中充滿了各種實際操作的情境，也使得前述各種型式的
步驟說明大行其道。然而，「科普教學文」不僅僅是步驟說明，更於
其中融入科學知識。從生活情境中人人都熟悉、想學的實際操作入
手，讓不甘於只依樣畫葫蘆的人滿足好奇心，知其然而更知其所以
然，也就達到科學傳播的目的。泛科學曾推出「COVID-19防護指
南」系列作品，即屬這類科普教學文。其中「活動聚會篇」、「大眾運
輸篇」皆論及病毒傳播問題，甚至引用流行病學學者研究成果佐證。
此外，更不可少的是口罩、酒精的使用方法。例如，〈消毒抗武漢肺
炎？先了解酒精漂白水怎麼用才安全有效〉論及酒精消毒原理、酒精
濃度等，就涉及了化學、生物學知識。最後，甚至有〈防疫宅在家的
三個科學抒壓提案〉的教學，文中引用了心理學實驗證明之。

　　第二個方法，是將科學知識與特定族群連結，吸引該族群或其他
相關者的目光，以達到傳播效果。雖說「病毒之前，人人平等」，但
在經過一年多新冠病毒相關資訊的轟炸後，相信我們都能略知病毒對
不同族群的影響有別、風險各異，也因此衍生出不同應對方法與知識
內容。泛科學曾推出與長者、孕婦、病患、孩童等族群相關的作品，
例如〈COVID-19可能增加老人失智風險，需長期追蹤〉，運用精神醫
學知識佐證。又如〈孕婦是 COVID-19高風險群：早產、高血壓、加
護病房、死亡率增加〉，運用最新研究成果之實證數據證明文章標題
所言。有趣的是，〈疫情之下，如何跟孩子一起適應新生活？〉中，
引用心理學文獻，提出指導孩子洗手的方法，「至少要超過二十秒

鐘，大約是唱首『生日快樂』或『一閃一閃亮晶晶』的時間」。最後，人人都怕染疫，更怕成為下一個重症者。在〈誰是 COVID-19的重症高風險群？部分需注意干擾素缺陷〉中，即引用了遺傳學者研究成果，介紹「干擾素」相關知識。如此一來，目標受眾就不僅僅是前述相對少數人的族群，而是在病毒面前人人自危的我們。

　　第三個作法，是將科學知識與流行文化結合，吸引「粉絲」們朝聖點閱，以達到傳播效果。若讀者曾觀賞「2020東京奧運」開幕表演，不難想像體育表演與流行文化結合，將帶來多大魅力。此波疫情相關科學知識，能與電玩、動漫、電影、電視劇等流行文化結合，讓人讀來會心一笑，或能稍稍緩解知識與病毒帶來的兩重沉重感。〈燃燒吧，小宇宙！疫情之下，研發疫苗大絕招有哪些？〉，從標題到內文，結合動漫《聖鬥士星矢》中知名對白、基本設定：「同樣的招式，對聖鬥士是無效的。」藉此來論人體免疫系統對相似病原體的記憶特性。〈COVID-19特性解密：鑽石公主號能告訴我們哪些事？〉以電玩「瘟疫公司」中的「水路傳播」的遊戲方式，為解釋郵輪上傳染病傳播開篇破題，即令人眼睛一亮。若讀者們接收疫苗「解盲」紛亂訊息，到了「視茫茫、心慌慌」的地步，則可一讀〈什麼是「解盲」？一開始為什麼要「雙盲」？讓人頭昏腦熱的安慰劑效應〉。全文以知名影集《怪醫豪斯》於飛機上精彩化解傳染病烏龍的劇情，申論什麼是「群體心因性疾病」，以及新聞中常見的「解盲」一詞。

　　第四個作法，是國語文教學中必然會提到的「譬喻」。若說科學之母是數學，那麼文學花園中最盛開的花朵，便是譬喻了。不僅僅是從小學低年級開始，孩子就於課本中學習譬喻法。它更融入日常生活，幾乎到了「我們賴以生存」的地步。除了文學表現與日常生活，我們常透過譬喻了解未知事物。觀察泛科學疫情相關作品，我們能在標題與內容中，讀到許多精彩的譬喻。例如標題：「死神的鐮刀在那

裡」，以死神鐮刀揮向何方，隱喻新冠病毒的高風險族群何在。「後真相的時代，謠言演化得比病毒快」，以速度快慢隱喻謠言與病毒傳播。「病毒與人類的終極賽跑！」，同樣運用速度，但隱喻的則是疫苗與特效藥之研發、製作。這樣略具文學趣味的標題，相較網路上「標題黨」常用的「做了這個之後，十四億人都驚呆了！」稱之為清流都不為過。標題之外，文章中亦見精彩的隱喻，常帶來畫龍點睛的效果。如〈深圳追蹤武漢肺炎：小朋友感染的風險和大人一樣高，及早發現隔離能有效防疫〉，此篇結尾引用推理小說大師斯特頓（Gilbert Keith Chesterton）：「童話不需要告訴小朋友龍存在。小朋友早就知道龍的存在。童話告訴小朋友的是：龍是可以殺死的。」將病毒之生與滅隱喻為龍的存在與死亡，點出重視孩童感染與防疫之旨意。在〈抑制干擾素歲月靜好，讓臺灣廣傳的病毒更會傳染〉中有段「編按」，以隱喻方式讓全文要旨更加朗現。這段文字說：

> 編按：「歲月靜好，現世安穩。」是胡蘭成寫下的名句，宣示此生只與張愛玲一人好好過生活，但後來胡蘭成卻深深傷害了張愛玲，最終以離婚收場。而新發現的英國 B.1.1.7病毒株，也學會跟細胞說「歲月靜好，現世安穩」，等病毒在細胞內站好腳步，再無情地攻擊細胞！

「編按」將病毒與細胞的關係，隱喻為胡、張兩人的愛情。更巧妙的是，以名句「歲月靜好，現世安穩」，說明病毒在細胞內的生存與發展。

以上所論，皆為以各種不同方式，論疫情相關科學知識的科普作品。有趣的是，泛科學中亦偶見反此道而行，以疫情此「熱點」，論其他相關學科知識的文章。此寫作法能藉著讀者關注熱點，「偷渡」其平

常未能留心的不同專業知識，而有科學傳播的效果。〈好好洗個手，病菌遠離我：源自於十九世紀產房的血淚知識〉一文，為我們訴說了十九世紀塞麥爾維斯（Ignaz Philipp Semmelweis）醫生發現洗手重要性的故事。讓「洗手」除了是防疫好習慣外，也多了歷史人文深度。類似作品尚有〈摸不透的疫病，該如何迎戰？瘟疫史教我們的事〉。

　　〈有效防疫，為何「民主治理」機制很重要？從新型冠狀病毒肺炎疫情談起〉一文，以中國大陸知名的李文亮醫生事件為開始，探討「防疫政策背後的治理結構」的政治議題。與法政議題相關的，尚見〈打疫苗如果有不良反應，該如何申請補償？〉。「防疫心理學」是泛科學常見系列主題，曾發表有〈不戴口罩的人在想什麼？十二種應對方式一次學起來！〉、〈防疫不得不之惡：隔離檢疫造成的心理陰影面積有多大？〉等篇。藉疫情論其他科學與技術者，亦見有〈封城不只防堵 COVID-19，也讓全球空氣污染迅速下降！〉論大氣科學，〈食品有可能傳播 COVID-19嗎？「食品加工鏈」防疫應注意哪些事？〉論食品加工業等例子。

　　「演算法」這個「魔法」，遮蔽了我們的雙眼與心靈，讓人濫情、理盲。在擁有運算能力即擁有權力的時代，我們更需要公共語言，理解不同專業，減少對立紛爭。對於學問，我們以誠實態度探索、積累；對於文章，我們效法匠師千錘百鍊，不斷的修飾、編織。如此一來，「修辭立其誠」的境地，庶幾不遠矣。

從紙上到空間
──策展的敘事表達

黃雅琦
實踐大學應用中文學系助理教授

一　前言

　　早年的展覽，多數都以正統的白盒子形式呈現。當我們提及展覽，往往會直接聯想到博物館、美術館中那些高端上檔次的名器、名物，或是具有歷史性意義物件的展示。隨著時代發展變遷，關於展覽的概念與操作形式，有許多突破性進展。當代展覽已從作者（或作品）中心的靜態性展示，遞演為藝術家、作品、觀眾彼此參與、互動的模式。展覽是一種溝通、表達的交流平臺，而如何為藝術家、作品與觀眾之間，創造更緊密的連結，除了設計規劃以外，很大程度也仰賴於策展人創造情境、理出脈絡的敘事能力。

　　展覽本身就是一種欲求表達，渴望作品能透過特殊形式被看見。它很適合於眾聲喧嘩、自媒體林立的年代，但一個好的展覽不僅要有反省、有態度、有主題意識，更要能引發共鳴感，而非只想秀出自己。共鳴從「創作者」的凝視思考開始，也需要連結「時代」和「他者」。近年來不少大專院校科系，紛紛辦理畢展，其中雖不乏驚喜之作，但普遍常見的現象是：為展覽而展覽，就像一盤味道分離的什錦料理，在展場裡各自美麗。策展涉及的面向龐雜，以下僅從企劃、文

案等與寫作力相關的部分，試加梳理予以說明。

二　一檔展覽的身世：about what

　　一檔展覽從無到有，複雜而精密，但我們可以 A（策展人）、choose B（展覽內容）、for C（觀眾）的框架來理解。它涉及人、物、空間、經費等四個重要面向。不少人認為，好的展覽必須要有充裕經費，事實上物件的選擇詮釋、空間的規劃設計，以及人力的有效整合，才是決定展覽成功與否的關鍵。如若經費充足，展覽的質感自然能往上升級，如若經費短絀，則可考慮以其他替代性的操作方式處理，例如：達達主義就擅長運用現成物來顛覆大眾思維。至於佈展的素材，不一定要花大錢，生活中隨手可拾得的免費物品，諸如：樹枝、石頭……，運用得宜都可成為形塑空間氛圍的有效物件。在偌大的展場空間裡，如何利用景（空間規劃）來襯托物，用物（展品）來啟動觀眾，搭配色彩設計，打造主視覺感受，對於一檔展覽而言相當重要。值得說明的是，空間視覺感需要與展品（物件）形成互文，產生媒介性想像。關於展示形式，大致可以分為「先文後圖」（以文為主體，概念先行）、「先圖後文」（以圖為主體，感官訴求）。兩者思維邏輯不同，對應的策展手法也不同。前者適用於文物展，後者適用於設計藝術類的展覽。

　　完成一場展覽，前期需要縝密策劃，中期需要執行佈展，後期則需要進行波段式宣傳。本文礙於篇幅，先聚焦談談前期策劃的部分。一檔展覽精密而複雜，事前規劃詳實與否，決定了其品質與效益。基本上，可依循企劃書常見的「5W2H」進行思考：先問 why——為什麼要做這檔展覽？想傳達什麼意圖？達成什麼目標？再想想 who——展覽主要預設受眾是誰？團隊成員有誰？要找誰？能找誰？其次追問

what——展覽有什麼吸引人的元素？有什麼特殊性？而 where 辦在哪裡？是否需要移展？when 辦在什麼時間？展期多長？也都是值得慎重評估的問題。因為空間的選擇，很大程度會影響展覽風格，而選擇展出的時機與展期的長短，何時投入宣傳等等，對於一檔展覽而言，也至為重要。兩個 H 分別是，How to do 以及 How much：前者涉及執行細節、展示手法，是策展最重要的核心，下節再詳細討論。後者 How much，如前文所述，經費充裕與否，其操作方式各有不同。

三　策展是一種馭思術：about how

展覽無論是實體或線上，都是具體可視的。它從零散的展品（物件），組合為有脈絡的結構，在實體或虛擬的空間裡被展示，與觀眾產生交流、溝通。這個過程需要精密設計，我們可以把它理解為編排一齣戲，而策展人的角色猶如導演。具體的人、物、空間，有諸多可能的組合配置方式與表現形式。選擇何者？為什麼選擇 A 而非 B，這些紛繁的事項，在佈展之前，都需要概念先行的「馭思之術」綜攝縕合。也就是說，策展是一種心相再現，它既需要創意發想，也需要聚斂化約，它是高層次敘事與空間佈局的綜合能力。

任何展覽都需要設定主題，順著觀展動線，會分佈著不同的衛星展區。整個動線規劃，如同寫作一樣，需要有起承轉合，並考慮受眾感受。觀眾進到展場首先映入眼簾的是什麼？形成的基本印象，與展覽主題是否符合？有沒有疊加印象的效能？各個衛星展區，彼此之間呈現什麼樣的佈局脈絡？展覽末端想帶給觀眾什麼樣反思，會留下餘韻後勁嗎？這些都需要組織與設計。策展思維和寫作的邏輯道理相通，舉例來說，先為展覽核心概念下一個大標題（展示主題），依次下幾個小標（衛星展區），留意各子題之間的串接性，再評估展場空間屬

性，思考如何有效賦形（用什麼形式、什麼色調、什麼材質來表現）。以中文系來說，應該嘗試的是，把大量的文字濃縮化，將平面紙本的東西，立體地、視覺地與空間場域產生對話，並認真思考我們的專長，與一般藝術、設計類的展覽有什麼不同？目前臺灣華文朗讀節所採取的金句化、動態發表的呈現形式，就是文字展覽很適合的一種操作型態。畢竟文字概念，在展覽中是先行的上位概念。再者，濃縮化、金句化的直擊性與渲染感，也很符合中文人實用寫作的訓練日常。

以下試舉個人曾承辦過「高雄文學獎得主──蔡文章作品展」為例，該展覽的基本條件略述如下：場地位於高雄市文學館一樓入口，蔡文章先生的著作以散文為主，創作逾三十年，著作數十本，為南臺灣知名的鄉土文學作家。有鑑於蔡文章先生的作品，多寫泥土的芬芳、山林的靜謐、海洋的溫暖、濃郁親切的人情，於是將展覽主題嵌入作者名字，設定為「南方『紋』字，凝心成章」，並順著主題將其創作定位為「自然典雅的新田園中堅份子」。整體展場視覺色調選擇綠色、大地色系，展場主背板的燈箱，則以黑色剪紙凸顯農村元素。當展場小黃燈泡一點燃，小燈箱上的黑色剪影：水牛、稻草人、牛

佈場後場展主視覺與工作團隊，右一為筆者

車、斗笠……，便溫暖地環抱著作者「自然寫實期」（二十一至三十二歲）、「懷舊憶往期」（三十三至五十二歲）、「社會關懷期」（五十三歲至迄今）三期生涯創作歷程介紹。由於作者最初為小林國小教師，那也是其創作生涯的起點，因此主背板的起始，決定以「他從小林走來」（莫拉克風災受創地小林村）拉開序幕，末端以「我的鄉土文學是書寫人與土地之愛」（作者手稿放大字樣）為結。

　　策展涉及選材、組織、順序、流程、回饋、創造，以及傳播的形式。展示手法、展陳技巧或有不同，可以靜態亦可動態，但毫無疑問與視覺有極大關聯。因此現場主視覺的營造，對於空間敘事而言也非常重要。以上述作品展為例，主視覺配合蔡文章先生主要寫作風格，以梯田、樹枝、山林、農村剪影，來建構展場的第一視覺意象。主視覺設計的平臺與主背板周圍，則陳設作者各年代出版作品、手稿、得獎紀錄等，這樣的策展規劃，即是從紙本到空間轉譯的具體呈現。

四　小結

　　展覽是反芻選擇過的優雅設計。它包含前期的紙上企劃，中期的執行落實，後期的宣傳整合，方方面面都得關照。從紙上到空間的歷程，看似兩回事，但實際上，轉譯、敘事的核心能力，無時不貫串著一檔展覽。中文人實用寫作、意象建構的既有知能，在其中自有可以揮灑的空間。展覽，簡單來說無非就是：物件＋說明，它是一種詮釋與互文的能力展現。無論是主題的挑選萃取，文案的鍛鍊濃縮，物件的統合分類，企劃的概念先行，抑或是空間規劃的敘述節奏，乃至於後期的宣傳行銷，馭思之術、馭字之力，都在在決定了一檔展覽是否有深刻的靈魂。

圖一：高雄文學獎──蔡文章作品展海報

圖二：展場主視覺梯田設計

談小論文的學術風格

陳冠名

實踐大學國際貿易學系助理教授

一 前言

　　「全國高級中等學校小論文寫作比賽」是高中階段重要的學術寫作競賽，此項活動目的在於培養中學生從事研究之風氣，期望透過閱讀與討論，增進學生自學能力。當然，藉由研究題目發想、文獻查閱及資料分析等過程，除了可以習得做研究的能力，更能豐富大學推薦甄試的備審資料，將來進入大學，面對專業知識的學習或是畢業專題的寫作，也將具備能力來完成。然而，小論文的寫作與一般文章有所不用，其要求是將某一研究主題「從提出問題到產生研究結論」的過程清楚表達，觀點引述必須有所依據，研究方法必須可受挑戰，因果推理必須合乎邏輯，結論建議必須源自研究。因此，是否具備學術風格就是小論文寫作的核心關鍵，以下依據論文寫作所需重點提醒。

二 論文寫作提要

（一）論文題目

　　小論文的寫作是指研究者將某一現象或是未知問題，利用理性的求解方法，進行合乎研究規範的探究，並在研究後提出發現，完成最

初所設定的研究目的，並將之完整記錄書寫的歷程。這一歷程首先要說明研究者想做什麼事，明確的說就是要訂定研究題目。研究題目決定了論文的初步價值，題目要看到作者對某一研究領域想要做些什麼？是否要找出不同因素間的相互關係？或者是要找出問題的答案？還是要論證他人研究發現之不足而加以修正？甚至是作者想要研究一件具體事物的描述。茲以《中學生網站》公告之小論文第「1080331」梯次高雄區特優得獎作品的題目為例，八件商業類特優小論文的題目如下：

一、「面面」俱到，一「線」生機，傳承手工的溫度——行銷分析（筆者分析：探討傳統產業的行銷方法）；二、家將不該將——家將文化的傳承與改變，以「高雄鼓山地岳殿吉勝堂八家將團」為例（筆者分析：探討家將刻版印象及行銷方式）；三、「嗶經濟」——行動支付的崛起（筆者分析：探討行動支付及其對未來商業活動的影響）；四、微型企業之 SOHO 創業與經營研究——溫莎家飾為例（筆者分析：以個案研究瞭解微型企業經營內涵）；五、網紅直播崛起——收視者滿意度及忠誠度之研究（筆者分析：探討網紅產業與分析觀眾對直播收視忠誠度）；六、經營夢想，堅定信念——艾多美企業（筆者分析：以單一個案研究探討直銷差異）；七、鬼工「擂」斧、粗「茶」淡飯——美濃客家擂茶館消費體驗及滿意度之探討（筆者分析：探究客家擂茶館經營之道）；八、先「Jump」了再說——高雄市肖跳 Crazy Jump 消費者滿意度之研究（筆者分析：探討新興遊戲樂園經營與行銷）。

以上述小論文而言，題目的核心概念一到二個就好，應聚焦在明確、可調查、不宜抽象空談，因為徵稿單位限制小論文篇幅需在十頁之內完成，若題目設定複雜或是抽象，將會面臨難以進行的困境。

（二）文獻探討

小論文雖是初學研究者的練手之作，但仍需探查所欲研究的議

題，在現存的知識體系中有哪些相關論述，這種專門性的資料回顧稱之為文獻探討。研究者梳理文獻後，整理議題之重要見解，進而把握住研究可以著力的方向，正所謂站在巨人的肩上可以看得更遠。為了增加這位「巨人」的高度，文獻探討時有兩點值得提醒。

一、專書、期刊、資料庫：知識的載體不同，閱讀受眾不同，專業性或通俗性的取向亦有所不同，小論文若能從專業性的文獻中累積研究議題立論的基礎，則專業性自然會突顯。筆者建議善用關鍵字查詢，從小論文研究議題的領域中查找較為專業性的書籍、文章或是論文，而論文資料庫的使用，例如「臺灣博碩士論文知識加值系統」就是可以利用的來源。

二、文獻整理：文獻探討的過程，不單只是閱讀，更應隨手留下可資使用的素材，例如和小論文主題相關的文獻，若有值得參考引用的內容，這些內容就需要摘錄出來，並且存放在不同的檔案夾，同時將引用來源依 APA 格式正確登載，以免日後引用時找不用這段文獻的出處。

（三）研究方法

　　高中生大多未曾學習專門的研究方法，故建議以較容易入門的研究方法著手，綜觀上述八篇高雄市商業類特優小論文，其使用的研究方法依小論文作者所述如下：實地訪談法（五次）、問卷調查法（六次）、行銷分析法（一次）、文獻調查（分析）法（七次）、SWOT 分析法（一次）。以上小論文研究法之依循，有僅僅利用文獻調查法來進行，也有同時用到三種研究方法來完成。

　　上述所提文獻調查（分析）法、問卷調查法、實地訪談法是所用方法論的前三名，文獻調查是所有研究進行的基本方法，當現存文獻種類繁多內容豐富，運用文獻調查整理並進行分析，提取重要發現或

是觀點，不失為一種省時有效的方法，但因為研究素材皆取自現存文獻，欠缺第一手實徵資料的蒐集，此點即是該研究方法的限制。

問卷調查法是一種以實徵資料為基礎的研究方法，此方法側重於量化資料的取得，透過有效力的問卷，得到足以說明變項關係的數字。以上述所列小論文，例如「為了解手工麵線的消費型式」、「為了解社會大眾對家將文化之看法」、「消費者滿意度為何？」、「觀眾對網紅直播之消費行為、滿意度與忠誠度為何」，不論是運用 google 表單、網路問卷，或是傳統的紙張問卷，都需要進行統計分析，並以數字回答問卷得到的內容有什麼意義。

實地訪談法則是側重受訪者的回應，從受訪對象提供的訪談內容蒐集第一手資料，希望從中找出研究所需的證據。研究者可能得到想了解的事實或預期之外的發現，但是要從訪談逐字稿提取某些有價值的精髓，則相當考驗研究者的分析能力。迷失在眾多文字中找不到可用的素材是常有的事，故訪談前需預擬訪談提問，訪談中應掌握訪談方向，如此將有助於訪談後的內容整理。

（四）邏輯論述

為什麼想做這個研究？研究的動機是什麼？透過這個研究想達到什麼目的？用什麼研究方法可以達成研究目的？從文獻中整理了哪些重要的知識基礎？這些知識基礎有什麼不足或是需要研究後補足？要對研究提出什麼問題？經過實際研究後有何發現？這些發現和文獻有什麼呼應？是認同文獻或是有異於文獻？這些發現是否達成研究進行之前所擬定的研究目的？依研究之發現可否提出結論與建議？上述十二項提問是研究從開始到結束，在論文寫作上需要呈現的順序，筆者認為這是研究本身邏輯性的基礎檢核，小論文寫作若能回應上述提問，架構應稱良好。

（五）結論建議

當研究將近尾聲，作者要依研究發現提出結論，研究結論通常是總結性與精要性的，研究過程可能伴隨眾多文字與圖表，在結論處必須將研究結果摘要提出，讓讀者易於掌握整個研究的重點。而建議則是研究的務實表現，研究結論總是希望具有實用價值，故依據研究結果，對研究主題的領域，提出理論與實務上的建議，是研究貢獻的直接體現，當然，研究進行難免存在一些主客觀因素無法解決的限制，這些限制可能影響研究結論的推論性，也應該於此說明。一些研究者主觀認定的結論與萬用型建議，或是沒有文獻與研究支持的觀點，不宜無故寫在論文的建議處。

三　一些提醒

上文所述是筆者對於小論文學術風格的分享，但其他值得提醒之處亦臚列於後以供參考：1、應合於競賽規定：依據「全國高級中等學校小論文寫作比賽格式說明暨評審要點」，條文內容皆為有關小論文篇幅、版面、格式、評審要點之要求，寫作時應合於論文格式，因為符合規定是學術風格的基本門檻；2、避免低階錯誤：例如使用錯別字，文句不通等，故論文完成後宜再三閱讀，或商請有經驗者協助校稿；3、文獻引用合於 APA 格式：內文引用或是參考資料的格式無誤，會使小論文確立基本的學術風格；4、多看優質論文：經驗值是累積而來的，多看論文自然會有觸類旁通的機會，能夠參考優秀作品，對自己的寫作當然有所助益。

小論文寫作不單是高中生展現國文能力與文筆發揮的舞臺，也是高中生培養自主學習與問題解決的歷程。當日後進入大學就讀，面對

教育環境與學習要求的改變，若在高中階段就對研究與寫作有些許心得，相信適應大學生活的能力也會大大提升。

神聖的庸俗

——哲思經典的普及書寫

曾暐傑

國立臺灣師範大學國文學系副教授

　　古代哲思經典往往被大眾視為學院內的陽春白雪，總是曲高和寡，是為少數人的學問——例如有為人所熟知而感到枯燥乏味的《論語》、《孟子》，有讓人感到神秘而覺得艱澀難懂的《周易》、《莊子》等。但哲理經典可以說是生命的火種源，具有歷久彌新的生命智慧，足以成為當代社會中每一個人的智慧老人（The Wise Old Man），作為文化中發掘／發覺自我的關鍵密碼。

　　如果因為文言的理解、哲思的艱難等限制，而將此一豐富的生命智慧封印在古代經典中，那將是非常可惜的事，是以學術普及化便有其關鍵意義。積極而言，它能夠讓意欲閱讀古代經典卻不得其門而入，或未受過人文專業訓練的人得以親近經典、理解經典；消極而言，它能夠藉由學術世俗化，讓本來可能不願意閱讀經典者願意接觸經典、同理經典。

　　但是哲思經典普及應有其定向與方法，不能無所本地解析、不能天馬行空地「創作」。學術普及仍是一種學術，但是為一種「輕學術」——可以輕鬆、可以趣味、可以變型、可以轉化，但不能作為虛構文體般想像與書寫。當前哲學普及時有「超譯」者為人所詬病，便

是在無所本中誤解或想像。然而「超譯」不應該被污名化，那是哲學普及的一種重要方法——超越哲學文本，去講述符合閱聽時代與對象的超越性詮釋。如何撰寫哲思經典普及篇章或專書，基本上可以把握以下五個定向與方法。[1]

一 思維：詮釋的層次與定向

哲普篇章首先要掌握的便是詮釋的層次與脈絡，確認在普及化甚至是世俗化的過程中，仍然繫連著經典本身的脈絡，而非以經典之名、言己之言。但這並不意味著在哲普寫作中需要緊扣文本的字句與意涵的考證與解析，那反而失去了普及寫作的本質與目標。更重要的是，能夠釐清自身寫作時所設定的詮釋層次及其閱讀對象。以傅偉勳（1933-1996）創造的詮釋學來說，可分為五個辯證層次：

（一）普及的學術基礎：實謂

實謂——原思想家（或原典）實際上說了什麼？（"What exactly did the original thinker or text say?"），亦即就哲學經典文本本身的字句意義之解析與註釋。例如《老子》有著不同的版本，每個版本的字句有所不同，便需要考證其間的異同及其正確性。此部分屬於學術考證的層次，一般來說不適合在哲普篇章中書寫；因為對大部分的非人文專業讀者而言，他們需要的是經典的內容與啟發，而不是經典的考古。然而，撰寫哲普文章前，必須先熟悉該典籍的前人考證成果，在此基礎上去做詮釋，而不會選擇一個錯誤或者不被普遍認可的版本去進行詮釋與書寫。

---

1 傅偉勳：《從創造的詮釋學到大乘佛學》（臺北市：東大圖書公司，1999年），頁10-44。

（二）普及的文本轉譯：意謂

意謂——原思想家說的意思是什麼？（"What did the original thinker mean to say?"）亦即在實謂的基礎上確認了字句版本後，進一步對文本的意思進行解釋與翻譯。例如《老子》的「無」是什麼意思？《論語》的「便佞」是什麼意思？這部分在哲普的書寫中，多以文言文原典的白話翻譯呈現。以當代讀者可以理解的語言去對哲思經典進行轉譯，這當然是哲普重要的一環，也是大部分哲普篇章具有的結構，但僅止於此一般或許僅能稱為「準普及」，因為它並未真正產生論述以及與讀者的對話，而僅是幫助讀者去讀懂經典字句的意涵。

（三）普及的內涵解說：蘊謂

蘊謂——原思想家所說的可能蘊含什麼？（"What could the original thinker's sayings have implied?"）也就是說，除了在字句上的意思與翻譯外，這樣的論述之中有什麼更深刻的意義可以被闡釋與發掘的，這也就觸及了哲學普及的核心價值：讓大眾讀者不僅能夠讀懂經典，更能夠透過引導去理解經典可以怎麼樣進一步去思考與理解。例如荀子所說的「性惡」可能蘊含著人能向善的可能以及對於驅動人性向善的期待，而非指涉「人性本惡」，對人性絕對的否定。這個部分是哲普能夠直接與讀者對話的中介，也是具有論點的哲普文章最基本的要素。

（四）普及的超譯對話：當謂

當謂——創造的詮釋學者應當為原思想家說出什麼？（"What should the creative hermeneutician say on behalf of the original thinker?"）也就是原來的古代哲學經典因為時代或情境的限制，有些論點並未被

說出來，卻可以藉由詮釋者在當代的視野中去深化與延伸，開展出符合現代意義的觀點。亦即某些議題可能不是經典原來的焦點意識（focal conscious），但可因著寫作需要聚焦於作者欲談論的議題之上，這便是一種具有正當性的超譯。例如孔子說「唯女子與小人難養也」可以如何在當代性別意識中給予批判與啟發。

（五）普及的當代應用：必謂

必謂——為了解決原思想家未能完成的思想課題，創造的詮釋學者現在必須踐行什麼？（"What must the creative hermeneutician do now, in order to carry out the unfinished philosophical task of the original thinker?"）在這個層次，書寫者可以將議題提升到實用層次，可能是將哲學論述用以解決感情論述、商業策略或生活態度等；這些在原來的哲學文本中可能並未提及，但是在哲普中，作者便可將哲學轉換為一種資源與能量，用以作為當代議題的解藥。如《韓非子》的商業思維、人際思索等，都可屬於這一層次的詮釋與書寫。

二　形式：閱讀的對象與目標

當然，五個詮釋的層次並非各自獨立，其彼此之間應是相互含攝而不可分割的，僅是隨著書寫的定向與閱讀對象的設定，而應有不同的著重點。除了第一個「實謂」層次可能較不適合作為哲學普及寫作的核心，而應作為作者自身寫作素養的養成與預備去實踐外，其他四個層次皆可以閱讀對象的設定而有所著重與發揮。

確認詮釋的層次與定向，是哲普作者的基本素養；而掌握閱讀的對象與標的，是哲普寫作的必要策略。也就是說，應該明確思考為何需要書寫哲普文章或專書，確實理解哲普的意義與價值，才能進行有

效的書寫與推廣。亦即必須釐清哲普書寫有別於學術論著，它的目標對象不是人文學者，是以不能用學術研究的思維與筆法去撰寫——那不僅只是弱化學術性與簡化論證的問題，而是在目標上根本不同。錯誤的閱讀對象設定，則會使得哲普書寫無效而徒然。

哲思經典與相關的學術論著固然有其深度與價值，但非人文專業者不得其門而入或無法自行閱讀古籍經典，徒有深度也是枉然。是以哲學普及的首要目標即在於讓設定的閱聽者讀懂與理解哲思經典，且有閱讀的動機與誘因。如果不能把握這個核心標的，哲學篇章寫得再好，也僅是對牛彈琴。是以確認書寫對象以及以什麼樣的形式呈現便至關重要。

（一）願者上鉤：述而不作的被動性書寫

如單純以第二層次「意謂」進行字句解釋與翻譯的書寫方式，較類似於註解本與白話翻譯本，這也是學術普及與推廣的一種方式；其特色在於較能完整呈現哲思文本的本來樣貌，相對來說也是最全面、最深刻的一種詮釋。雖然這部分僅是在進行文本的註解、翻譯與解析，但誠如勒菲弗爾（André Lefevere, 1945-1996）所說：「翻譯當然是對原文的改寫。所有的改寫，不論其動機如何，均反映出某種觀念和詩學，並以此操縱文學在特定的社會裡以特定的方式發揮作用。」（A. Lefevere, Translation, Rewriting, and the Manipulation of Literary Frame. London: Routlge, 1992,p.vii）

這樣的哲學普及雖然是以原典篇章為核心進行註解與說明，但事實上在註釋翻譯中即融入了作者的理解與系統，是以可說這也是一種哲普的書寫形式。這種形式屬於廣義的哲普書寫，較適合給予初階人文學科學生以及具有強烈閱讀與學習動機，甚至有一定古文及哲學基礎的大眾閱讀，因為此一形式以原典為核心，且沒有太多地涉入當代

閱讀情境，屬於被動式哲普書寫，提供願意自主閱讀與學習的讀者
「願者上鉤」。

(二) 引君入彀：議題導向的主動性書寫

如以原典的註釋與翻譯為基礎，去開展第三與第四層次的蘊謂與
當謂，去解釋字句經典之下的深刻意涵與聯想，甚至是轉化論題至當
代論述的脈絡去書寫，便能夠打破以原典篇章為核心的書寫方式，轉
向議題導向的哲普書寫。這類的書寫形式，可藉由作者（1）先選定
讀者可能感興趣的議題，去尋找能解決此一問題的哲思文本予以介
紹；（2）或是先選定特定哲思文本，選擇以具有當代意義或是大眾有
興趣的角度切入去進行梳理，以讓大眾讀者產生閱讀動機。如近年環
保意識抬頭，強調簡單生活，便可藉由此一風潮去書寫《墨子》；相
對地，《孟子》中「瞽瞍殺人」的篇章講述帝舜的父親殺人時應如何
抉擇，對大眾而言頗有「干卿何事」之感，但假使以電視劇《我們與
惡的距離》講述犯罪者家屬的視角切入，便能讓更多人感到共鳴。

這類哲普書寫適合給予沒有人文專業基礎的大眾去閱讀，且透過
議題的共感能夠吸引本來無意閱讀《墨子》、《孟子》等古代哲思經典
的讀者，因為自身關注的當代議題或戲劇而願意去理解與親近經典，
是以這屬於主動式的哲普書寫，有著「引君入彀」之企圖與策略。作
者在衡量閱讀對象時，如欲使哲普篇章越普及或越大眾化，則可偏移
至第四個當謂層次去進行超越性論述，甚至可以一定程度擱置第二個
意謂層次，不特意去註解與解析原典，而是讓經典為議題所用；相對
地假使欲提高哲普的深度與難度，則在書寫時應往第三個蘊謂層次
偏移。

（三）投其所好：實用導向的目的性書寫

　　另外哲普書寫有一種形式以專題實用性為主，哲思文本僅是為我所用，重點在於如何將哲思經典作為一種解決特定身份與迫切問題之資源。這類哲普書寫方式可以第五個必謂層次為核心，去開展哲思文本在當下此一情境與問題中應該說出什麼、或者是如果這些思想家在當代的情境與角色中，他們會怎麼說？——即便固有經典與思想家從未面對此一情境、也從未擔任此一角色，但可藉由書寫者的轉譯與詮釋替思想家說出當下應該說的話，以作為當代實用性的借鑑與準則。

　　例如現下諸多以《韓非子》、《鬼谷子》思想撰寫的商業哲學書就是此一書寫方式的典型，此哲普書寫明確鎖定商業人士或對商場哲學有興趣者，哲思經典即是一種作為論述的資源；即便這樣的書寫並非完全拋棄前面四個詮釋層次，但更重要的是它以第五個必謂詮釋為核心，以解決諸如商業競爭等問題為首要目標。這類的書寫設定乃是「投其所好」，以解決某一問題與爭議為核心意識，而以哲學詮釋為支援意識（subsidiary awareness），相對於第二類引君入殼的書寫形式與設定對象的相對多元性，此一形式更具專一性與目的性。

三　方法：普及的策略與實踐

　　在理解詮釋的基礎與形式，以及確認閱讀對象以後，便應實際去執行哲普書寫的策略。與學術書寫關鍵在於透過文本進行嚴謹的論證與立論不同的是，哲普書寫關鍵在於將文本艱深與專業論述的部分轉譯為能被普遍理解的語言，是以應該以三大準則為核心：（1）轉譯哲學的語言；（2）誘發閱讀的動機；（3）建構閱讀的需求。這三大準則可以以下幾個策略來達成與實踐。

（一）具象化：譬喻類比下的哲理易讀性

哲普寫作不是學術論文，是以完整的論證、思考推論的過程與學術文獻的引述並非首要重點，作為哲普作者應該思考的是如何讓讀者理解與讀懂哲思經典以及思想家所說的話語。是以切記不要不斷地講述理論、堆疊專有名詞，而可以藉由善用譬喻去轉譯哲思文本的艱難。也就是說哲學論述尤其是哲學理論通常具有抽象性，抽象不可見者最難想像與理解，是以透過譬喻去將哲學理論具象化，便能夠讓哲思經典更具易讀性與可理解性。

這點可參照佛典常以隱喻即具象化的論述去說解深奧的佛學理論與方法。如大家熟知的「大乘」與「小乘」，前者是強調利他成佛的教派，而後者是強調自我清淨解脫的教派，兩者理論與定位有其複雜性，但以「大車」與「小車」作為譬喻說解，讓人清晰地了解到：大車可以乘載多人到達彼岸，而小車僅能容下己身渡彼岸，如此便清晰好懂且容易記憶。雖然具象化與譬喻必然有著化約理論與簡略化的論述副作用，但是對於哲普來說，如何讓讀者理解，進而引發興趣去進一步閱讀哲思經典，才是最關鍵的目標。

（二）世俗化：流行語境下的思想共振性

既然哲普是為了普及哲思經典，是以就有其大眾化甚至世俗化的必要，當然大眾化的程度可依發表的平臺、出版社的需求與預設閱聽的對象去衡量與拿捏。重點在於不要過度堅持學術性論述的典重與高度，世俗化是為哲普寫作的方便法門，重點在於怎麼讓不同層次的讀者願意親近經典、理解經典。正如《典論・論文》所說的：「文本同而末異」，不同的文類應有不同的筆法與風格。

如《牟子理惑論》所說：「公明儀為牛彈〈清角〉之操，伏食如

故。非牛不聞,不合其耳矣。轉為蚊虻之聲,孤犢之鳴,即掉容尾、奮耳,蹀躞而聽。」陽春白雪固然崇高神聖,但對牛來說吃草更加重要,琴音只是一種讓牛無感的噪音;以琴音模擬蚊蟲的聲音,對雅樂來說故然世俗,但卻能讓牛產生反應。是以使用設定閱讀對象的語言去書寫,才能產生哲普的意義,否則只會徒然無功,那又何必書寫哲普?例如佛家理論的「空」用深奧典重的佛學理論講了半天,可能不如「假的,你眼睛業障重」之流行語來得重聽與容易理解。

亦即找到哲思經典與大眾讀者能夠共鳴的語言與情境,才是最有效的書寫。因為如同高達美所說,所有的理解與詮釋都帶有「前見」——那是閱讀者生命經驗、生活環境與人格特質所構築成的知識系統,在讀者的知識系統外書寫,無論再怎麼精彩,也無法產生哲普的效用。不如善用電影、影集、動漫、網路等流行語境與情境,去創造一個作者與讀者共在的哲思大平臺。

(三)議題化:時事影劇下的思想親近性

除此之外,還可以善用時事議題去開展哲普論述,而不要不斷地在經典中糾纏、在古代社會情境中舉例;乍看之下似乎顯得作者頗有學養,能夠引述古今中外的人文史地哲理,但哲普書寫不應該是炫技與彰顯才學,而應是為當代大眾讀者所需去量身定制。越是讀者生命經驗中經歷過的事件與情境,越能夠使其產生共鳴。是以只要能夠善用時事與顯著議題,便能夠讓哲普篇章與讀者產生共振。

例如日本動漫《鬼滅之刃》爆紅,便可藉由其中的「水之呼吸」等脈絡去談中國哲學中的「氣」以及道家中「水」的隱喻及其力量。又如大疫情時代大眾搶打疫苗,在體制尚未建置以前,有醫護人員利用殘劑將原本供十人施打的疫苗打了十三至十四人次,這本是在疫苗不足下的細心與不忍人之心,但卻也引起了劑量是否足夠與誰可以施

打殘劑的爭議。藉由此一風波,便可以《韓非子‧二柄》的論述:
「群臣其言小而功大者亦罰,非不說於大功也,以為不當名也害甚於
有大功,故罰」來展開論述。

當然必須注意的是:如果為網路哲普文章,則可盡可能善用當下
的新聞以及流行的影視與事件;但如為哲普書籍,則必須考量書籍銷
售的週期,有可能在幾年甚至幾個月後,書中所賴以解釋的時事議
題,便成為無人知曉的尷尬,變成書籍中的「垃圾論述」,而造成成
也時事流行、敗也時事流行的窘境。但不應該因此便放棄此一策略,
而應自我衡量書寫的目的與標的,如並非要撰寫一藏諸名山的曠世巨
作,能造成短期的影響力又有何不可。

四　結論:「墮落」的勇氣

最後但也必須注意的是:時有學術人對於哲學普及的篇章與書籍
嗤之以鼻,認為那些帶著流行語境與時事情境的哲普書寫,是學術的
墮落與渣滓;哲思經典就應好好論述,應有其嚴肅性與典重感,不容
如此破壞哲學的高度與尊嚴。但今天哲普書寫就如同夜市牛排、超商
巧克力,是大眾都能吃得起、吞得下的美食;用學術的高度去睥睨哲
普書寫,就如同用五星級飯店牛排的品質去控訴夜市牛排沒有頂級的
桌邊服務與環境、用精品巧克力思維去嘲笑超商巧克力的廉價——但
並不是每個人都需要或吃得起精品牛排與巧克力。

如果覺得哲普是一種墮落——尤其是將企圖在世俗化中以興趣導
向與議題導向開展與建構的輕哲普、圖文哲普妖魔化,那麼只能說那
是一種學術的傲慢,不懂哲普作者的明白。無論如何,哲普的書寫是
一個充滿挑戰的實踐,哲普作者會遇見很多不友善與不理解,但又如
何呢?哲普書寫要有「墮落」的勇氣,堅持去寫自己覺得有意義的哲

普篇章，持續擴展影響力，哲普的意義與價值終將呈顯──一個與學術論著同等重要且相互依存的存在。

當武術宗師鄙夷李小龍的中國功夫並非正宗，而堅持自己的宗派時，世界對於中國功夫的認識與理解，卻是李小龍所傳達的中國功夫形象，也就是說對於外國人而言，中國功夫便是李小龍截拳道的形狀。哲普寫作同樣有著這樣的影響力，一方面書寫者應善用這樣的輕薄與彈性特質，但同時謹慎於自我的書寫，不將哲普與創作混淆為一。

字字珠玉

──拆書稿的寫作技巧

李興寧

國立高雄師範大學國文學系兼任副教授

　　隨著資訊傳播的多元，閱讀不再限於紙本書籍，電子書、有聲書、影音書、互動書，各式各樣的媒介讓閱讀豐富多變；同時為了因應現代人忙碌的生活，各種精煉簡短的閱覽模式隨之而起，說電影電視劇情、話書籍文章摘要、推遊戲商品短片等，但我們不難發現，無論以何種模式呈現，都離不開最原始的傳播媒體──文字稿。喜歡閱讀追求新知的人，如何不受時空限制，又能在短時間裡汲取書籍養分呢？很多人會利用手機的 APP 聽書讀書，運用零碎的時間學習或放鬆，假以時日的積累也是可觀的精神資糧。而將書籍加以「拆解」，成為適合聽書或快速擷取知識點的模式，符應現代人的閱讀類型和閱聽需求，「拆書稿」也就應運而生了。

拆書稿是什麼？

　　顧名思義，「拆書稿」就是拆解一本書所形成的文稿，透過撰稿者的閱讀，挑選一本書的精華，寫成五到十篇主題明確的獨立文章，當這些拆書稿合在一起時是對一本書的精華解讀，單篇存在時也是可

讀性很強的文章。拆書稿與傳統書評和讀書心得不同的是，書評的篇幅大約為一至二千字，多以推薦書籍為目的，有時候也是幫一本書打廣告；讀書心得則是抒發閱讀後的心得體會，蘊含較多個人的情感色彩。拆書稿的篇幅比較長，精華內容多，且完全尊重原著，不加入撰稿者個人的心得感想。想完成一篇優秀的拆書稿並非易事，它需要撰稿者讀懂讀透一本書，運用寫作能力和知識底蘊，提綱挈領並歸納總結。因為要寫就得把書讀透，而且最好是大量閱讀，撰寫拆書稿一定可以看到個人閱讀寫作能力的提升。

對應不同的書籍，拆書稿的寫作方式可以分成兩種，第一種是依照章節拆分，主要適用於實用性強，非虛構類的書籍，依照出版公司要求拆書撰稿，除非章節恰好符合規定，其他多的就合併，少的就分解。以十篇拆書稿為例，選擇近期熱門的羅格・布雷格曼（Rutger Bregman）《人慈》一書說明，本書架構分成五部，除了序言，依序為「自然狀態」、「奧許維茲之後」、「為什麼好人變壞」、「新的現實主義」及「另一邊臉」五大部分，十八個小章節，寫作拆書稿時，可將本書的序言和第一部合併，挑選主題相近的章節重新編寫，第二部至第五部依序拆成二篇書稿，順著原作者的脈絡擷取精華內容。第二種寫作方式是按照頁數拆分，適用於故事性強的虛構類作品，尤其是不分章節的長篇小說。這種拆書稿以「故事情節」為主，強調故事的起因、過程和結果，類似章回小說，每一篇拆書稿都有一個小主題，在峰迴百轉的緊要關頭戛然而止，讓讀者欲知後事如何，且聽下回分解。

拆書稿怎麼寫？

一篇完整的拆書稿，由「開頭、正文、結尾」三部分組成，礙於

字數限於篇幅，簡單說明如下：

一、開頭：開頭最重要的目的是讓讀者覺得讀這本書有價值有意義。可以透過二種方式達成目的，一是透過生活中能引起共鳴的現象或問題，引出書籍的主題，同時告訴讀者聽眾，本篇書稿能幫助我們解決什麼問題，或者能讓讀者學到什麼，藉此引發讀者好奇心。二是塑造一本書的價值，這又可以細分成四個部分：

（一）書籍引入，從書中找出最震撼人心的案例故事，或最具顛覆性的觀點，或是代入生活場景，引發讀者聽眾好奇心；

（二）書籍介紹，可以從銷售量，排行榜，各大媒體的評價加以剪裁置入；

（三）作者介紹，包含作者的履歷、作品、職位、成就榮譽、權威性、專業性和影響力等等，加深讀者聽眾對此書的概念；

（四）篇幅安排介紹，簡單敘述拆書稿的章節編排與內容概述，讓讀者有整體的概念，明白接下來會聽到什麼樣的內容。

二、正文：正文是拆書稿的核心，一定要圍繞文本主題展開，拆書時可分為四至八個小節，依照書籍內容份量而定。小節之間的結構，可以是並列式也可以是遞進式的，但都應該是獨立且具有連貫性。正文的寫作方式如下：

（一）前情回顧，針對上一篇的核心內容簡單提煉，保留重要觀點即可，無需講述例子，寫作時可以用「在開始今天的內容之前，先帶大家回顧昨天講述的重點，首先……其次（然後）……再者（接下來）……」。前情回顧結束後，立即切入接下來的重要內容。

（二）知識點講述，掌握三個W原則──what／why／how，運用自問自答方式擷取書中精華。正文的知識點可以從作者的定義開始（what），其次說明為什麼如此做的原因，可以並列陳述（why），最後再提及如何做的方法，提供讀者解方（how）。

　　（三）總結預告，總結只需要回顧該單元的知識點，文末的預告則是為了引發讀者興趣，讓讀者明瞭接下來的內容可以幫助我們解決何種問題，引起大家的好奇心與求知慾。

　　三、結尾：結尾是總結全書的核心問題和知識點，可以用先一句話涵蓋本書作者、書名、核心問題，摘錄拆書稿各分篇的精華回應問題，最後提出解決方法。文末還可以透過迴響互動，引發讀者行動或評論的慾望，讓讀者閱聽之後升起反思與行動力。如果拆書稿是投稿或發表在自媒體平臺上，可在文末加入引起共鳴的話題，增加與讀者互動的機會。

　　正文完成後，進入編排修改階段。編排修改首先檢查標題是否吸引人，是否需要更換？第二步是文中選取的材料是否與主題相關，務必剔除無關的內容。「刪減」與「壓縮」可以精煉書籍的內容，「刪減」是指剔除多餘和重複的內容，若是案例，則挑選最具有說服力或最令人震撼的事件；「壓縮」是指提煉大段的內容，只保留精華部分。第三步是過度與銜接，包括篇與篇之間、知識點和知識點之間的關係，其中篇與篇之間可能存在並列或相承遞進的關聯，若是並列關係，可以用第一、第二、第三……來串連，代表彼此之間的內在聯繫較少；若是相承遞進關係，則可以用首先、其次、再者、接著、最後等關聯詞將內容的先後順序串連起來。知識點與知識點之間的串連，則可運用三個W──what why how──來貫串，以這樣的邏輯思考重新排列拆書稿的內容。最後一步則是檢查文章段落是否有錯別字，是否出現前後矛盾的情況，語序時序是否一致，務求用字遣詞精確。

拆書稿的誤區

　　一般而言，拆書稿的份量大約是原書的十分之一，若摘錄書本的

文字內容太多，就失去提煉精華、字字珠玉的意義了。挑選書籍所欲摘錄的內容之後，撰稿人也不能照章全收，需要消化吸收後，用自己的話語重新編排組織，讓知識點和知識點之間能夠串連起來，讓故事能依據情節發展引人入勝。簡言之拆書稿不僅僅是解讀，還要有一定的知識量。

其次是寫作風格不能太像「案頭文章」，有些撰稿者為了賣弄學問而用生僻字或冷僻的成語，字斟句酌固然沒錯，但此時拆書稿便會顯得生硬難讀；倘若需要錄製成語音，嘉惠閱聽人，可能難以吸引聽眾從頭到尾聽完。

再者是提煉的內容過多，雖然可稱得上是鉅細靡遺，但讀者聽眾在有限的文字或時間裡，無法消化吸收過多的知識內容，無形中增加了讀者聽眾的壓力，閱讀聽書反而成為另一種負擔。

最後是沒有明確的主題，選擇的切入點寬而泛，讀者聽眾讀完聽罷之後不知所云，完全沒有戳中痛點。這種情況容易導致讀一半就讀不下去，聽一半也不想再聽了，即使勉強完成也是一次不愉快的經驗。

以上是針對拆書稿的說明、寫作方式和注意事項，如果不是投稿，而是寫給自己看的或單純的公開發文，可以選擇個人喜歡有點難度的書，用以提升自我精進能力，否則不值得如此大費周章撰寫拆書稿。除次之外，建議完成一本書七成以上的拆書稿之後再行發表，如此方能讓拆書稿更具有一致和連貫性，嘉惠閱聽者。

四　藝文創作

專科國文課程跨領域的教學創新
──以心靈小卡繪作為例

許淑惠

國立臺南護理專科學校通識中心副教授

　　本校為技專校院，長期聚焦於深耕培育技能與健康應用科學之專業人才為教學主要導向。但學子除了習得專業技術外，厚植博雅素養、品格態度實乃要事，亦不可忽略陶冶人文素養，通識教育中心秉持培養通才之博雅教育為規劃要點，開設各類高階語文、本土語文、人文藝術等課程，期使學生兼具人文素養、尊重生命、熱愛鄉土、了解生命價值、強化理性思辨及訓練表達溝通技巧、落實終身學習成長的精神。

　　筆者因近日頻傳青少年學子輕生事件而心憂，感慨人文藝術範疇長期受限於教學模式，而無法呈顯安頓心靈、寬慰生命之作用，實乃斫殺核心價值，本著教學自我期許，以貼近心靈探索、情感自覺、生命關懷等人生重要課題，結合文本進行分析、解讀、省思等方式，兼容心理學領域旨要，採取多元引導為主要模式。有感於國文教學模式長期被視為老套枯燥，不僅於課堂中昏昏欲睡，見到長篇文言文時，若是教師僅著重翻譯、解釋，可能將原本愛好文藝之小火源徹底滅熄。

　　有鑒於此，雖限定於本校選用東大圖書公司所編國文套書為文本基礎，卻以引領學子正向地從傳統國文課程汲取古人安適曠達之精

神，擺落生活中的不如意為主要依歸，如柳宗元〈始得西山宴遊記〉因遭貶官而惴慄不安，登臨西山後心凝形釋，藉由旅遊排遣可供後世讀者安適心靈，體會心寬自在，從文學中取徑，引領學子如何反思沉澱，療癒受挫心緒後再出發，而不再將文學領域視為求學過程中的「廢科」、「絆腳石」。為突破教學模式及思維侷限、枯燥無趣等刻板印象，重新思考文學的價值為主目標。因心理學為五專護理科學生一年級必修科目，透過心理學可協助自己尋找人類心理活動記憶、壓力、治療、愛、追求、感知、死亡、學習、個性、智力等面向。在此基礎上援引心理學理論及活動為輔，與傳統閱讀書寫課程有所差異，不只強調聚焦閱讀及書寫層次之提升，更希望開啟學子心靈觀照，安頓徬徨孤獨之靈魂，使現有國文教學發揮安頓心靈，提升生命層次之具體功效。因此本次將分享課間活動——心靈小卡製作。

一　引入敘事療癒，開啟心靈思維

　　心理諮商有一學派為「敘事治療」（narrative therapy），又被稱為「故事治療」，屬於後現代心理治療學派，周志建《故事的療癒力量：敘事、隱喻、自由書寫》道：「自由書寫將過去的經驗用白紙黑字寫出來、被自己看見，然後再唸出來，此刻它會變成『立體的』、有生命的東西，讓我們重新經驗它。如此的重新經驗，會帶出新的理解、新的領悟。」（周志建，2012）透過對話，故事得以生生不息，傳統國文教學側重選定閱讀範本，讓學子分析理論、架構，進而剖析書寫步驟後精進寫作技巧，偏重理性思維，忽略感性同理及自我省察，反思大專技職院校之國文教學，應扣合學子生命歷程，未來身為護理師必須面對生死無常、生命交關，是救護生命的中堅分子，然自身遭遇挫折、困頓時應如何安適己身，也是不容忽視的重要課題。

二　結合業師專才，廓清糾結心緒

　　授課期間將請專業心理諮商師配合課程主題引領學子，先將課程區分四大關懷主題：其一、懷才不遇、孤獨感及貶謫傷志；其二、青春憂愁、愛情煩惱、親情關懷；其三、社會關懷、同理他人、感恩惜福；其四、夢想與現實、體會人生況味。因授課時間拘限，特意聚焦四大主題關懷，授課方式不全然採行教師單向論述，亦不採用紙本測驗，改以書寫個人心靈小品為主；期間兼容團隊討論與分享，並化用心理學門敘事治療理念，闡述文本所帶有之生命故事及真諦，主要以激勵學子勇敢書陳所思所感，關懷困頓心緒、安定生命為要，其次再提升閱讀書寫素養為輔。先由心理諮商師帶領後進行繪寫，活動如下：

　一、牌卡與自我探索：以珍愛卡、水晶曼陀羅神諭卡、OH 卡、療心卡、守護天使指引卡等體驗，使學生了解牌卡功能屬性，在多元的使用中陪伴自己做到自我探索和自我內在療癒的功能，再製作勵志短語書籤，或繪或寫激勵自己。

　二、正念與自我安頓：帶領學子體驗日常正念療法，例如飲食或行走坐臥等，使學生接觸到非常實用的自我照顧方法後，繪寫正念活動所感知的身心靈

　三、傷痛與夢的解析：搭配文學中的夢境書寫，先以榮格學派夢的解析初探為主，以夢境為素材，繪寫夢境圖卡，藉此讓學生有自我覺察的能力。

　四、詩作與藝術治療：教授現代詩時，帶領彩蝶詩藝術創作，透過的自我投射，以詩作自我覺察和抒發結果。另外，藝術創作過程即內在療癒過程。

三　兼容各類活動，活絡教學現場

　　國文教學應著重生命安頓之思考，推擴「知行合一」，不僅是知識傳遞，更是行動實踐。筆者特意另闢蹊徑，帶入多元活動、轉變評分方式，如授課文本為宋詞時，則先以現代歌曲入手，先帶領學子反觀現今流行歌詞語可再創新意並追求文雅，認為歌詞內容應該要具有故事性，可藉此訴說個人心緒，也讓現今青年學子體會欣賞歌曲非僅隨狂熱樂音搖擺，且融入流行元素，亦填作或關注歌詞意蘊，抒發情感，排遣抑鬱之情。可藉由生命安頓，引導學子正向思維，並創新國文教學，藉由傳統文學課程，以過去、現在、未來為個人省思，以及社會同理、是非思辨等課題為主要關懷要點。可規畫三大實施進程：

　　其一、追昔懷舊：讓學子回顧個人生命歷程，繪寫生命河，體會自
　　　　　　我省察、孤單與獨處安然。
　　其二、立足當下：審識自身，學會排遣壓力，探索獨特人格特質，
　　　　　　有助於生涯規劃，為日後職場服務預作準備。
　　其三、放眼未來：打破既定慣性，建構新思維，肯定個人獨具之潛
　　　　　　能，培育個人未來可受肯定之價值。

四　突破單一測驗，關注生命特質

　　針對授課文本書寫心靈反思，回應文本要義，讀古人文章，也可訴說自己的故事，重新審視自我，安頓心靈。評量方式以平時課堂團隊討論、分享，以及心理師引導後的隨堂繪寫、期末個人心靈反思反思小札作為依據，聚焦學生對個人心靈之觀照。課程除講授文本內容外，亦有正念體驗及繪寫實作，讓學子學習有意識集中於當下感受，打破身心慣性，提升自我覺察能力，可幫助日後心靈困頓時安適己身

的方法之一，並請心理輔導師提供相對應的輔導管道。教學實踐過程中所掌握的具體架構為省思自我與生命哲學主題，立足於肯定學生探索存在價值與生命安頓，期盼資訊爆炸、人際關係複雜之時代中，立穩腳步，展望未來；並透過圖文繪寫，於生命中涵養藝術靈魂。

從文本出走

——文本如何走向劇本，談改編創作

楊曉菁

國立彰化師範大學國文學系助理教授

一　前言

　　有人說在世界轉輪快速滾動的當代，文學恐怕愈顯式微，甚至成為小眾之好，此說或許有其憂戚之處，但，筆者以為危機常常也是轉機，這個轉機讓文學有了更為多元的「形變」，以多樣的形式存在。不過，此說何來？因為當今科技數位蓬勃，新媒體成了風尚，媒體傳播的形式一再改變，人人都可以是自媒體者，無論是 youtuber、podcast 的經營者，甚至我們習用的臉書、Instagram、Twitter 等等，每人皆可以在這些平台上發抒己見、評論事件、行銷物品……。再者，我們也可以看到政治人物、商業品牌或是「網紅明星」也紛紛在自媒體上行銷與傳播。這些媒體無論行銷或是傳播，都必須憑藉文字、圖片或影像；因此，整體社會興起一股全民書寫的運動，只是，其書寫形式，不再是長篇鉅製，而是走輕薄短小路線，我們稱之為「微書寫」或「快書寫」。公司裡怎麼為新產品行銷？會議中如何做好PPT簡報？電子商務的時代，如何讓產品快速引起關注？於是，我們真實地處在一個需要快書寫、微書寫的時代。所謂「微書寫」和「快書寫」是一體之兩面，它是指花的時間短，寫的文字量少，言簡意賅，

並且，常常輔以圖片來說話，由圖、表、文三者共構文本。也因為文字量少，如何傳神？如何精準？如何到位？這成了使用文字的訣竅與奧秘。

因此，我們可以說：「新時代裡，文字從來沒有消失，只是以另一種型態面世，並且更需要淬煉、提煉以達到精煉。換言之，這是語言文字更具體實用的顯像。」

故，本次的實用語文教學設計，筆者於課堂中，嘗試將語文的功能性面向介紹給學生，引領學生閱讀「文本」，進行「文本」改編成「劇本」之實作過程，再演繹成「戲劇」演出。以下透過圖示以說明「文本」、「劇本」、「戲劇」三者之間的關聯性。

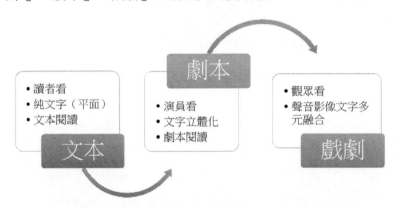

圖一：文本走向戲劇的路徑（自行繪製）

二 關於劇本的基本認識

劇本的來源通常有二，其一為劇作家之原創，如：英國莎士比亞的《哈姆雷特》、《馬克白》；中國明代湯顯祖的《牡丹亭》。此外，一些劇團也會自行寫作劇本，如：臺灣果陀劇場、綠光劇團、豫劇團、紙風車等，也都有自行原創的劇本。其二是將作家的文學作品或是文

本加以改編，如：黃春明、張愛玲、珍‧奧斯丁……等人的小說都曾經透過改編成劇本，而後躍上螢幕，像電影《兒子的大玩偶》、《傾城之戀》、《傲慢與偏見》、《色戒》、《父後七日》（劉梓潔同名作品，2006年獲得林榮三文學獎的散文組首獎），以上影片都是透過小說或散文改編而成。

如何將一部文學作品改編成劇本？文本與劇本的差異是什麼？先了解兩者的異同，在踐履的策略上，較容易找到方向。大體來說，文本與劇本的最大分野是：文本引動大腦的寧靜革命，讀小說刺激思考的力度強大；劇本引逗身體移動的想望，讀劇本的空間臨場感容易生成（這與劇本呈現的外在形式有關聯，劇本形式在本文後段有示例說明）。

不同類型的文本，如：散文、極短篇、長短篇小說；不同題材的作品，如：愛情、科幻、冒險、歷史……，它們在改編成劇本時，都有各自不同需要注意及處理的細節。

於是，文本中的文字該如何增、刪、取、捨，是文本改編為劇本時的考量之一。而這層考量必須結合創作者所期待的戲劇類型、語言風格等。本課程聚焦於「文本改編」的主軸，因此，著意於文本的文字語言之改編。

戲劇的語言除了推動劇情之外，也營造戲劇演出時的風格及氛圍。如：喜劇的語言、諷刺的語言、詩意抽象的語言，或是抒情散文式的獨白等，各有其獨特性。這些不同類型與風格的語言可以透過文本的既有素材，加以改編及撰寫。

劇本創作時，一般情況是：一頁三百字稿紙，實際演出時大約需要一分鐘，這是好萊塢著名劇本創作之簡要說法──「一頁一分鐘」的概念。改編時，可以用上述這個方法大約估計出演出所需的時間，以便計算所需的文字多寡，若要更精確的估算，可以在排練或是演出

時，以正常的講話速度，將劇本從頭到尾念一遍，如此能實際掌握劇本的文字容量。

理論上一齣戲或一部電影最合適的長度是「觀眾一次集中注意力所能持續的時間」，如舞台劇大約是六十至九十分鐘，而電影則不宜超過三小時，這是一般普遍性的考量。

三 改編劇本的實踐與教學

（一）改編劇本的內涵

「改編劇本」是指根據已有的原著或故事，進行修改、調整或重新創作的過程，以創造新劇本或故事版本。改編可以是在不同媒體形式（例如：小說、漫畫、電影、遊戲等）之間進行轉換，也可以是在同一媒體內進行重新詮釋，是一種文本多元形式的轉譯過程。

改編劇本的操作過程通常包括以下步驟：

1 閱讀及研究原著

首先，瞭解原著的主題內容、故事情節、人物角色是非常重要的，這包含釐清文本特性、認識劇本特質以全面理解原始素材。

2 確定改編方向

接下來，決定改編劇本的整體方向和目標，可以選擇保持原著的核心元素，或者採取更自由的方式，以創造全新的故事，但，仍保留原著的靈感。

3 故事情節的改變

根據改編方向，開始修改原著的角色和故事情節，這可能包括增

減角色數量、調整角色性格和背景、改變事件順序或增添新的情節。

4　內容與形式的有機性

在改編的過程中，確保劇本內部的邏輯具備一貫性，不論是添加新元素還是修改原有部分，都要使新故事版本的框架內是合理且連續。

5　尊重原著精神

雖然改編是對原著的重塑，但仍需尊重原著的核心精神和主題，避免過度偏離原著的核心價值觀，以免失去原著吸引人的特質。

6　考量不同媒體形式

如果將故事改編成不同的媒體形式中，例：從小說改編成電影或電視劇，需要考慮不同媒體形式的特點和限制，以適應目標觀眾的喜好。

7　反覆修改

改編劇本是一個反覆推敲和修改的過程，不斷審視劇本的優點和缺點，進行多次修訂，以獲得更好的版本。

8　試閱和評估

完成初步版本後，進行試閱或評估，徵求他人的意見、反饋和建議，如此有助於發現可修正的問題和改善空間。

（二）文本改編成劇本的先備

承前所述，改編劇本首要處理的是「文本」層面，如：日本文學家芥川龍之介的著名短篇小說〈竹藪中〉（又譯〈竹林中〉），導演黑

澤明曾據此小說拍成電影《羅生門》。黑澤明在原著的基礎上加以改編，如：刪除了小說裡「老婦人」（女主角母親）的角色，增加「流浪漢」一角，如此的處理，必有導演的思維與主張。

　　從文本到劇本的過程是思考、閱讀與寫作的總和訓練，而劇本到戲劇的過程則是聆聽與說話的訓練（聽與說），再加上全方位的「表演」。於是，聚焦於「改編劇本」，我們將從「文本」的內涵與組成要素先行分析，再根據「劇本」的語言和結構特質，加以改編與再造。

1　文本的組成元素

　　日常所見的文字文本，其內容是透過四種寫作手法以組成，分別是：敘事、描寫、說明、議論。藉此四種手法的認識與理解，可以對文本進行深度分析，這是文本改編成劇本之首步處理程序。

　　以下先就「文本」的四種寫作手法予以分析及闡釋：

表一：四種寫作手法的區辨

寫作手法類別	簡要屬性概說
敘事（Narration）	時間的、動態的
描寫（Description）	空間的、靜態的
說明（Exposition）	客觀的、顯現的
議論（Argumentation）	主觀的、說服的

（1）敘事手法

　　「敘事」顧名思義是作者針對線性時間中人物、事物的推展及變化歷程加敘述。由於「敘事」是時間歷程中演變現象的載錄，因此，它是動態的呈現。

例①：今天上午八點四十分，火車從台北開出。

例②：我有一個同學身高一米九，非常高大。

（2）描寫手法

「描寫」是作者針對個人於空間中所見人物、事物的種種觀察結果加以描摹，所以，它常常通過感官的摹寫來狀擬出被觀察者的樣態。也因此，「描寫」是空間中靜態的呈現。

例①：這一枝梅花只有兩尺來高，旁有一枝，縱橫而出，約有二三尺長；其間小枝分歧，或如蟠螭，或如僵蚓，或孤削如筆，或密聚如林；真乃「花吐胭脂，香欺蘭蕙。」[1]

例②：我有一個同學，每次看他走進教室時，都要彎著腰、駝著背、側著身體，然後再把自己塞進和他身材不能匹配的狹窄座椅當中。

上述論述中，仔細觀察「敘事」與「描寫」兩者的例證②，它們其實都是在表述同一件事情，就是我有一位身高非常高大的同學。前者以「敘事」的方式「交代」該同學身高有一米九；後者則採用「描寫」手法，不直接出現一米九的數字以表現其高，而是透過觀察其高大身材與狹窄課桌椅不協調的畫面來說話，藉此來凸顯其身材特徵。

（3）說明手法

「說明」主要任務是藉由「說明」傳遞訊息供大眾知曉，像是：解說事物、闡明事理、表達意念等等，它通常具有知識性、客觀性、說明性的傾向。因此，若以寫作手法來看，「說明手法」它通常能夠

1　曹雪芹：《紅樓夢》第五十回，（臺北：里仁書局，2007年），頁109。

呈現關於「如何」（how）這一類問題的答案。簡而言之，針對事理的來龍去脈或事物的特徵、形狀、結構……進行闡述，藉此以達到傳播知識或訊息的目的。因此它在生活實際層面的應用寫作上常常可見，如：學術性的小論文、各類趨勢圖表、各式使用說明、導引手冊……。

（4）議論手法

「議論」是四種寫作手法中最為突出作者本身觀點理念的一種表達方式。「議論」顧名思義是對某一主題加以評議、討論，具有個人主觀性，帶有「說服意味」，主要透過觀點的提出以獲得讀者的認同。而議論的論點[2]來源，主要有四種：

（A）作者對某一話題（topic）提出看法並加以闡釋，以說服舊看法之人。

（B）對於某待解決問題（problem）的見解，屬於建議性質，論述較為平和。

（C）對於疑難問題（question）的發現，以科學領域的研究較多。

（D）對於一個具爭議、矛盾問題（issue）選擇立場、表態立場或捍衛立場。[3]

「議論」手法在書寫時的用語多具有明白、確切、清楚的特質，較少情緒性的詞語、口語化的用字、無關緊要的連綴、冗贅用語。

2　議論文的文意發展可由三個部分撐持而成。分別是論點（主要觀點）、論據（支持論點的例證）、論證（將論點和論據連綴完整的論述過程）。

3　葉黎明：〈議論文的四種類型〉，《寫作教學內容新論》（上海：上海教育出版社，2012年12月），頁290。

2　劇本的組成元素

　　進行文本改寫之前，我們先行了解「劇本」內容形式的主要特質，它大略分成「對話」與「非對話」兩個部分。「對話」是角色的溝通載體，其要求是明瞭清楚，易於理解；劇本中的「非對話」部分則包含景色道具、走位動作、表演指導、鏡頭指導、旁白介紹……。因此，我們可以推論，由劇本所構成的「戲劇」，其語言必定不能過於隱晦，不能充滿象徵，或是書面語太多；不過，若屬於「獨白」的語言則可透過較為文學性的形式呈現。明白「文本」與「戲劇」的差異後，作為兩者橋樑的「劇本」要能夠揉和與互融兩者的異與同。

　　了解劇本的組成元素後，細究劇本內容中，可以分成兩大層面闡釋：

（1）第一層面：人物的口白（包含：獨白、對白、旁白）

　　戲劇中人物的口白，包含：獨白、對白、旁白三個向度。獨白可以說是角色的內心戲，這又可以分「對觀眾說」的 monologue；或是「對自己說」的內心獨白，正確說法是 soliloquy（臺灣習慣稱 OS）。獨白與對白要力求清楚明瞭，接近「口語」；旁白可以文雅，使用書面語，接近「文字」。以下稍加區分口白三者的內涵：

表二：口白的類別與內涵

旁白	關於背景建置，劇情串連，非演員間對話之其他事件及事務等
對白	角色之間的對話，力求清楚、明白、口語化
獨白	角色的心境與思維，常見的形式是：獨白、唱詞

（2）第二層面： 劇本中△符號所標註的是關於畫面的描述，舉凡「景色背景」、「走位動作」、「劇本說明（旁白介紹）」、「表演指導」、「鏡頭

指導」……，凡是不屬於「演員台詞」的部分，都可以歸納在這一部分。此部分非常著重於舞台、畫面上的種種呈現效果，包括：人物、景物、事物的情態與樣貌，所以，此部分必須要立體化、具體化。

（三）文本改編劇本的步驟

一、步驟一：細讀文本，進行分析，以四種表現手法「敘事」、「描寫」、「議論」、「說明」將文本文字分別標列。

二、步驟二：根據上面四向度的分類，再來分析，哪些內容適合「對話」？哪些非對話內容可以作為舞台背景、佈景建置、鏡頭建立……？其中非對話內容，可以加入新的創意元素，撰寫時，針對舊與新，可以增刪取捨。

三、步驟三：「口白」的部分的建置，可以分為個人「獨白」、兩人或多人的「對白」以及「旁白」來分析與歸納。獨白與對白（包含唱詞），以清楚明瞭為原則，旁白文字以介紹、過渡與媒介為重要任務，此時多加一些書面語無妨。

（四）劇本寫作的參考格式範例

1 劇本參考格式

場01 （scene：1）	日／夜／ 晨／昏／	景（內景／外景）／ 明確的地點	人物

2 〈秋江獨釣〉改編參考範例

場01 （scene：1）	黃昏	外景： 秋天的江邊	人物： 乾隆皇帝、紀曉嵐

3 〈秋江獨釣〉文章

**圖二、〈秋江獨釣〉課文參考自臺灣康軒版五年級下學期
國語課本第二冊**

4 〈秋江獨釣〉文章改編成劇本示範

△**舞台景色**：紅紅的落日，灑下金色的光芒。秋風由江面吹來，捲起一道道的波浪；白茫茫的蘆花，像巨龍在秋風中翻滾，歸巢的水鴨，消失在暮色中。

△**人物動作**：秋天黃昏，紀曉嵐陪著乾隆皇帝正在江邊散步，兩人的眼睛不時望向江面。

△**人物動作**：江面的小船裡一個老翁正安靜地垂釣。

△**角色對話**：

皇帝：百姓的生活真的很自在啊！

紀曉嵐：百姓只要照顧好自己或一家的生活就好了，不像皇帝您要關心的是一國之事呢！

△場面調度：忽然，江面上的小船一陣騷動，老翁站了起來，水面
上的魚標也不停晃動，老翁用力拉扯釣竿，一隻大魚順著釣竿躍
出江面，漁翁使出全身力氣將魚拉上船，然後，老翁開心地拍著
大腿大笑。蘆草中的水鳥嚇得拍翅飛起，揚起片片白色的蘆花。

△人物動作：乾隆皇帝和紀曉嵐停下腳步，仔細觀察江面小船上的
一切變化，皇帝不時露出笑容。

△角色對話：

皇帝：這條魚很大啊！足夠一家人飽餐一頓了。

紀曉嵐：是啊！這條魚換做到市集上販賣，價錢應該也很不
錯。

四 結論

好的劇本是淬煉出來的，無論原創或改編，劇本永遠是電影或戲
劇能否成功的關鍵。精采對白、動人故事、靈動角色……，都是電影
或戲劇重要的元素之一。

哈佛大學心理學家暨教育學者 Burner 在他的 "Toward a Theory of
Instruction"（1966）一書中曾提及：「一套課程若要有效應用於課室之
內，必須包含許多不同的方法來激發學習者，不同的方式來展現事件
因果順序。運用戲劇再現人類生活情境，提供學習者見識社會多元面
貌與情境的教學方法是有效的方式。」基於上述理念，在中文學習場
域裡，「教」與「學」該如何跨域與設計？該如何結合情境與經驗？
又，符應素養課綱的精神，培養帶得走的能力是每個教育階段戮力前
行的目標，因此，「改編劇本」課程設計的立意在於：如何營造「創

意」（Creativity）？又，如何在既有的根基上進行「創新」（Innovation）？在傳統文本閱讀與分析之外，我們能否為文學教育開出另一朵花，讓傳統與創新共釀出更多文學創意。

參考書目

Bruner, Jerome S. *Toward a Theory of Instruction*, USA: Belknap Press, 1974.

葉黎明：《寫作教學內容新論》（上海：上海教育出版社，2012年）。

楊念純：《噬罪者：創作劇本與幕後紀實》（公共電視、嘉揚電影）（臺北：水靈文創，2019年）。

【美國】艾莉絲：《開始寫吧！影視劇本創作》（北京：中國人民大學出版社，2012年）。

結合數位導覽工具的新詩寫作教學

戴榮冠

佛光大學人文學院助理教授

　　新詩的鑑賞與習作，是大一國文教學的常見內容。以往教學模組，多數採用「選定教材」、「文本鑑賞」、「創作練習」等教學順序。類似的教學方法，是以教師教學為主體，進而帶動課堂的學習。然而，翻轉教室、PBL 問題導向等學習法提倡以來，以學生學習為主體的上課方式逐漸成為教學現場的主流。因此，筆者在教學現場中，同樣嘗試採學生學習為主體的新詩寫作練習。過去課程改革最常以「預錄影片」、「任務指派」、「團隊協作」等翻轉教室方式，期待學生能具有先備知識，進而在課堂中進行實作練習。

　　新詩教學實驗上，以前人教學經驗為基礎，同時思考教學成果的延續性，因此在實驗中融入「數位導覽」、「在地化」概念，以「文史脈流」數位導覽網站為創作媒介，使學生在練習新詩寫作之餘，同時能接觸數位工具，並將成果以「可視化」方式呈現。

　　教學設計上，結合數位導覽工具的教學內容，必須以「確定地點」為原則，才能落實線上展示效果，因此本課程以「設定座標」、「新詩建構」、「數位呈現」等三層次進行實驗，以下概述各層次操作模式，以供參考。

一 設定座標

在教學現場中，要將文學創作成果融入數位導覽工具，或 GIS 地理資訊系統工具，首先必須考量的，在於「座標定位」。數位導覽或 GIS 工具均以「地點」作為導覽基礎，學員針對「地點」進行書寫創作，並上傳網路，再透過點與點的串接，以完成「文學地圖」的製作。

以「文史脈流」為例，學員可以針對某固定地點進行書寫創作並上傳，完成景點（POI）製作。或者串聯數個直線景點進行書寫並上傳，完成景線（LOI）製作。又或者串聯某區域中若干景點進行書寫並上傳，完成景區（AOI）製作。在國文教學現場中，由於初學者不易掌握景線（LOI）與景區（AOI）的製作，因此讓學生針對一個固定地點進行景點書寫，事後再彙整同學作品，完成景區（AOI）或主題故事（SOI）製作，在執行面上較容易完成。凡彙整完成的景區（AOI）或主題故事（SOI），本身就是學生集體創作的「文學地圖」，既方便收集成果，也容易瀏覽欣賞，同時可作為學期成果展的具體績效，一舉數得。

二 新詩建構

本教學實驗乃以佛光大學大一國文一百八十餘人為實驗對象，在「座標」設定上須特別注意。由於學生初到新環境，對於校園多半陌生，因此書寫題材，尤其是地點的選擇，許多人會以「故鄉」、「過去的校園」為題材，但如此便失去「大學文學地圖」的意義，因此本教學實驗設定的第一步，要求學生「景點」發想須以校園、在地（宜蘭地區）為主。

然而，強加校園景點，並要求學生進行創作，容易有負面效果。

學生到校不久，對於環境本不熟悉，強迫書寫只會導致學生難以下筆，或「為文造情」的窘境，如此則失去創作的意義。文學以「情」為本，因此景點的選擇，須兼顧「座標效果」與「情感效果」。本教學實驗以「情」為出發點，考量學子在外就讀，多少有情感或心理狀態的不適應，導致情緒起伏，因此課程設計讓學生回想，從開學至創作當下（約三個月），情緒波瀾最大是什麼時候，不限正面或負面情緒。在同學回憶完成並書寫之後，進一步請同學回答，情緒最強烈的當下，人正處於宜蘭地區的何處，如此學生便能寫下開學至今情緒最高昂的地點所在。如此，既能取得座標位置，又能兼顧情感出發點，以此作為新詩創作的起點。

第二步，請學生以「自由書寫」的方式，寫下情緒最高昂的當下個人所遭遇的人物、事件、時間、地點、心理狀態等過程，詳實描述情緒高昂的細節。這份「情緒」檔案，即下一步新詩創作的重要資源與素材。

第三步，以修辭指導方式轉化文字。課堂進行中，透過老師引導，將該份「情緒」檔案，由散文、抱怨文的形式，逐一轉變為「具文章修辭技巧」的文字，並透過資料剪裁，除去謾罵、贅詞，精簡文章內容，突出「情感」層次，作為新詩寫作的基本架構。

第四步，介紹新詩寫作技巧。未進行創作之時，先羅列優秀新詩如楊喚〈夏夜〉、鄭愁予〈賦別〉、席慕蓉〈一棵開花的樹〉等作品，從文本賞析中，提煉創作技法。從作品介紹中，歸納詩歌語言以文字「陌生化」、內涵「歧異化」兩者為重要架構，也是本教學實驗著重引導之處。在文字「陌生化」部分，著重在轉品、轉化修辭（抽象情感具象化）、擬人、擬物、映襯、感官交錯等創作技法應用，讓學生自行修改原本作品內容，使尋常語言提升至審美層次。進一步，在內涵「歧異化」方面，引導學生使用「隱喻」、「符號」，將原本具體事

物描述,一改為隱晦、內斂等具多重詮釋可能的語彙,以豐富文字詮
釋的內涵,並試圖模仿優秀作品的創作手法,以調整原本散文的內容。

經上述文字加工技巧後,學生多數能將原本抱怨式的散文內容,
轉而成為具備新詩形式與內涵的作品。透過情緒記錄到散文、散文到
新詩的過程,能確保創作者保有情感的真摯、原創的精神、技巧的進
化與內涵的提升。作品的呈現,最後仍以「文情並茂」為理想,期待
學生經過本教學實驗練習,能同時實現「自我覺知」、「自我洞察」效
果,以及國文教學中增進文字應用能力與寫作技巧的目標。

三　數位呈現

學生新詩作品完成後,由於初始設定便要求確定「地點」,因此
在製作文學地圖時,有了明確的位置座標,再來就是資料的輸入。

目前數位文史導覽工具如文史脈流、TGOS 地圖協作平臺等,要將
圖資或作品數位化時,均須事先在後臺設定詮釋資料(Metadata),亦
即作者、地點、經緯度、時間、圖片、原文出處、參考網址等,教師
可依照各自需求設定項目。然考量到學生程度不一,為求作品內容整
齊與效率,因此本教學實驗選擇「文史脈流」作為數位導覽平臺。

文學地圖的製作,選擇「文史脈流」為平臺原因有四,一為該平
臺允許手機操作。一般學生在課堂進行中未必能全部攜帶電腦,但手
機卻能隨身攜帶,方便課程操作。二為詮釋資料格式建置完成。多數
文史導覽平臺在設定詮釋資料時,需借助電腦操作才能順利進行,但
「文史脈流」平臺已先行設定好資料填寫框架,學生僅需按照表格填
寫內容即可,如此能減少操作錯誤的可能。三為資料取用容易。學生
創作個別景點,在其他文史導覽平臺上,需以檔案下載、轉換才能取
得該資料內容,但「文史脈流」平臺的設定,凡完成景點者,其內容

均為共享資料，任何進入平臺之人，均可依照其需求自由取用資料，省去了格式轉換的麻煩。四為導覽便利，「文史脈流」平臺可在「文學地圖」建置完成後，提供手機導覽服務，如此便於同學未來做景點實際踏查，可收學用合一、讀萬卷書行萬里路之效。基於上述四原因，本教學實驗以「文史脈流」為數位教學平臺。

學生完成新詩寫作後，為求達到「數位導覽」、「在地化」的效果，不能僅是貼上新詩文字，如此便失去導覽與在地化意義。在教學實驗最後步驟，課程要求學生呈現的作品內容，除了新詩文字外，更要求每位同學前往「座標位置」現場，以錄影方式讀誦新詩內容，使該影片除作品賞析外，同時具備線上導覽與在地介紹的特色，如此作品較能「接地氣」，點閱者也不僅看見單純的文字敘述。並且，於後置作業配上標題、新詩文字與配樂，使該作業以「多媒體」方式呈現，如此才能有效豐富作品內涵，也使成果具備文學地圖中「數位導覽」、「在地化」的效果，而非僅是標註地點的新詩文字而已。

四　結語

大學國文教學在「翻轉教室」與「PBL 問題導向學習法」的提倡下，教學現場已經由以教師為主體的授課模式，逐漸轉為以學生為主體的互動內容。在此基礎上，結合數位導覽工具，進一步實現以學生為主體的集體創作成果，並以線上展示方式呈現，相信更能凸顯大學國文教學成效。由學生自主發想、抒發胸臆的新詩作品，結合數位導覽、在地化介紹的內容，以影音作品呈現，試圖優化大學國文教學內涵，是本教學實驗的初衷，也是目標所在，期待未來傳統國文能與數位導覽、數位人文有更多的碰撞火花，研發更多優質課程，一同為學生閱讀書寫增能。

生活小品文的寫作

李智平

臺灣警察專科學校通識教育中心副教授

　　小品文是一種兼有記敘、抒情、說明議論特質的文學寫作，它沒有固定的寫作形式與嚴謹的規範，入門門檻不高，寫作者可以隨興的暢言己志。儘管如此，想要寫出感動人心、發人省思的小品文，還是得注意許多細節。以下分成四點說明，首先是「小品文的定義與源流」，其次是「創作小品文須具備的條件」，復次是「勵志小品文的寫作條件與限制」，最後以一「結語」作結。

小品文的定義與源流

　　「小品」一詞源自六朝時期，最早指佛經，詳者稱為「大品」，節略者稱「小品」，後來「小品」成為短小且意味雋永的文章的代名詞。晚明清初，以「小品」為名的著作開始盛行，成為一種文學名稱，主張即興寫法，隨意而為，一反傳統文章寫作講究義法。而這種寫作特點係以作者個性之「情」，配合個性流露出的「趣」，以及兼有情、趣之「韻」共同組成。[1]

---

[1]　以上觀點酌參陳少棠：《晚明小品論析》（香港：波文書局，1981年2月），頁9-19。

民初五四運動興起，掀起另一波小品寫作風潮，夏丏尊（1886-1946）定義當時的小品文有言：

> 從外形的長短上說，二三百字乃至千字以內的短文稱為小品
> 文。前幾章所講的記事、敘事、說明和議論等，是從文的內容
> 性質上分的，長文和小品文只是由外形而定。因此小品文的內
> 容性質，全然自由，可以敘事，可以議論，可以抒情，可以寫
> 景。毫不受何等的限制。[2]

可知小品文有三個特性：一是形式篇幅較短，二是內容不拘性質，三是小品文並非某種特定文體。關於最後一點，如林語堂（1895-1987）在《人間世‧發刊詞》亦說小品文：「本無範圍，特以自我為中心，以閒適為格調，與各體別，西方文學所謂個人筆調是也。」[3]同樣指出可自由自在的書寫。

陳少棠則深入比對晚明、現代小品文異同，說道：

> 兩者都屬言志的文學，有作者個別的精神面貌，文字大都以簡
> 潔峭拔為尚，題材則無所不包，一以表達作者之思想性情為
> 主，風格從容閒雅，少有慷慨激昂之態。[4]

他還提出現代小品文受西方影響，功能上與晚明小品文有別，指出：「一方面強調要寫作者之個性，同時也強調書寫社會人生，要以平易的說話，道出至大的真理，即所謂『一粒沙裡見世界，半瓣花上說人

2　夏丏尊：《文章講話》（北京市：北京教育出版社，2014年3月），頁149。

3　林語堂：〈人間世發刊詞〉，收入氏主編《人間世創刊號》（1934年），頁2。

4　陳少棠：《晚明小品論析》，頁3。

情。』」[5]時至今日，小品文雖不再有嚴格的字數限制，但仍具備不局限於單一文學體類，篇幅短而言簡意賅，能展現作者個性與觀點，且兼具社會性的特質。

創作小品文須具備的條件

儘管小品文崇尚個性、自由，但如何在有限篇幅內展現寫作者的觀點，又能表現文學情趣，有以下四項要點。

（一）把握核心觀點或概念

小品文篇幅較短，不宜容納太多觀點或概念。且小品文與論說文不同，小品文偏好寫作者人生閱歷的分享，展現個人的思想性情；論說文則重視客觀介紹說明，或反覆論辨以明辨議題的價值。因此，小品文若包羅太多觀點或概念，導致主題散漫或辯證過於複雜，便無法直指核心，難一目了然寫作者的表述目的。

（二）集中敘事舉例的主線

小品文敘事言情要牢牢把握主線，著墨事件的精華片段，如夏丏尊說：「我們要作繪畫樣的文字，不需要地圖式的文字。因為從繪畫上才有情趣可得，地圖上是不能得到的。」「好像打仗，要用少數的兵去抵禦大敵的時候，應該集中兵力，直衝要害，若用包圍式的攻戰法，就要失敗的。」[6]易言之，小品文不是中長篇的散文、小說，不必鉅細靡遺，也不用繁複的結構、情節布局，而是從細微處觀察，聚焦於主線的敘寫。

5　陳少棠：《晚明小品論析》，頁5。
6　夏丏尊：《文章講話》，頁163。

（三）印象暗示，喚起共鳴

　　小品文不是單純敘事或說明議論，而是寫作者透過敘事言情，忠實描繪出自己的情感、想法與體會，李素伯（1908-1937）說：「使自己的個性、哀樂、希望、慾念、一切生於心和觸於心的東西在讀者的感情裡復活，同時使讀者從作者的世界裡把情緒再生。這就是藝術的真，而非科學的或理知的真。」[7]這正是小品文精彩之處，將寫作者的個人印象透過文學表述、修辭潤飾，使讀者能心神領會，而非仰賴嚴謹的說明議論以說服讀者。

　　其次，好的小品文還要靠「暗示」喚起共鳴。有別於說明議論直截了當的表述己見，寫小品文時，話要保留幾分，讓讀者自行體會，也就是「意在言外」。太直接而缺少性情的涵詠，則不易營造出想像空間，也失去了文學的韻味。

（四）簡潔機警，警句省思

　　短篇文章的節奏感格外重要，既容不得半點冗贅，還得直接誘發讀者閱讀興味，更要字字珠璣，簡潔有力，書寫難度不下於長篇大論，李素伯說：

> 　　小品文的遣詞，固須緊湊；他的命意，也要機警才好。我們觀察事物，有正面和側面的不同，正面觀察，是大家都知道的，平板面不易動人；而側面的觀察，則往往為常人所不注意。能將人所忽略的部分，從事觀察，描寫，文字便會機警。[8]

7　李素伯：《小品文研究》（上海市：新中國書局，1932年1月），頁69。
8　李素伯：《小品文研究》，頁86。

平板與立體的差別，可從觀察角度說起。若以全知全幅且俯視的視角來敘事，寫作者已掌握事件因果，一切了然於胸，內容易偏向平板；若為側面細微且平視的觀察，寫作者彷彿與讀者共同探索於未知，則立體感立見。

再者，「警句」不等於「錦句」，錦繡文句或可增添文采情韻，但若悖於簡潔機警者，亦可刪省；莫不如以具有警醒意味之文句，凝鍊文章的重點要旨；或以幽默詼諧的語句略帶調侃，能使人莞爾且印象深刻。

勵志小品文的寫作條件與限制

「勵志小品文」是小品文品類中的一種，這種激勵人心志向的文學短篇作品，其積極正面的能量在成長階段，總被選為優良的課外讀物；進入社會後，探討生死、愛情、親情、友情、職場關係的勵志小品文也頗受普羅大眾的青睞。但書寫勵志小品文有身分、書寫方式的條件與限制，以下分四點說明。

（一）寫作者與讀者的關係

勵志小品文的寫作者多是扮演讀者心靈導師的角色，他們以個人經驗指引讀者的人生路向。相對的，讀者之所以喜好閱讀此類文章，便是希望藉由心靈導師們的經驗來解決生活上所面對到的各種疑難雜症。所以，寫作者與讀者近似於上對下的師生關係，讀者對寫作者的態度則是願意相信信任，而非檢核其觀點之對錯。

因此，不是任何人都適合寫勵志小品文，最常見如年輕學子用老氣橫秋的語氣與師長、讀者勸勉，甚至用反詰語氣迫使讀者接受，常見如言：「我相信你一定會認同我的。」「難道不是嗎？」讀來頗令人

啼笑皆非。故可以鼓勵學子們讀勵志小品文，但是否適合創作勵志小品文，得視立場、時機、場合而定。

（二）修辭避免通俗、八股

修辭目的是美化文章內容，但貴立其誠，將真實情感與體會化為修辭，而非為賦新辭強說愁。勵志小品文慣以修辭彰顯文學的美感與氣勢，但不應流於刻意或襲用他人文句。如以岩石浪花、風雪中的寒梅、道路充滿荊棘、鮭魚上游，比喻人生的艱困；又如以暗黑中的燈塔、路邊野花盛開為自己喝采，轉化出人生的光明正面。這些文句過於陳腔濫調，缺乏誠意，亦非真心體會，有時還邏輯不通，莫不如如實引用典故成語，或創發一些惕勵警句，更顯匠心獨具。[9]

（三）通俗例證，深入人心

勵志散文的例證不外乎是寫作者的自身經驗，或聽聞旁人的間接經驗，或歷史典故與遺訓，或各種名人逸事等。然而，太常被舉用的例證似能引起共鳴，卻易失去新鮮感；過於艱澀難懂的例證，無法吸引讀者目光；歌功頌德他人成功典範者，也很難感動讀者。那到底什麼樣的例證才能深入人心？

此類型例證不必太過高遠，宜從平凡中見不平凡，如貼近生活中不知名小人物的經驗，遠比眾所周知的人物、典故例證愈加讓人感同身受，因為挫折、感慨並非朝夕能變，成功克服困難也不是轉瞬可得，尋常人的生活經驗就如同我們的影子，更貼近真實人生。

此外，書寫例證要著重經驗的過程而非結果，因為勵志小品文是透過經驗例證提供讀者省思，而例證中的人物角色或事件發生原因、

9　以上酌參李智平：〈漫談勵志散文與論說文的不同〉收入氏著：《精進書寫能力1：遣詞用句掌握文氣篇》（臺北市：五南圖書出版公司，2021年3月），頁157-159。

過程的曲折，都可讓讀者聯想到自己曾有過的經驗，進而跟隨寫作者的腳步思索問題的癥結。

（四）教化教訓，拿捏分寸

　　勵志小品文本身便帶有教化的意味，比起其他小品文幽默機智之餘，帶有更強烈的目的性。所以，寫作者下筆為文可時而嚴厲教訓，時而溫婉勸慰，以達教化之目的；但必須拿捏好分寸，若教訓意味太濃厚而缺乏人情的溫度，反成教條訓誡，會使人避之唯恐不及。如夏丏尊說：

> 我國舊式文字中，往往以作者自己的態度，強迫讀者起同感。如敘述一悲事，結尾必用：「嗚呼！豈不悲哉！」敘述一樂事，必要帶「可謂樂事也已」之類。其實這是強迫讀者的無理的態度；悲不悲，樂不樂，讀者自會感受，何必諄諄教誨人家呢？[10]

能否引起同感，端看寫作者如何基於前三點的基礎上，使讀者能潛移默化，咀嚼其中深藏的道理；過度追求認同，言語強硬激烈，徒是氣盛而非必能情服、理服於眾。

結語

　　以上簡單介紹生活小品文的寫作技法。當我們閱讀現代小品文名家，如：林語堂、梁實秋（1903-1987）、琦君（1906-2006）……，乃至於當代一些深入生活各層面的小品文時，不妨藉著上述諸點賞析

10　夏丏尊：《文章講話》，頁166。

寫作者的撰文巧思,並思考他們的文章何以能吸引讀者同感的理由,作為我們將來創作小品文的參考。

礙於篇幅所限,其他如寫作者的道德修為、學識涵養、人生歷練、觀察體會、品味美感、個性性情……,均會影響小品文的寫作品質,也是永無止盡的自我修練。其次,確立讀者群,挑選合適的素材,使文章能收放自如,恰到好處,亦是寫作者應持續努力的目標。最後,任何寫作都不能空談理論,唯有大量的書寫、試驗,方能從過程中汲取經驗,使創作更臻完善。

網路時代的格律詩寫作
——無基礎的寫作者如何用網路工具速成作詩

吳東晟

逢甲大學國語文中心兼任助理教授

一　前言

　　很多人都認為，現代人作詩不如古人作得好。但其實，現代人擁有比古人更便利的工具。一個學會使用資料庫的現代人，可以輕易達到古人耗費數個月才能完成的資料檢索。一臺手機在手，可以檢閱一整面書架的參考資料。在資料查找方面，現代人的能力已遠超過古人，如何運用資料庫與網路資料，成為現代人要面對的問題。

　　本文〈網路時代的格律詩寫作〉，即是希望現代人能善用網路工具以自我學習。希望就算是沒有基礎的寫作者，在具備若干基礎知識後，就能運用網路工具來學習寫作。本文所推薦的網路工具，是搜韻網站[1]。搜韻是二〇〇九年，由陳逸雲先生所創建。該網站收錄古今詩詞九十萬首，是目前寫詩的工具網站中，資料齊備、運算強大、可信度高的網站。它儘可能地從各資料庫收錄了中國歷代詩作，乃至局部的全臺詩資料庫，可以很方便地觀察古人如何處理詩題、運用詞彙。它又有「律詩校驗」、「對聯校驗」的功能，協助使用者檢查平仄

---

[1]　參見網址：https://sou-yun.cn/index.aspx。

是否正確，甚至也能進一步地解釋說明某些「似錯誤實正確」的格律問題。它也有字典、韻書、類書的功能，收錄《漢語大辭典》的全部內容。古人讀書有時需要書僮協助打雜，搜韻，就是當代人的超強大書僮。

俗話說：「江湖一點訣，說破不值錢。」近體詩的格律，其實也是說破不值錢的。在搜韻網站上，有認識格律入門的免費網課，使用者隨時可以自我學習。但如果始終搞不懂格律，有沒有可能寫作出格律詩呢？

在搜韻的輔助下，還是有可能做到的。本文的寫作目的，希望能讓一個完全不懂格律、沒有觀念的使用者，能藉由搜韻的輔助，寫出符合格律的詩。當然，這僅僅是從詩的外形去要求，詩的內容、詩的神韻境界，仍須使用者自己慢慢去體驗精進。

二　先備知識與先備觀念

古人聲律的概念，從早期的自然音韻，慢慢走向組織化的人工聲韻。經過齊梁時代四聲八病論的洗禮，而在唐代出現近體詩。從此之後，言作詩必講格律，格律成為古代讀書人的基本素養。

在使用搜韻寫絕句之前，使用者應具備以下知識：

一、合格律的詩，稱為近體詩或律詩（廣義）。

二、常見的近體詩（廣義律詩），包含絕句、律詩（狹義律詩）二種（另外十句以上的近體詩稱為「排律」，也屬於廣義的律詩。因較不常見，先備知識中不知道排律也沒有關係）。

三、近體詩偶數句押韻，奇數句不押韻，第一句可押可不押。

四、絕句不必對仗，但律詩中間四句必須對仗。

五、格律所說的平仄，是指聲調。細分為平、上、去、入四種，其中平為平聲，上、去、入合稱仄聲。

六、古音今音不同。古音保留平上去入四聲，與臺語八音較為接近。今音四聲，一聲陰平，二聲陽平，三聲上，四聲去，卻沒有入聲。

七、原則上，古音平聲，今音仍為平聲；古音上聲，今音仍為上聲；古音去聲，今音仍為去聲。只有古音入聲者，今音已非入聲，而散入平、上、去三聲中。

八、今音平聲字，包含了古音平聲字、與一部分的古音入聲字。

九、格律詩用韻，稱為詩韻，又稱「平水韻」，非國語ㄚㄛㄜㄝ之類。

十、古代沒有注音符號，現在國語所說的ㄚ韻、ㄛ韻、ㄜ韻、ㄝ韻，平水韻稱麻韻、歌韻、佳韻……。

三　寫出合格律的絕句

如果上述前備知識似懂非懂，也沒有關係。還是可以直接開始練習寫詩，並從實作之中解決問題。以下將示範如何藉由「搜韻」的輔助，寫出一首合格律的絕句。

（一）先隨便亂寫，給搜韻檢查

古音今音雖然有別，但並非完全不同。寫作時，可先以今音寫作一首意思大致通順的詩出來，不用管他的平仄格律，詩意也暫時不要太精細，有個大概方向就好。如以「曉夢」為題發想，寫出以下句子：

親如惡人相搏擊，愛似魔鬼撕我心。
清晨曉夢夢回處，似鬼似神感餘驚。

　　將上述內容，貼到「搜韻」的「校注」＞「律詩校驗」中，開始分析。注意：「律詩校驗」採用的韻書有「平水韻」與「中華通韻」二者，預設值為「平水韻」。使用者宜採用預設值，勿任意更動設定。因為所謂「中華通韻」，就是今音。依照今音作的詩，不會是合格的格律詩。

　　上述內容的檢查結果，會有紅字（表示平仄錯誤）、紫紅字（表示用韻錯誤）、綠字（表示平仄可能錯誤，須人工校驗），並註記如「重字提醒：鬼，分別在第一、二、四句中出現」、「本聯下句孤平」等字樣。

　　面對此一結果，我們需要逐一地消去紅字、紫紅字，核對綠字是否正確，並將註記中的重字、孤平問題解決掉。

（二）消除紅字

　　紅字部分，表平仄有誤，我們須改換平仄，予以修正。

　　國語大致仍可以用來判斷平仄，我們暫時以「一二聲為平聲，三四聲為仄聲」為標準，來挑選替代用字。如剛好平仄錯誤，再另易他字。直到完全消除紅字為止。

　　選擇替代用字時，有一小技巧：可以翻查字典，運用同義複詞的原理，尋找可能的替代字。中文詞彙有很多同義複詞，可互為解釋，當然也就可互為替代。如前面範例中，「撕」字須要換一個仄聲字，便可翻查詞典，尋找可能的同義字。在「撕裂」、「撕心裂肺」這些詞條上，發現撕、裂可互為解釋，寫作者就可以拿裂來代替撕。

　　至於要到何處尋找字典？「搜韻」本身便有詞典功能。使用它的「查詢」＞「典故詞彙」功能，便是搜韻的辭典。

　　我們將示範詩的紅字逐一修改：似改為如、撕改為裂、我改為吾、餘改為慨。再丟給搜韻分析，會發現：紅字部分全都消失了。修改結果如下：

　　　親如惡人相搏擊，愛如魔鬼裂吾心。

　　　清晨曉夢夢回處，似鬼似神感慨驚。

（三）消除紫紅字

　　紫紅字表用韻錯誤。

　　「搜韻」分析之結果，會告知此詩應押何韻。如此詩，分析結果係押「侵韻」。使用者可從系統提供的的侵韻字中挑選替代用字。系統甚至會根據上下文，提供既順口又押韻的方案，供使用者擇用。

　　前述示範詩，我們依搜韻建議，將「感慨驚」改為「感慨深」，再作分析，可以看到紫紅字成功消除。修改結果如下：

　　　親如惡人相搏擊，愛如魔鬼裂吾心。

　　　清晨曉夢夢回處，似鬼似神感慨深。

　　注意：韻目字的順序，係依常用程度排列。常用字在前，罕用字在後。如果使用者發現常用字的位置排列得太後面，須小心該字可能是破音字。例如龜，唸ㄍㄨㄟ時屬支韻，是常用字，排列位置較前。唸ㄑㄧㄡ時屬尤韻，是罕用字，排列位置便後退很多。

（四）核對綠字

　　搜韻分析平仄時，平聲標示「平」，仄聲標示「仄」，一字兼有平仄二音者標示「中」。「中」有時標黑色，有時標綠色。標黑色表示可平可仄，不用修改；標綠色時表示有可能出錯，須寫作者自行判定。

　　核對綠字時，首先要釐清該位置究竟應為平聲或仄聲字。懂格律的人可以直接判定，不懂格律的人，也可以借由搜韻的分析，獲得正確答案。

　　具體作法是：先將綠中（「綠中」即標示綠色的中字，以下同）的字，全部改為「平」字，然後進行分析。由於「平」這個字只有平聲，沒有仄聲。因此，將綠中改為平，經分析，如果出現黑平，表示該位置就是平聲字。反之，如果出現紅平，就表示該處應為仄聲字。

　　確認平仄譜後，再檢查：該平的地方，我的綠中字是否是平聲義？該仄的地方，我的綠中字是否為仄聲義？如果不是，就必須調整修改。

　　搜韻會將綠中字的平聲義與仄聲義分別標示出來。點擊彩色字的地方，可以查看更多解釋。可以選擇查看《漢語字典》、《康熙字典》、《說文解字》三部工具書。如果是要判斷平仄，宜查《康熙字典》，解釋較清楚，也較正確。

　　前述示範詩，我們分析的結果是：「親如惡人相搏擊」的如字，須改為仄聲字。「如」字確實有仄聲之音，但據搜韻資料，仄聲的如字，是一個很罕用的用法。因此，還是須要修正。可改為「若」加以分析。修改結果如下：

　　　親若惡人相搏擊，愛如魔鬼裂吾心。
　　　清晨曉夢夢回處，似鬼似神感慨深。

　　經分析，雖然還有綠中字，但平仄都已經正確了。

（五）避開詩忌

　　近體詩有三個大忌：孤平、下三平、下三仄。均須避免。

　　作品如果觸犯這三種大忌，搜韻均會指出。並提供挽救方案。如示範詩中，搜韻指出「本聯下句孤平」，點擊「孤平」，系統會解釋什麼是孤平。另外根據上下文，給出建議的替換字。我們可以接受它的

建議，將「感慨深」改為「嗟慨深」，避開孤平。修改結果如下：

> 親若惡人相搏擊，愛如魔鬼裂吾心。
> 清晨曉夢夢回處，似鬼似神嗟慨深。

再檢查一次，孤平問題已獲得解決。

（六）避免重出字

用字犯重出，也是近體詩之大忌。搜韻會提醒創作者的詩中出現哪些重出字。原則上，如果是在一句之內重覆（如「清晨曉夢夢回處」的夢字，以及「似鬼似神嗟慨深」的似字），會被視為修辭效果，而不被視為重出字。但如果是不同句子間用字重覆，就會被系統指出來了。

以示範例而言，經過上述一輪修改後，系統分析：

> 重字提醒：鬼
> 分別在第二、四句中出現。

此時只須再修正其中一個鬼字，避開重出，便大功告成。我們將第四句的鬼字改為「魘」，再檢查一次。修改結果如下：

> 親若惡人相搏擊，愛如魔鬼裂吾心。
> 清晨曉夢夢回處，似魘似神嗟慨深。

至此，一首格律上沒有問題的詩便已大功告成。如多加磨練，句型多加變化，慢慢地就會更有味道。

四　寫出合格律的律詩

（一）依步驟，調整出一首律詩

　　寫出合格律的律詩，其步驟與絕句大致相同。所不同者，律詩共有八行，且中間四行須要對仗。「搜韻」可以提供對仗的服務。

　　此處先不管平仄、對仗、押韻，隨心所欲地寫出八個句子。

> 少年無事太多愁，愛說寂寞上高樓。
> 花間飲得一壺酒，瀟灑詩成三千首。
> 青襟學子胸懷壯，白髮老將勇有謀。
> 當窗我愛夕陽好，不負天涼好個秋。

　　經檢查，出現紅字、紫紅字、綠字，重字提醒、詩忌提醒（孤平）。建議先消除彩色字，然後調整對仗、消除詩忌，最後調整重出字。

　　初步消除彩色字後，結果為：

> 年少多情儘是愁，愛談寂寞上高樓。
> 花間飲得一壺酒，瀟灑詩成付水流。
> 學子青襟心膽壯，老臣白髮智多謀。
> 當窗我愛夕陽好，不負天涼好個秋。

　　此時彩色字已消除，但對仗尚未完成。此時再保留押韻句，修改上聯，使其與下聯對仗。修改時可參考搜韻提供的方案，也可以自行檢索「查詢」＞「對仗詞彙」。修改後，得出這樣的句子：

年少多情儘是愁，愛談寂寞上高樓。
寂寥宴罷隨人去，瀟灑詩成付水流。
奇士青襟悲素志，老臣白髮智多謀。
當窗我愛夕陽好，不負天涼好個秋。

再經分析，有多達四個重出字：寂、多、愛、好。經替換調整，最後改成以下內容定稿。

年少多情儘是愁，愛談寂寞上高樓。
尋常宴罷隨人去，瀟灑詩成付水流。
奇士青襟懷素志，老臣白髮抱良謀。
當窗我羨夕陽遠，不負天涼好個秋。

（二）對仗：結構相同比詞性相同更重要

關於對仗，一般中學國文課均會強調對仗特性為「詞性相同」、「平仄相反」。其實，還應該加上「結構相同」的概念。結構相同的時候，即使詞性不同，也能對仗。詩中有常用並置詞對並置詞者，稱「互成對」，即是因結構相同而成對。如：

三分割據紆籌策
萬古雲霄一羽毛

「割據」其實是動詞，它並不是因為轉品為名詞而與「雲霄」成對的，「割、據」與「雲、霄」都是並置詞，是因為同為並置詞而屬對。

只要是並置詞，不論詞性，皆能成對（平仄仍須相反）。古今可

以對前後、進退可以對風雲、乾坤可以對流派、桃李可以對春秋、哭泣可以對心胸。運用互成對,可以使對仗的思路大大加寬。搜韻所收集的對仗詞彙中,也將「互成對」的對語蒐羅在內。

另外還有借對、蹉對、扇對、當句對等花式對仗法,初學者可暫勿涉獵。

(三) 從堆砌出發,追求「無跡可求」

經過兩次速成作詩,相信讀者一定發現:原來近體詩是靠堆砌出來的。先從韻腳堆起,經過各種修飾,最後成詩。

在修飾過程中,有時會發生原意與修辭的衝突。很多作者為了保留原意,不惜使用非常牽強的詞句。筆者的建議是:當美感與原意衝突時,寧可保留美感。不要為了精準的意思表達,而犧牲美感表現。

嚴羽《滄浪詩話》說:「盛唐諸人,惟在興趣,羚羊挂角,無跡可求,故其妙處,透徹玲瓏,不可湊泊。」古人詩話,只要反著讀,就能讀出個階梯來。所謂無跡可求,就表示本來有個跡,只是如今已泯除了;所謂不可湊泊,就表示本來是湊泊。只不過詩論家擊節贊賞的高妙之處,已做到了不可湊泊。「無跡可求」是我們最終追求的美感,但出發時,不要怕從堆砌出發。

五 結論

網路工具是現代人特有的輔助工具,幫助我們處理海量材料,從而獲得我們需用的文字。在網路時代,以詩炫學已毫無必要,精熟的網路操作,完全可以製作出看似博學的詩文。因此,在網路時代的寫作,才氣才會是致勝關鍵。

然而透過網路工具,可以縮短學習時間,幫助我們快速登上寫作

的道路。現在人完全可以一邊寫作、一邊學習。這種優勢，是古人所無法想像的。

本文提供的是一種快速作詩的方法，按部就班，調整出詩句，應會有一定的成就感。現在已有自動寫詩器、或 AI 作詩，雖然能「生產」詩出來，但對幫助我們「作詩」並無效益。寫詩是一種動腦的過程，選擇搭配的詞彙，像創意的拼圖一樣拼出優美的詩句，也很有創造的樂趣。

五　職場日用

迎接AI生成式跨域 整合中文專題企劃書

柯品文

海軍軍官學校助理教授

一 源起

　　二〇二三年的今日，從互聯網到 AI 生成技術的突破，現今社會的生活，從個人所發想的創意點子，到工作職場中活動的提案，從一開始腦中的靈感，到為達成目標而實際行動應用的撰寫活動企劃書已經成為工作職場必備的技能之一！尤其是面對客戶和共事合作夥伴的高階主管，特別會有機會撰寫活動企劃提案，不只可作為活動方案的預先籌備，更可方便客戶與案主相互溝通和討論。

　　雖然企劃文書有其因活動設計的特殊體例，但回到一般常見的應用文基本性質，企劃文書也具有三個特點：一、具有特定對象、二、具有特定的內容，與三、具有特定的格式。

　　企劃呈現的文書體例，也符應應用文的基礎特質，把握應用文寫作的三大原則：一、行文認清對象、二、文詞簡明準確、三、內容真誠懇切，無論是偏靜態概念式企劃提案，或動態活動式企劃規劃，既是為實際應用而設計，更可結合企劃文書本身所特有的寫作格式與文體特質，依此更能寫出精采、成功的企劃文書。

二　企劃文書的架構與八項專有要素

　　一般應用文的架構主要包括應用對象與範圍，依循「人、事、時、地、物、景」為思考的架構範疇，當然也包括提案需呈現的「封面、目次與前言」基本提案格式。

　　其中企劃書的封面是對方最先接觸的部分，一定要確保標題主旨夠明確，才能吸引對方的注意力。除了扣合企劃主題的標題之外，還必須具備有效的「文案」形式，善用流程圖、結構圖、表格，排版視覺動線清楚。並且具體說明這項企劃書會帶來什麼利益，當看到具標題吸引力亮點的封面，說明這份企劃書已經先贏在起跑點！

　　關於企劃書的前言與目次，其中前言可以想成整份企劃的摘要，包含企劃目的、要如何解決問題以及會得到什麼效益……等，再結合順序完整與項目清楚的目次，以此展開企劃書的起手式，接下來的八項專有要素，則是結合近代西方企業管理的概念。發展成為現代企劃文書所專有的「5W2H1E」這八項專有要素，分別介紹如下：

1　Why（目標）：為何要做這個企劃的目的

　　構想此企劃案的動機與源由？或因哪些可證數據和外在環境的考量，才決定提出此案？這部分必須搜集客觀數據佐證你的論點，像是環境趨勢及消費者動向的研究報告等。當資料越正確，其可信度越高，說服力也就越強。

2　What（內容）：清楚說明企劃案的內容

　　想藉由此企劃完成的內容是什麼？例如是對客戶提案，就要依客戶目前面對的困境，提出解決辦法。並清楚說明，要提出實行計劃的步驟，建議以條列式來歸納各項內容，對策越具體，就越具說服力。

在執行計畫之前必須確保所有事物都已安排妥當，執行才會更加順利。如：公司的商品如果在市場的接受度較低，企劃的內容就會以「提高商品給消費者的接受度」為設計構想。

3　Where（地點）：企劃執行的主要地點

若以活動企劃案來看，主要地點當然是活動現場，但若是不定地點移動的旅遊企劃，則整個活動流程中的地點都要標明呈現。

4　Who（參與人員）：執行企劃的人員

包括在企劃執行過程中主要人員與相關人員，並註明與其在此企劃中的任務角色。

5　When（時間）：企劃執行的全部流程時間

這裡所指的時間，若以活動企劃案來看，包括活動呈現前的籌備時間，當天活動整個流程的規劃，與活動結束後，成果核銷與企劃成果的報告檢核時間。

6　How（具體實施方式）：具體可執行的實施方式

這個企劃要可行，需要哪些資源協助？這裡可以強調出你的角色，能在這份企劃上發揮哪些價值，並詳細列出相關人員的工作分配，建立團隊足以「可以整合這些資源，完成這項企劃案」的形象。

7　How much（實施的成本預算）：企劃執行的成本預算

預算包括執行企劃時所需的所有花費。以企業而言，如果金額大幅超過客戶的預算，企劃案也無法成功，所以必須在提案前就先預估確定可編列的預算範疇，包括紀錄花費項目和大概的費用金額。

8　Effect（整體預期效益）：規劃與執行企劃的預期成效

　　預計企劃執行完之後，可以帶來哪些預期成就或利益？預期利益值最好能提出確切的數據，並可清楚呈現採用實施企劃案前後的提升與成效性。例如：貴公司目前每個月收益為百分之五，若採行此企劃案可以預測提升每個月收益增加約百分之十，若能再指出哪些項目獲得具體提升會更具有效益指標。

　　再以「備案」做為企劃案不可預期的保險防範，能如實地列出可能會發生的情況，並提出解決問題的對策。這樣較能增加對方的安全感及信賴度。例如：因為無法控制的天氣因素，就需另外準備雨天的替代場地。

　　最後以「結語」作為企劃案的結束，結語除了能表達感謝之意，另貼心的為客戶提供聯絡資訊。其中感謝的話語可為客戶留下好印象。提供聯絡資訊則可以讓客戶對企劃案有疑慮時方便聯絡。

三　兼具精簡扼要與可即時討論的「一頁式企劃書」

　　依個人或公司企業需求不同，大抵皆按這八項的要素組成，其可應用的範圍不只是對工作職場，對於學生、考研準備者、訂定目標準備實行者……等，企劃文書可應用的對象可謂是很廣泛與普遍，甚至發展出適合可即時討論，而形式上採精簡扼要的「一頁式企劃書」的架構便開始流行，更具備構思發想到規劃討論的原味企劃書特色。

　　「以一頁 A4紙完成企劃構想」的超精簡版企劃書近年風行於個人提案或職場工作應用，其最大的方便處則是利用「主題+8要素（1要素+2行文字）簡單備註說明」方便表達提案內容，言簡意賅，對方不用花過長時間消化冗長的提案，看一眼就能明白提案人的想法，更可

以讓人把注意力聚焦在企劃書的整體輪廓、執行方式與預期效應等。

另外，一頁式企劃書的製作也具備訓練提案者濃縮思考、簡化架構、釐清現狀，即使是準備呈交頁數較多的企劃書案，也可考慮把一頁企劃書當作大綱來練習或呈現。

當然，這並不代表在任何情況下，只有一頁的企劃案都是最佳解決方案。如果格式與頁數已有固定要求（如大型企業公司年度主打商品銷售企劃等），或是要表達的內容很繁雜，無法過度簡化，這時硬要使用一頁式企劃，反而容易掛一漏萬，無法完整呈現企劃案的訴求與目的。

四　企劃案文書的初步檢核與自評

撰寫者或提案人完成企劃書後，可以透過幾項一般容易忽略的關鍵細節來進行初步檢核，除「5W2H1E」架構之外，一份讓人叫好的企劃，還有許多不可缺乏的要素。以下列「企劃書初步檢核表」，可以幫助提案人初步檢查，確認自己的企劃是否更上一層樓！

「企劃書草擬初步檢核表」

項目	勾選	檢核內容（以職場企業需求設計）	自評不符檢核處（簡述原因）
1		符合委託人（客戶）要求的目標。	
2		以委託人（如客戶或主管等）角度思考。	
3		工作內容與流程符合企劃進度和目標。	
4		整份企劃案在邏輯與流程概念上具連貫與完整度。	
5		載明由誰負責哪些工作？預計支出成本多少和預期效益多少？	

項目	勾選	檢核內容（以職場企業需求設計）	自評不符檢核處（簡述原因）
6		善用流程圖、結構圖、表格與條列式說明，且排版的視覺動線清楚。	
7		提到的數據是否符合可驗證、客觀與具代表性等意義。	

五　公司行業與企業聯合活動企劃書舉例

南區科技公司攜手聯合淨灘活動
──齊淨（旗津）沙灘實施計畫

一、活動名稱：

　　南區大專校院攜手聯合淨灘活動_齊淨（旗津）沙灘實施計畫

二、活動主旨：

　　結合企業合作夥伴力量，透過體驗活動，齊力推動海洋環境守護行動，藉以反思並深植環保意識，共同為維護生態環境善盡公民責任，進而喚起市民對於海洋生態環境的關注，共同關心海岸資源。

三、活動目的：

　　以「關懷海洋環境」之理念規劃淨灘活動，激發員工對環境的關愛，提升對永續環境之使命感，並從活動過程中學習反思，進而激起愛護環境之心，珍惜海洋資源，並持續以實際行動關懷環境生態，為地球永續生存盡一份心力。

四、相關單位：

　　主辦單位：○○科技公司

　　承辦單位：○○科技公司、○○科技公司與○○科技公司

　　合辦單位：海巡署第五岸巡總隊、高雄市政府民政局、高雄市政
　　　　　　　府觀光局、高雄市旗津區公所

五、活動日期：

　　二〇二一年十月一日

六、活動時間：

　　上午九時至下午三時

七、活動地點：

　　旗津海岸沙灘

八、活動對象與人數：

　　南區科技公司（聯合）、高中職校三所、海巡署第五岸巡總隊、
　　高雄市政府民政局、高雄市政府教育局、高雄市政府觀光局、高
　　雄市旗津區公所，預計約五百人。

九、活動內容方式：

　　採取分組方式，利用團康活動讓學員先熟悉組內的同學，接著進
　　行淨灘的活動，讓參與者覺得淨灘是利己和利他的責任。

十、時數和服務證書核發：

　　核發活動參與人員環境教育學習時數（服務時數）五小時。

十一、預期效益：

　　除了還原海灘乾淨模樣之外，於教育意義上還具備了解人與自然
　　之間的關係是怎麼的惡化，理解為什麼人會在日常生活中製造這
　　麼多垃圾，進而思考自身的生活習慣可能帶來的對大自然的負面
　　影響。

附件：淨灘活動時間流程表

時間	活動項目	備註
8:00-9:00	場地佈置（淨灘工具依組別放置）	
9:00-9:30	參與人員報到後須將簽到表，交至報到處並按事前的分組名單至各組報到	
9:30-10:00	開幕儀式（包含主持人開場、長官致詞、誓師會、活動操）	
10:00-11:00	淨灘活動，採用分組進行	
11:00-11:30	收拾淨灘工具至指定位置	
11:30-13:30	中餐及休息時間	
13:30-15:00	各組做回饋交流，分享當天活動的收穫及感想	
15:00	賦歸	

六　善用 AI 式科技，協助整合跨領域中文專題企劃書

　　結合筆者前文各節所述之企劃文書的撰寫要素，即使是初學的新手，拜互聯網網路所賜，各類學習資料、教學講解與範本等，對學習者來說不只豐富，更是取得容易與操作便捷！

　　直到二〇二三年初 ChatGPT 一款由 OpenAI 開發的大型語言模型，透過累積多年大數據的整合，不只可作為聊天，生成圖片，製作視頻與生成各類文案等，更在其被工程師所輸入並訓練與不斷演算提升，其能力也將更強大與完整。反觀在 AI 生成科技浪潮下的普遍大眾，若以傳統概念持一項專長謀生，在可見的未來，面對從互聯網到 AI 科技的時代巨輪下，面對各項競爭很可能將不敵，不若如掌握當前 AI 時

代，成為跨領域兼合學習、興趣與職業等多元斜槓工作者。

（一）接住 AI 科技，創造自我價值與斜槓人生

特別是中文企劃文書著重在能「快速新創構想」與「可落實與執行成效」這兩項因應時勢之能力，於是無論是 ChatGPT 大數據自然語言生成技術的應用，再到微軟的 Bing Chat 提供資料引用數據，或者是到谷歌 Google Bard 的即時整合回覆，又或者是由不同科技公司開發出高效功能的 AI 插件功能，AI 科技突破傳統單一連結而創造多重角色情境的回答模組，掌握 AI 工具既免費，又可延伸自己專長以外的興趣能力，透由網路建站接單，企劃經營個人工作與網路整合，或註冊開通會員成為以主題拍片創造高流量的 YouTuber 等。

在此時高通膨時代為自己創造第二份或多元收入，馬上創造一舉多得的勝利人生！可以說，聯結 AI 科技的跨域整合生成能力，已然是二〇二三年時勢所需必備「競爭力」！

（二）善用 AI 工具，協助撰寫跨領域專題企劃的經驗不足

借助 AI 工具前，也需先具備企劃文書的基礎性概念與相關文書格式的知識，那麼即使面對非自身熟悉或跨域的企劃主題時，藉由運用網路資料搜尋與 AI 生成技術的協助下，擬寫出一篇兼具新意並切實可行的企劃案將不再只能感嘆「隔行如隔山」。

這裡筆者試就模擬一位剛於大學行銷系畢業的「求職新鮮人」為例[1]，準備應徵辦公行銷企劃職缺，在求職公司邀請面試前，需先備

1　在此，筆者為方便舉例示範所假定這位剛大學行銷系畢業的求職新鮮人角色，當然所舉例的這位角色也適合於任何一位想透由AI生成技術來試著多認識與學習新知的讀者！本節僅舉例演示無論是想協助自身在求學課業之外，與工作職場想再突破的多元跨域學習者，借助生成式AI的大數據來習得其他跨域能力並非遙不可及。

好一份能展現企劃特色與設計亮點的「備審企劃案」，先不論其求學生涯是否曾執行過企劃案，真正關鍵在此企劃書是否符合面試公司的業務需求，主題與活動設計是否有扣緊，預期效應能否呼應企劃執行目的等，皆可能是這位求職者錄取的成敗關鍵。

特別是「活動型企劃案」往往是不同單位或公司朝整合跨域所達成共同目標，其間跨單位公司的整合也就是跨領域的異業同盟，此時善用提問 AI 科技所獲取的數據生成答案可以作為自身面對領域不同的知識掌握的參考。

（三）搜尋提問 AI 生成式科技時，採用「聚焦主題式的提問句型」將獲得最佳解答

所謂「聚焦主題式提問句型」＝「先設定 AI 為此領域的專家＋提問此主題（含企劃5W 關鍵詞）之相關提問的句型」，但在這裡為何需要「先設定 AI 是此領域的專家[2]」？

確實，這也正是目前「情境式 AI 生成科技」與「傳統互聯網智能 AI」的最大不同處，且透過生成式演算如累加複利一般所輸入或查詢的資料，也將再返還做為 AI 大數據的再演算與生成資料庫，從而再導入取代舊數據更新升級為更精良的生成式 AI，這種強化更新與累進，更新不斷提升與訓練的數據庫，才會更生成專業而更精準的答案。

其實就算以普通大眾生活的對話情境來試想，我們都明白：「只有好的提問，才能引導出好的答案！」同樣的，也只有提問某領域的專家學者，才會獲得最為精準的「最佳回覆與解答」！

---

2 透過「AI提問」也可作為訓練「AI語言模型」的演算數據庫，但要獲得AI提供更高效且具專業的生成回覆內容，則需聚焦主題相關之關鍵詞進行提問。目前已開發且有效的提問方法與關鍵詞（如指令和插件）非常多，也有特別為不同的AI提問所設計的代碼，這裡僅舉此「提問句型」作為說明。

　　而所謂「**企劃**5W **關鍵詞**」是指從一份可被執行企劃的概念架構下，連接可運作如「Who（人）、What（事物）、When（時）、Where（地）、Why（為什麼）」來聚焦企劃主題。

　　再以筆者所設定的這位求職新鮮人為例，假定其企劃主題的構想初步以南部「高雄幾所跨校大學生」為對象，並朝「大專通識中文文藝營」為主題設定，活動時間以「暑假期間的兩天一夜」，活動內容可結合「講師授課、文學影片觀賞討論、在地作家探訪、地景文學采風……等」方式為課程，但對非「文學或藝文領域」為專長的這位行銷系畢業的求職新鮮人，究竟高雄有那些「在地作家」可拜訪？高雄有什麼「文學地景」可供探訪？甚至這種「結合跨校共同舉辦」的大型企劃案，因會提早「公開宣傳」而張貼海報於各校，所以各校應當會有宣傳海報，而「海報文案」又該如何呈現？諸如此類的企劃文案問題，除非有曾經執行過的經驗，否則光是構想、撰寫、文案完成到執行，前置過程恐怕就已是掛一漏萬而難以企劃完整。

　　此時，借助 AI 生成技術的整合回覆，或模擬出可供參考的範本資料，透過 AI 生成所提供大數據累積的案例與執行的範本建議，求職者透過與企劃主題呼應的「企劃 5W 關鍵詞」的聚焦性提問，如同是一把 key 將累積數十年或百年如知識題庫般的 AI 生成技術和數據應付現今如此多元跨界的時代，才能最為有效的提供求職者所不足或值得再補充的參考資料。

（四）上線提問生成式 AI，對其回覆內容，務必「先驗證才參考引用」

　　這裡筆者採用目前高階 ChatGPT-4可即時連網上線的手機版 Google Bard[3]進行測試提問：「請你作為一位行銷企劃大師，提供我撰

3　「Google Bard」是Google以ChatGPT-4為自然語言模型所免費提供的AI回答機器人

寫一篇以大學生為對象且進行兩天一夜的『暑期高雄左營文學走讀夏令營』的企劃案」與提供撰寫建議。」此時 Google Bard 所給出的回答:「好的,以下是暑期高雄左營文學走讀夏令營的企劃案:/活動名稱:暑期高雄左營文學走讀夏令營/活動時間:2023年8月12日至13日,共二天一夜/活動地點:高雄市左營區/活動對象:大學生/活動目標:讓學生了解高雄左營的文學歷史、培養學生對文學的興趣、提升學生的語文能力。/活動內容:參觀左營的文學景點,如:左營軍港、蓮池潭、旗津島等。/聽講座,認識左營的文學家和作品……(以下省略)」可以看到生成式 AI 透過此「聚焦式主題」的提問後,其所生成提供的企劃書(見圖一),不論內容與形式,單就表面效度

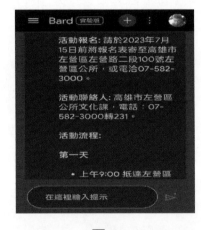

圖一 | 圖二

由筆者實際透過手機提問搜尋AI生成技術(Google Bard)有關本企劃主題之回覆的對話截圖。 | 由筆者透過手機提問搜尋AI生成技術(Google Bard)中,發現AI生成回覆的內容有關「左營區公所」的聯絡地址與電話皆出現錯誤,甚至還自行虛設一個不存在於區公所的「文化課」!

(參見網址:https://bard.google.com/)。其主要功能有:創建聊天生成對話、創建文案內容、搜尋關鍵字、建立問答庫、競品分析、創建行銷素材等等。

的各企劃項目後瀏覽所見，不得不說 AI 按此題問主題所生成的企劃書顯然已具備一定程度的完整性！

　　不過，再從其所生成企劃書各項活動內容與敘述逐一細看，竟發現隱藏在內容當中的幾處錯誤資訊，其一首見的錯誤處是此活動的「主辦與聯絡」單位設定為「左營區公所」並附上相關地址和電話，如圖中其所生成內容所寫：「活動報名：2023年7月15日前將報名表寄至高雄市左營區左營路二段100號左營區公所，或電洽07-582-3000。／活動聯絡人：高雄市左營區公所文化課，電話：07-582-3000轉231。」（見圖二），經上網再次查詢確認其生成內容的正確與否時，發現無論地址與電話兩者皆為錯誤，且左營區公所也無「文化課」所屬業務單位，就筆者按照一般對政府部門的業務運作的理解，此類型企劃活動實不歸屬公務單位的執行業務，再結合筆者曾所參與大專院校企劃執行的經驗與慣例來說，此類型的企劃，其聯絡與主辦方往往會由所參與的這幾所大專院校輪流接手承接主辦或協辦，因為如此運作才更能展現各校在此藝文主題與教學領域中的風格與特色！

　　另外其二的錯誤處則是「活動內容」提到安排可參觀的文學地景時寫道：「活動內容：參觀左營的文學景點，如：左營軍港、蓮池潭、旗津島等」（見圖三）這裡讓筆者費疑的是：為何出現「旗津島」？姑且不論此企劃主題的「在地文學」所設定的地理位置為「左營」，從地理距離或人文地景特色而言，「旗津/左營」兩者的地景特色連結性不高，且「左營/旗津」兩者距離也無法以步行速度完成同區域性間各參觀點約兩小時的文學走讀之旅。

　　不過，在此 AI 所生成的企劃書文末，貼心的附上對撰寫此企劃主題的五點建議：「行銷建議：1.可在網路上和社群媒體上宣傳活動。／2.可與高雄市左營區的各大大學合作，在校園內張貼海報和宣傳單。／3.在活動期間，邀請知名作家和文學家到活動現場演講和交

流。／4.舉辦文學比賽，鼓勵學生創作自己的文學作品。／5.在活動結束後，出版活動紀念冊，收錄學生的作品和活動照片。希望這份企劃案能幫助你成功舉辦活動！」（見圖四）。

圖三 | 圖四

在筆者透過手機提問搜尋AI生成技術（Google Bard）中，在「活動內容」中，安排參觀走讀的文學地景時出現參觀點太遠且亦不適合學生兩小時內走讀的距離，且「旗津島」人文特色也較無呼應與關聯。

在筆者透過手機提問搜尋AI生成技術（Google Bard）中，其中所提供的這五點「行銷建議」，切合企劃主題，對企劃執行與活動後續推廣也都是極佳的建議，若將之應用在這份企劃的撰寫與執行上，不只是優點，更可說是亮點上的再加分！

　　這裡雖說是行銷建議，事實上以「執行企劃流程整體」作為一整份企劃案來看，「文案」是企劃的內容與血肉；而「行銷」則是企劃的包裝與門面，兩者實為一體兩面！且按此企劃主題的各方面來檢視這五點建議也都切合企劃主題、執行協調、企劃目的與活動後續推廣也都是極佳的建議，將之應用在這份企劃的撰寫與執行上，不只是優點更可說是亮點上的再加分！

（五）借助 AI 生成技術，有效協助整合與完成「跨域專題」的中文企劃書

相信對一位大學剛畢業準備求職的社會新鮮人而言，運用 Google Bard 的 AI 生成所列出的這五點「行銷建議」，相信可補足自身在撰寫這類整合跨領域的企劃主題時，可適當運用其建議或引用為資料，相信都能給予求職（或學習者）在撰寫「非自身專長領域」，亦或是「執行經驗不足」兩者上的協助與提升。

綜合前言所論，以下筆者模擬以這位求職新鮮人的身分，本身具大專行銷系畢業專長，在想定主題以「**大學生為對象且進行兩天一夜的『暑期高雄左營文學走讀夏令營』的企劃構想**」，並透過提問後參考 AI 科技所生成的範本與相關的行銷建議後，並經過驗證篩選與整理資料後，試著撰寫並整合包含「**學校課程／文學欣賞／在地文化／行銷推廣**」企劃方向與主題的跨域企劃案，撰寫企劃書如下：

一、企劃主題：

再見舊城·走讀左營文學的前世與今生

～暑期南部五所校際通識選修「大專文學走讀」夏令營

二、活動時間：2024年8月12日至13日，共二天一夜。

三、活動地點：高雄市左營區蓮潭會館（鄰近左營舊城與蓮池潭）。

四、活動對象：以南部五所校際合作通識選修大學學生為主。

五、企劃活動目標：

落實南部五所校際通識選修課程計畫「文學與生活」之素養導向。

提供跨校修課學生暑期認識與親近舊城左營的文學與歷史藉以培養與提升修課學生對在地文學的認識與欣賞。

六、企劃課程與活動內容：

（含附件一：再見舊城·走讀左營文學夏令營（兩天一夜）課程手冊與活動時間流程表。）

（一）作家專題講座——認識在地左營作家與其作品導讀。

（二）舊城文學地景走讀——走讀舊城老城區（逛城門、拜舊城孔廟、爬龜山）、蓮潭垂柳、屏山書院、登遊半屏山（清屏山八景重遊）。

（三）作家寫作引導與實務創作——以書寫與文字交流自我內在靈魂的聲音。

（四）文學電影欣賞與對談——師生對談跨校學生間電影心得的交流。

七、企劃活動總經費：

（含附件二：再見舊城·走讀左營文學夏令營活動經費與支出總規劃表）

（一）活動總經費：約20萬元（不含企業或店家募款與贊助經費）。

（二）學生活動報名費用：每人1800元（含學生團體與平安保險費）。

八、企劃活動報名與繳費：

請洽各校中文系或通識教育中心。

九、企劃活動注意事項：

（一）活動費用包含住宿、餐飲、交通、課程講座、手冊、活動雜支等費用。

（二）活動報名截止日期為2024年7月15日。

（三）活動人數有限（以南部五所校際通識選修之大學生為主），額滿為止。

（四）活動若因天氣等不可抗力因素取消，主辦單位將另行通知。

十、企劃活動宣傳與推廣：

　　（一）本企劃活動以當屆學期初進行報名與宣傳。

　　（二）各校中文系與通識中心之官網、YOUTUBE 和各校駐點
　　　　　夏令營執星學生小隊支援。

十一、企劃主辦單位：

　　國立〇〇大學（中文系與通識中心共同主辦）。

十二、企劃協辦單位：

　　由南部校際合作通識選修四所大學共同協辦。

　　（含國立〇〇大學、國立高雄〇〇大學、〇〇大學與〇〇大
　　學）。

十三、企劃指導單位：教育部高教司指導。

十四、廣告贊助與協助海報宣傳單位：

　　感謝全聯左營門市、全家福鞋店（左營門市）、家樂福（楠梓高
　　大店）、三商巧福（左營門市）、麥當勞（華夏門市）……等。

附件：

　　1. 附件一：「再見舊城‧走讀左營」文學夏令營（兩天一夜）課
　　程手冊與活動時間流程表。

　　2. 附件二：「再見舊城‧走讀左營」文學夏令營活動經費與支出
　　總規劃表。

　　3. 附件三：學生校外教學與活動安全之注意事項與緊急聯絡表。

（筆者在此省略以上各附件之內容呈現）

（六）活用 AI 生成科技，讓生成式 AI 成為人類執行創意企劃的最佳助手

　　值得注意的是，由數十年龐大的互聯網大數據所研發出的 AI 生成技術，當然也存在運用上的可能弊端（或陷阱），如在清大 AI 應用與

發展研究中心之博士後研究學者甘偵蓉教授所發表在《科學月刊》一文〈AI 也會出差錯？使用人工智慧可能帶來的倫理與風險〉中便提出：「AI 應用中四種常見的倫理和風險：演算法偏誤、相關技術或產品偏離原先使用目的、擁有善惡兩種用途，以及演算法設計不良或現有技術限制。[4]」文中特別指出的「演算法偏誤/演算法設計不良或現有技術限制」這兩項可能存在的偏誤，事實上正是筆者在前面所驗證 AI 生成的此企劃書範本中，便已出現誤植公部門的地址與電話，這類屬於最基本聯絡資訊也最不該犯的低級錯誤。

所以若不經檢查，甚至直接複製並貼上，恐怕企劃書的撰寫上不只無法發揮自己構思的創意，一旦貼上的資料有誤，特別是在企劃案執行的運作階段，例如「重大天災災後救援防護計畫」等類型之防災救援計劃案），錯誤的資訊可能造成突發意外時無法即時聯絡而延誤救援等重大且無法挽回的遺憾！

綜論而言，對於 AI 生成科技所生成的資料，無論是文字、圖像或任何不同形式的可運用產物，無論所生成的生成品已達一定程度的信效度，使用在求學作業或就職工作上建議仍以作為「參考範本」或有「引用出處」的輔助性資源，尤其是需具靈感創意的競賽或工作成品更需注意。在借助 AI 科技所帶來的生成技術的成品時，驗證、判斷與篩選 AI 生成資料尤為重要，面對訊息萬變與再更新與新創的科技浪潮下，我們不只要能善用，更要能活用，讓生成式 AI 成為人類執行創意企劃的最佳助手！

4　摘自「泛科學網站」（參見網址：https://pansci.asia/archives/361905。檢索日期：2023年8月8日）。甘偵蓉：〈AI也會出差錯？使用人工智慧可能帶來的倫理與風險〉，《科學月刊》（臺北：2023年）。

中文命名探究

邱詩瑜

北歐奧谷特國際人才培訓機構亞太區執行長

一 中文命名的現況與問題

《孟子》〈盡心下〉所謂:「姓所同也,名所獨也」,名是代表個人化,且有別於他人的特定符號。萬物皆以有名為始,嬰兒呱呱墜地那刻起,父母、長輩無不為了新生兒「一名之立,旬月踟躕」;成年後,在工作上殫精竭慮,在社會上建功立業,無非爭個「人死留名」,所以命名從個人或家族角度而言也是千秋大事。

在過去的年代,命名不會出現在中文研究的領域裡,但以知識性來說,命名卻非中文系的人莫屬。因中文姓名扣除姓氏,要在兩、三字之間巧妙的運用表現,是文字高度精鍊的組合,唯有非常了解中國文字特色的人,才能在文字的音韻、形體、意蘊之間,找出最佳的排列方式,而這對一個國學程度不高的人並不容易。

但目前臺灣新生兒命名的工作,卻多半仰賴命理師之手,因為長輩更看重的可能是名字能否為孩子帶來吉祥,由於關乎一生,於是「姓名學」在命名市場的重要性凌駕於中文專業之上,而姓名學過去被歸屬於數術學的範疇。以實用性來說,數術學亦是中華文化、哲學思想中至關重要的一環,如何多方兼顧,取出一個絕妙好名,將中文領域延伸再運用,將於本文說明。

二　命名的基本原則

　　中文命名涉及的是文字選用與組合的問題，由於漢字是形、音、義三者緊密結合的文字，因此考驗著命名者對於文字的理解程度與使用能力。礙於文章篇幅，本文以現代文學家魯迅曾提出的三個命名原則為範本[1]，舉幾個命名上常見的問題、易犯的錯誤，相信讀者可以舉一反三。至於更深入考量傳統漢字形、音、義的命名理論與技巧，可參閱筆者另一篇文章，由里仁書局出版的〈命名取號策略〉《實用中文講義（上）》。

表一　各世代前三大取用名字

出生年	男性取用名字	女性取用名字
1912-1920年	明、金水、健	秀英、英、玉
1921-1930年	金龍、金水、金生	秀英、玉蘭、玉英
1931-1940年	正雄、文雄、武雄	秀英、玉蘭、玉英
1941-1950年	正雄、武雄、文雄	秀英、秀琴、美玉
1951-1960年	金龍、進財、榮華	麗華、秀琴、秀美
1961-1970年	志明、志成、文雄	淑芬、美玲、淑惠
1971-1980年	志偉、志明、建宏	淑芬、雅惠、淑娟
1981-1990年	家豪、志豪、志偉	雅婷、怡君、雅雯
1991-2000年	家豪、冠宇、冠廷	雅婷、怡君、怡婷
2001-2010年	承恩、承翰、冠廷	宜蓁、欣妤、詩涵
2011-2018年6月	承恩、宥廷、品睿	詠晴、子晴、品妍

1　許廣平：《欣慰的紀念》（北京：人民文學出版社，1951年），頁154。

（一）所取名字，應不易與他人重複

　　每個時代的人名都不只是區別人與人的符號，同時又是文化的鏡象和觀念的折射[2]。每個世代、每個地區都有流行的名字，從命名風格的轉變，也可觀察出不同世代的長輩，對於下一代的期望有所不同，西方亦然。從臺灣戶政部門的統計資料，可清楚觀察出臺灣各世代命名喜好的變化。（見表一）

　　不過太多人喜歡的名字也導致重複性太高，所謂的「菜市場名」正是如此。「名所獨也」，大多數人應該都希望自己的名字是獨樹一幟的。但近年不少菜市場名字的製造者，其實是由命理師事先根據姓氏排列出符合傳統數理吉祥的組合，結果就是造成同時期只要姓氏筆畫相同的人，如許、曹、梁（同屬十一劃）等，重複名字的情況甚多。而困擾命名市場甚深甚久的沈痾，對一個通透中文的人來說，同筆畫要選用不落俗套的字，猶如小菜一疊。

（二）要寓意於名

　　姓名表達出人民深沈的內心思索，透露著他們的心理活動，民情風俗、意識心理都可經由姓與名的訊息表現出[3]。所以我們很容易從一個孩子的名字望文生義，看出父母對這個孩子的期望。要達到寓意於名，除了要鍊字修詞外，用字取義也應慎重。如女孩命名常見的「茵」、「蔓」等字，實際上並沒有什麼立意深遠的含意，如茵席之臣、荒煙蔓草。

2　劉釗：〈古文字中的人名資料〉，《廈大史學》（第一輯）（廈門市：廈門大學出版社，2005年），頁50。

3　張高評：〈命名取號之策略〉，《實用中文寫作學續編》（臺北市：里仁書局，2006年），頁90。

（三）響亮悅耳，易於傳播

「名」是由形、音、義組成的文字符號，當別人呼叫自己的名字時，會產生某種音律波動，而這音聲韻調傳達的是悲、是喜，將長期伴隨著受名者，產生引導與暗示作用。命名講究聲調錯落有致（陰平聲〔一聲〕、陽平聲〔二聲〕、上聲〔三聲〕、去聲〔四聲〕間的搭配、避免重複），建議以姓氏的聲母、韻母、聲調為基準，求姓與名之間的音韻搭配，避免同聲、同韻、同調；如能再輔以陽聲韻結尾（陽聲韻，指韻母ㄢ、ㄥ、ㄤ、ㄣ收尾的字，如安、玲、洋、君……等），會更加鏗鏘響亮，如戴資穎。

三　現代姓名學科學化

「字之未造，語言先之矣；以文字代語言，各循其聲，方語有殊，名義一也。」[4]意思是說，文字是先有字義，再有字音，最後出現字形；這也符合邏輯，因為人是先有意想，後有語言，最後才有筆畫，目前坊間各派姓名學最大宗的也是以筆畫為依據。漢字是方塊字，由一筆一畫構成，每個文字既有形、有音、有義，還有數。所謂「數」是指構成宇宙運行的基本規則，先有這些規則，各種事物方才得以依循而發展[5]；而「術」，就是去了解這些運行規則的方法，運用前人所歸納出的法則，利用機械式的辦法來探索流轉於虛空中的原則。姓名學正是運用這種機械式的方法，從姓名筆畫來推敲、經營一個人的命運。

4　章炳麟：〈轉注假借說〉《國故論衡》（臺北市：廣文書局，1967年11月），頁47。

5　宋光宇：〈從巫覡及相關的宗教概念探討中國古代出土資料〉《臺灣大學考古人類學刊》第六十期（2003年6月），頁50、57。

　　近來，中文命名系統以河圖、洛書為理論，以陰陽、五行為基礎，經過四十年科學化的研究、大量數據的重複驗證，通過由歐洲多所名校的專家學者審查，已經取得國際認證，成為各國姓名學的第一人。過去被我們摒除在學術圈以外的姓名學，卻在西方世界被認可，這是很值得我們深思的現象。

　　本小節就姓名學的歷史起源、文化脈絡、發展歷程，讓讀者一探究竟。在姓名學的理論中，筆畫必須有所依據，所以可以推斷，姓名學是在中國使用楷書後才出現，楷書代表中國文字的標準筆畫自此確立。而姓名學最基本的架構──「三格法」，最早在唐宋時期醞釀而生[6]，這也是符合時間邏輯的。所謂「三格法」，是將姓名分為「天格」、「人格」、「地格」三部分，再去計算三格各自的筆畫，這是最早姓名學的雛形。

　　西元一九二五年，日本熊崎健翁氏依南宋蔡九峰的《皇極八十一名數圖》推演得出八十一數的吉凶，稱其為「八十一靈動數」，並為唐宋時期的「三格法」加上「外格」、「總格」，一共成了「五格」姓名學，稱為「五格剖象法」，這成為日後中文姓名學的基本公式。但其對數理的解釋因只有四年的研究，尚有許多不夠完整之處。

　　到了西元一九七五年，臺灣程天相先生將「五格剖象法」再延伸，並回溯中華文化最源頭的河圖與洛書[7]，經過四十年的反覆驗證，中文姓名方程式方被解開，稱為「九宮學理」。這套歷經至少千年，源起於中國大陸，曾經東渡日本，興於臺灣，最後通過西方學術認證的中文姓名學始完備，成為中華文化的重要資產。

6　何曉明：《姓名與中國文化》（北京市：人民出版社，2001年），頁33。

7　2014年，「河圖洛書傳說」入選中國國家級非物質文化遺產。河圖、洛書，也散見在中國典籍中，如《管子·小匡》：「夫鳳皇之文，前德義，後日昌，昔人之受命者，龍龜假，河出圖，雒出書，地出乘黃，今三祥未見有者」。

　　當然坊間各門各派姓名學甚多，但因目前尚缺少系統性的驗證與實驗數據，離國際標準化、學術化還有很大一段距離。也礙於篇幅有限，姓名筆畫數理的計算方式、陰陽五行生剋制化的代表含意，本文從略，有興趣的讀者可自行上網延伸學習。

四　「東風西漸」取中文名

　　人類在命名上，有別於其他物種，無論使用何種語言、何種理論或想法，只要一談到命名皆是慎重其事，因為名字是代表個人化，且有別於他人的特定「符號」。事實上，用名字來推算一個人的未來，也並非中文名字特有的現象，英文名字、阿拉伯名字、印度名字……，各種語言的姓名都自有其一套推命方式，只是中文世界的人尚不熟悉他國文化的推命方式罷了！所以想學習中文命名的讀者，大可不必將傳統玄學拒之於千里之外，它就是存在於東西方各國、各文化間的事實。隨著研究者越多，相關學術論文的累積，以及網路資訊蓬勃發展之際，傳統的東西對新一代、跨文化、不同國籍的人接受度更高，很多事物都在翻轉。

　　如過去，幾乎都是東方人取英文名字，我們翻譯洋人的名字，也多半直接用英文音譯，如：麥可、瑪莉。但隨著中國的崛起，全世界學習中文的人口漸多，洋人、中東人直接取中文名字的情況也漸長，甚至蔚為一種時尚的風潮。如美國現任副總統「賀錦麗」、丹麥奧運男子羽球單打金牌「安賽龍」、很受臺灣年輕族群歡迎的美國網紅「莫彩曦」，皆已不是用其英文原名音譯成中文，而是直接取中文名字。名人尚且如此，更遑論在世界各個角落已經取中文名字的外國人，人數絕對相當可觀，有興趣的讀者，搜尋 Youtube 就會發現比比皆是。

五　結語

　　姓名，是社會交際中，不可或缺的個性符號。姓名作為一組意識密碼，凝聚父母之深情厚意與殷切期望，寓含著雄心壯志與美好遠景，其中更潛藏著文化的訊息，福禍的能量[8]。

　　章炳麟：「形為字之官體，聲、義為字之精神，必三者備而文字之學始具。」命名需同時考量文字的形、聲、義三者間協調搭配外，如能多涉略數理、陰陽、五行的知識，方能符合現今市場對於命名的需求。學術與命理如何趨近中和，值得中文學界思考，畢竟並非個個中文系畢業的學生將來都會在學術圈一展長才，與其讓不了解中文之美、姓名學奧義的人來為迷惘的大眾取名、改名，賺取大把鈔票，不如鼓勵最熟悉中國文字的研究者投入，真正的為人「肇賜以嘉名」，說不定還能因此「斜槓」出很獨門的專業來。

8　張高評：〈命名取號之策略〉，《實用中文寫作學續編》（臺北市：里仁書局，2006年），頁86、101。

對聯法概說

黃鶴仁

致理科技大學通識教育中心助理教授

　　或說《毛詩‧柏舟》:「覯閔既多,受侮不少。」即對仗之始,文用駢偶,自先秦有之,至於楹聯之設,通說始於五代後蜀主孟昶題桃板:「新年納餘慶;嘉節號長春。」乙聯。此後所施,地則廳堂、齋閣、林園、寺觀;時則新正、婚育、壽慶、哀輓。稱情為文,無施不可,寥寥數語,最屬簡便。

一　對聯理論

　　聯語乙道,或謂「駢文之支流」[1],或謂「律詩及駢文之流亞」[2],甚至「幾與詩、詞鼎足而三」[3],蓋聯語吸收駢文對仗法、近體詩平仄論,益以散文語法,體似駢文之小品,實則文學之結晶。尤以不拘句式、押韻,已為獨立之文體。至其創作理論,則論對仗與平仄二事,靈活運用,必能創作佳句。

1　張仁青:《駢文學》(臺北市:文史哲,2003年),下冊,頁655。

2　謝康:〈詩聯新話自序〉,見《詩聯新話》(臺北市:中外圖書,1977年),頁1。

3　王洪鈞:〈前言〉,見《春聯選集》(臺北市:文化局,1970年),頁1。

（一）對仗

對仗基本結構為二字之詞，大要據一字之字義、品類或詞性，推演成一詞，以論匹對，主要有三種思維模式，均配合字之平仄運用。

一、字義對：就字義之正反異同，推求為詞，如：

（一）反義：是非、存亡、去來是也。

（二）異義：春風、山月、雪梅是也。

（三）同義：旌旗、林木、雷電是也。

（四）疊字：菲菲、冉冉、蕭蕭是也。

（五）同聲：即雙聲，褒貶（ㄅ）、流浪（ㄌ）是也。

（六）同韻：即疊韻，徜徉（ㄤ）、逍遙（ㄧㄠ）是也。

（七）雙見：自去自來、相親相近，字重出是也。

（八）擔肩：如紅勝錦、白於綿，中間一字撐起前後兩字是也。

（九）自對：萬紫千紅、奇花瑤草是也。

二、品類對：就字之品類，結合為詞，舉例言之，如：

（一）方位：東西南北前後左右內外，及邊際涯畔等字。

（二）數量：一二三四百千萬億，及孤獨單雙空虛無有等字。

（三）官能：眼耳鼻舌及所對色聲香味，及光影明暗寒暖等字。

（四）顏色：紅黃綠藍青紫朱白花等字。

（五）時態：春夏晨曉朝夕，及陰晴雨昏等字。

三、詞性對：動詞、名詞、形容詞、專詞之類，就詞性演成二字之詞，如：

（一）動詞與名詞結合：採菊、折柳、踏雪是也。

（二）動詞與形容詞結合：飛落、飄下、採得是也。

（三）形容詞與名詞結合：素手、皓月、空山是也。

此外，有就二字斟酌輕重而分別主從者，如「黃槐」對「綠柳」

為正對，若對「綠意」，則以顏色為主，對「夏柳」則以名詞為主，近似《隨園詩話》所謂「差半字」者，已故張夢機教授謂之：「不改亦可，改之尤佳」，然亦視文理而為斟酌。

（二）平仄

字辨宮商，可溯自東漢。施於文學，則南齊永明間事，演變至唐，始為近體詩格律之定型，其基本結構只二聯：

第一聯：仄仄平平平仄仄；（甲）
　　　　平平仄仄仄平平。（乙）
第二聯：平平仄仄平平仄；（丙）
　　　　仄仄平平仄仄平。（丁）

句法以第二、四、六字為節，其法須平仄逐節遞換（。表平，‧表仄），違此則為出律。當節處平聲字如落單，謂之孤平，其後一字當用平聲救之，謂之「調平仄」。此惟七言句第二字及第六字孤平者，可不救。此外，甲式句第五六字平仄互換，如杜詩：「正是江南好風景」者，為特拗句法，不以出律論。故孤平之說，僅丁式句第四字（若五言則為第二字）孤平不救，始以出律論。至於孤仄，則非所論也。

近體詩必偶數句，下聯且必平收。合上述兩聯四句，即為七絕。去其前二字，即為五絕。兩聯前後易置，亦然。兩聯重複一遍，即是律詩。首句入韻者，與第四句同式。如此而已。

聯語論平仄，五七言多依近體詩，四六言則駢文也，毋必盡遵近體詩法。聯尾字以上聯仄收，下聯平收為常；二句以上長聯，多採句末字逐句遞換平仄，上下聯交錯為法。

二　對聯形式

　　聯語之體，備駢、詩、文之一格。四六言，駢體也；五七言，律詩也；用領字、語詞、語助詞者，則散文也。[4]以律詩最有軌則可循，宜先述之，而後駢、散二體，可比類而明。聯法自成文體，不拘一格，其有兼用駢散韻語者，謹就體格相近者論之。

（一）律式聯

　　律式聯，謂依律詩平仄法，多用於五七言聯。如松江徐氏女詠〈岳墓〉佳句曰：

> 青山有幸埋忠骨；
> 白鐵無辜鑄佞臣。[5]

道光中，見刻於西湖岳王廟[6]，原即律詩之一聯也。又如蜀漢先主定益州，孫夫人還吳，至蟆磯，投江，江畔有祠，鄭簠聯曰：

> 思親淚落吳江冷；
> 望帝魂歸蜀道難。[7]

亦律句也。又民國初，上海愛儷園有聯曰：

4　杜召棠：《負翁聯話》（臺北市：德志，1972年），頁1，陳含光〈序〉，謹申其意為三類。

5　〔清〕袁枚：《隨園詩話》（臺北市：漢京文化，1984年），卷2，頁59。

6　〔清〕梁章鉅、梁恭辰輯；白化文、李鼎霞校：《楹聯叢話全編》（北京市：北京出版社，1996年），頁43。

7　《楹聯叢話全編》，頁165。聯話相傳以為徐文長撰者，非也。

半窗月落梅無影；
三徑風來竹有聲。[8]

末三字作擔肩對，七言第二字不論孤平，「窗」字即其例也。又如張爾藎題揚州史可法衣冠塚曰：

數點梅花亡國淚；
二分明月故臣心。[9]

以「明」字救「分」字。又劉金門題濟南大明湖薜荔樓曰：

四面荷花三面柳；
一城山色半城湖。[10]

亦以「山」字救「城」字，「面、城」二字作雙見對。又如李松雲題莫愁湖曰：

一種湖光比西子；
千秋樂府唱南朝。[11]

上聯即特拗句法。又伊秉綬題泰縣嶽墩曰：

8　江宗禮《晚晴樓聯話》（臺北市：正中書局，1975年），頁133。

9　《負翁聯話》卷上，頁7。

10　《楹聯叢話全編》，頁77。

11　《負翁聯話》卷中，頁2。

天留宋朝壘；
人說岳家軍。[12]

上聯亦特拗句法。若何紹基題濟南大明湖歷下亭曰：

海右此亭古；
濟南名士多。[13]

上聯即丙式句，孤平可不救，下聯為丁式句，必以「名」字救「南」字，蓋五言律法嚴於七言。

若律式二句聯，以十二、十一字兩種最常見。法在上下兩句末字，必平仄交錯，並以上聯仄收，下聯平收為常。十二字者，多作上五下七。如國策顧問蔣鼎文題金門魯王墓曰：

王業此偏安，一旅猶匡明社稷；
胡塵今淨掃，孤亭長峙漢江山。[14]

安、稷、掃、山，句末交錯為對。又彭玉麟登泰山集句聯曰：

我本楚狂人，五嶽尋仙不辭遠；
地猶鄒氏邑，萬方多難此登臨。[15]

---

12 《負翁聯話》卷上，頁5。
13 《晚晴樓聯話》，頁152。
14 《負翁聯話》卷上，頁5。「匡」誤作「存」，謹依亭文正之。
15 《負翁聯話》卷中，頁27。

亦交錯為對。若十一字聯者，上四下七為常，四言已非近體，惟習慣
仍逐節論平仄。如麓山樵客題莫愁湖曰：

> 世事如棋，一著爭來千古業；
> 柔情似水，幾時流盡六朝春。[16]

又如陳立夫輓戴笠曰：

> 功在新邦，驂靳當年能益我；
> 患生無妄，艱難來日倍思君。[17]

上句平仄，俱採逐節遞換。大要兩句之聯，句末字皆採平仄交錯。

（二）駢式聯

　　四六文亦有平仄法，惟毋必遵律詩平仄，故於平仄逐節遞換之
法，在依違之間。然仍以遞換為正格，違之為變例。如儀徵陳含光於
日本投降，榜其門曰：

> 八年堅臥；
> 一旦昇平。[18]

此四言聯正格。又董其昌題杭州飛來峰冷泉亭曰：

16　《負翁聯話》卷中，頁2。

17　伍稼青《等持閣聯話》（臺北市：臺灣商務，1983年），頁75。

18　《等持閣聯話》，頁30。

泉是幾時冷起；
峰從何處飛來。[19]

「時」字不論孤平。又如于右任題陝西留壩張良廟曰：

送秦一椎；
辭漢萬戶。[20]

連平對連仄，變例而有軌則可循，下聯仄收，尤非律詩句法。惟仄收者，必上下聯不可換易乃佳。又若〔清〕金蘭生《格言聯璧》載：

謙卦六爻皆吉；
恕字終身可行。[21]

但取義類為對，不計平仄，蓋駢文最初本色也。若駢式二句聯，亦以句末字平仄交錯為法。如林則徐自勉聯曰：

海納百川，有容乃大；
壁立千仞，無欲則剛。[22]

仍以義對，句腳交錯之外，不甚拘平仄也。

駢式多句聯，平仄可逐節遞換廣之，如代小鳳仙輓蔡松坡曰：

19 《楹聯叢話全編》卷6，頁63，是作自。
20 《等持閣聯話》，頁30。
21 〔清〕金纓：《格言聯璧》，〈惠吉類〉（臺北市：文化局，1970年），頁126。
22 陸家驥《對聯掌故叢談》（臺北市：燕徵，1977年），頁74。

> 萬里南天鵬翼，直上扶搖，那堪憂患餘生，萍水姻緣成一夢；
> 幾年北地燕支，自嗟淪落，贏得英雄知己，桃花顏色亦千秋。[23]

四、六雜七言句，七言用詩律，全遵逐節遞換及句末交錯之法。

長聯或用自對句，或詞組對，以延展文勢。自對句如康有為輓戊戌六君子曰：

> 殷干酷刑，宋岳枉辱，臣本無恨，君亦何尤，魂魄果有靈，當
> 效正學先生，啟口問成王安在；
> 漢室黨錮，晉代清談，振古如斯，於今為烈，國家況多難，恰
> 如子胥相國，懸睛看越寇飛來。[24]

前四句兩兩自對，上下聯句末平仄交錯。末句以「啟口問、懸睛看」為領字。又詞組對者，如鄧石如碧山書屋聯句曰：

> 滄海日、赤城霞、峨嵋雪、巫峽雲、洞庭月、彭蠡煙、瀟湘
> 雨、廣陵潮、匡廬瀑布，合宇宙奇觀，繪吾齋壁；
> 少陵詩、摩詰畫、左傳文、馬遷史、薛濤箋、右軍帖、南華
> 經、相如賦、屈子離騷，收古今絕藝，置我山窗。[25]

各詞組末字，亦平仄遞換，上下聯交錯，以「合、收」為領字。此二種長聯，著精神處，在詞組之後，變句形以收束文氣，再以領字作

---

23 伏嘉謨《神鼎山房文存》（臺北市：藝文誌文化事業，1978年），頁29-34，〈小鳳仙輓蔡松坡聯語之考證與評價〉嘗考代撰者，數說仍未得詳。

24 《負翁聯話》卷上，頁9。流傳頗多異文。

25 《等持閣聯話》，頁24。

結。又如，康熙間，孫髯題滇池大觀樓曰：

> 五百里滇池，奔來眼底，披襟岸幘，喜茫茫空闊無邊。看東驤
> 神駿，西翥靈儀，北走蜿蜒，南翔縞素，騷人韻士，何妨選勝
> 登臨。趁蟹嶼螺洲，梳裹就風鬟霧鬢，更蘋天葦地，點綴些翠
> 羽丹霞。莫辜負四圍香稻，萬頃晴沙，九夏芙蓉，三春楊柳；
> 數千年往事，注到心頭，把酒臨風，嘆滾滾英雄安在，想漢習
> 樓船，唐標鐵柱，宋揮玉斧，元跨革囊，偉績豐功，費盡移山
> 氣力。儘珠簾畫棟，捲不盡暮雨朝雲，便斷碣殘碑，都付與蒼
> 煙落照。只贏得幾杵疏鐘，半江漁火，兩行鴻雁，一片滄桑。[26]

上聯言空間，用「東西北南」及「四萬九三」。下聯言時間，用「漢
唐宋元」及「幾半兩一」，各組句末平仄交錯，兼採句中自對以推展
文勢。其中「趁、梳裹就、更、點綴些」，用領字轉折收束，亦是句
中自對。下聯亦然。

（三）散文聯

　　散文聯，勢如行文，非駢非詩，以義類為對。其平仄，容人自
創，於詩律、駢文之外，自成條理者，為正例。不成條理，則是變
例。如東吳大學校訓用蔣中正先生聯曰：

> 養，天地正氣；
> 法，古今完人。[27]

---

26 《負翁聯話》卷中，頁38。又見再續，頁12-13。
27 劉隆民《龍眠聯話》（臺北市：臺灣學生，1975年），下冊，卷7，頁24。

不合詩律，惟領字以下各節，平仄對仗甚明。七言如佚名聯曰：

> 寬厚，留，有餘地步；
> 和平，養，無限天機。[28]

亦不合詩律，若將關鍵字逗開，各節平仄仍是相對。又如南京雞鳴寺聯曰：

> 忍片時，風平浪靜；
> 退一步，海闊天空。[29]

下聯不合詩律，惟各節平仄相對，甚清楚。仔細分析，尚有規則可循。惟如錢名山輓弟夢鯉曰：

> 到九原，先省父母；
> 有來世，再作弟兄。[30]

各節平仄不對，僅文字義類相對、句末平仄交錯，是為變例，然不失為名聯。

聯語有多用重字者，如顧憲成題東林書院聯：

> 風聲、雨聲、讀書聲，聲聲入耳；
> 家事、國事、天下事，事事關心。[31]

---

28 《對聯掌故叢談》，頁87。
29 《等持閣聯話》，頁26。
30 《等持閣聯話》，頁54。
31 《負翁聯話》再續，頁1。

惟「讀書」與「天下」義類不對，此但據重出之「聲、事」二字為對
仗之重點，亦是變例。又如沈葆楨題臺南延平郡王祠曰：

> 開千古得未曾有之奇，洪荒留此山川，作遺民世界；
> 極一生無可如何之遇，缺憾還諸天地，是創格完人。[32]

上下聯各用一「之」字，「得未曾有、無可如何」僅以意對。又如康
有為輓蔡松坡曰：

> 微君之躬，今為洪憲之世矣；
> 思子之故，怕聞鼓鼙之聲來。[33]

上下聯各重複「之」字，句末仍平仄交錯。又如淡水[34]陳化成，為江
南提督，鴉片戰爭，戰死吳淞，建有專祠，熊一本聯曰：

> 昔時未讀五車書，雅量清心，溫如玉、冷如冰，是大將實是大
> 儒，使天下講道論文人愧死；
> 此日竟成千載業，忠肝義膽，重於山、堅於石，忘吾生不忘吾
> 主，任世間寡廉鮮恥輩偷生。[35]

句末平仄相對外，上聯「如、大」，下聯「於、吾」，俱用重出，而句
有變化。「如、於」兩處重出，以擔肩對為句中自對。「是大將、使天

---

32 《負翁聯話》卷上，頁21。
33 《負翁聯話》卷上，頁11。
34 今新莊區頭前。
35 《負翁聯話》卷上，頁14。

下」為領字，下聯亦然。此皆平仄仍有軌則可尋者，若李因培集句贈袁枚曰：

> 此地有，崇山、峻嶺、茂林、修竹；（蘭亭集序）
> 是能讀，三墳、五典、八索、九丘。（左傳）[36]

集古文為聯，各以義類為詞組，平仄未能稱工，然不害為佳聯也。

---

36 《隨園詩話》，頁52。

平面廣告文案寫作要點

林和君

國立成功大學中國文學系助理教授

一　前言：平面廣告文案定義與用途

　　文案（copy）指的是為宣傳商品、企業、主張或想法，而在各種媒體中的廣告形式所使用的文稿，簡而言之，但凡為廣告使用、或是為了宣傳特定事物的文字，都可稱為文案。

　　以往的廣告形式中，諸如報章雜誌或是影視音像的文案撰寫，會要求文案撰寫人（copywriter）具有寫作長文案（long copy）的能力，也就是一般習稱的廣告文案（body copy）；但隨著社群網站平臺的興盛，並以圖片、短廣告為主要置入宣傳形式的影響下──例如Youtube 的六秒短廣告，標語或者短文案的重要性與需求量日益增長。這有如班雅明（Walter Benjamin）在一九三六年的〈說故事的人〉中早已提及的「經驗貶值」，意指在現代性的影響下，比起敘說故事的小說，篇幅短小、但卻清楚明瞭的新聞才是敘事與溝通的主流，一如今日我們接收網路訊息的習慣和傾向，圖文並呈的短文案更是現代短廣告趨勢的反映之一。

　　本文所論平面廣告文案，以各種實體、網路平臺上使用過的平面廣告（printads）短文案為對象，平面廣告泛指所有以海報、刊物呈現的廣告類形，在戶外的看板、貼在公車車廂上的廣告、網站平臺上

的廣告圖文也都在這範疇之中，由於和影音媒體的動態廣告相比下，平面廣告可傳達概念的時間往往僅有一眼瞥見的短短數秒，是業界公認創作難度最高的廣告形式[1]，也可說是最能凸顯短文案價值的廣告類型。現今的實用中文教學不乏廣告文案的寫作與修辭，本文則以平面廣告的短文案寫作要領切入。

二　平面廣告文案的結構層次

廣告文案的寫作宗旨和考量，不外乎是向誰傳達訊息、向誰製造需求、自身定位為何等等，並在寫作形式上確立核心訴求、運用雙關諧擬等文學修辭為主[2]，而長文案與平面廣告文案之間的差別在於：長文案的目的是供人「閱讀」，平面廣告文案則是供人「觀看」，所以一般的長文案寫作形式尚可分為主標題、副標題、正文、標語[3]，以明確傳達其資訊、想法和主旨；但是在平面廣告的文案上，受人觀看的時間幅度通常短則只有三秒鐘八個字[4]，其結構層次是為了吸引注意、在短短的時間篇幅中引起受眾觀看的興趣，才是短文案的第一要務。

茲此舉例說明平面廣告文案的結構層次，第一個例子如下圖一：

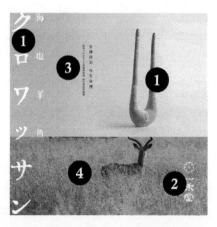

圖一　引自：https://reurl.cc/7rZYqy

1　Pete Barry，劉翰雲，2020。

2　陳政彥，2018。

3　陳政彥，2018。

4　Pete Barry，劉翰雲，2020。

①主標題：受眾首先要看到的，例如商品名稱、樣貌（海鹽羊角）。

②副標題：一定要給受眾看的，例如公司行號或商標（一禾堂）。

③內文：文字敘述（有種珍貴在生命裡　地球上百分之七十的森林
砍伐　消失棲地與物種）。

④醒題：圖片、標語等。

　　本例的層次結構十分明確清晰，主標題與副標題可令受眾快速辨
別商品與商號；其中的內文和醒題一同搭配，即是向受眾傳達商品賦
予的理念精神：環境保護，以此吸引認同理念的消費者，或將此精神
傳達給更多受眾。

　　第二個例子來自社群網站的平面廣告：

　　圖二是二〇一八年兩廳院樂齡計畫《該我上場！》的平面廣告，
①為主標題，亦即要先給受眾看的商品、表演名稱（實驗劇場：該我
上場）；②為副標題，也就是一定要讓受眾知道的主辦單位名稱（兩廳
院）；③和④分別是為了呼應樂齡長
者演出主題的趣味效果，而設計的
內文和圖文醒題。這份平面廣告至
今締造了至少三萬人次的點閱、一
萬三千次的資訊分享，擁有相當出
色的廣告效益；該例除了具有吸引
受眾觀看、結構層次分明的優點之
外，尚可發現該例文案中應讓受眾
優先知悉的主標題、副標題並沒有
前一個例子來得醒目突出，受眾首
先注意到的反而是呼應樂齡主題的
趣味內文與圖文醒題，吸引了閱讀
的注意力之後，受眾便自然會注意

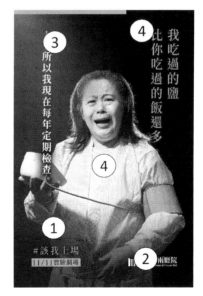

圖二　引自：https://reurl.cc/83rYAj

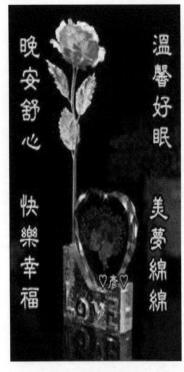

圖三　長輩圖
引自：https://reurl.cc/YOMmrD

到主標題和副標題。也就是說，平面廣告文案中結構層次的排序是可以反轉的，孰先孰後、哪一項定調為主體視覺都可能產生不同的效果，何者可以產生最多數的觀看注目，除了圖片效果、設計排版之外，也端視文案撰寫人在結構層次上的斟酌推敲。

第三個是常在通訊軟體中常見流傳而俗稱「長輩圖」的例子，見圖三。

此類圖文常受年輕族群揶揄，除了是因為內文、圖文醒題的風格內容不受年青族群青睞之外，此例在前述的結構層次上亦不明確，受眾不易在短短的瞥視內讀取文案的重點資訊或強調主題；除非是在特定的宣傳情境下，否則此例不易產生廣告效益。

平面廣告文案的結構層次會決定文案的撰寫風格與策略，若以主標題為優先次序，便應如同第一例，內文、醒題必須以掌握商品本身的特質、說明、潛在價值與需求為主；若是像第二例強調內文、醒題優先，便應以突顯特定受眾的群體需求、主題風格、吸引觀看為第一要務，再藉此烘托商品的資訊與呼應主題。

三　結語

平面廣告的短文案比起長文案的形式和修辭，更重視凝鍊、破題、短時間吸引觀看的效果，除了設計、排版的美觀問題，文案的結

構層次設定更會影響文字的陳述、受眾的關注效益。此乃創作平面廣
告文案時務須掌握的要領。

　　有趣的是，其實文筆不好的人也可以寫文案、甚至更值得嘗試
創作平面廣告文案，如同下面這一則締造上億身家的服飾業傳奇的
平面廣告，以提供各種男女大尺碼服飾為訴求，文案結構層次同樣
分明，雖然不見得擁有優美的文字修辭技巧，卻能有效傳達並發揮
平面廣告文案的價值和效益。

圖四　引自：「臺灣褲子大王」，https://reurl.cc/Nr5Okp

網路社群文案寫作

林盈翔

東吳大學中國文學系助理教授

一　前言

　　廣告文案寫作，是傳統應用文學門的重要課題。也有文學、廣告、傳播等各個領域的研究成果、實作經驗與心得分享，豐碩可參。而網路社群的出現，也大大改變了媒體傳播的方式，網路社群一躍而成當今最為主流的傳播媒介，Facebook、LINE、Instagram、Twitter等等，每人每天平均停留在這些軟體上的時間，幾乎都是越來越長。而因應新的傳播媒介，即便同是廣告文案的寫作，社群文案也與傳統廣告文案有著不同的思考切入與呈現重點。故本篇短文聚焦在「網路社群」此一相對新興的媒介上，文案可以如何因地制宜的操作。且詳人所略、異人所同，主要聚焦在撰寫策略的思考上，提出一些粗淺看法，以下便次第開展。

二　主動分享

　　在傳統的媒介上，廣告是單方面給予，受眾只能選擇要或不要。但在網路社群上，讀者有了更高的主動性，除了接受之外，他們更能轉貼其所認為有趣、好玩的文章。其實不少人在社群媒體上，都不太

喜歡看到赤裸裸強行插入的廣告。反之，若是能勾引起讀者興趣，即便是廣告，讀者也會以正面情緒閱讀完貼文。若是受到感染、覺得好玩，甚至會爭相轉發，使之有了更高、更強的傳播效果。而此種自媒體的主動性與分享性，是傳統媒體所不具有的。

是以即便同是廣告文案，有其共通本質，然因應彼此相異的生態與質性，兩者所採取的策略其實也略有不同。譬如在傳統文案下，清楚傳達廣告意向十分重要，但在社群文案中，更要提前思考的可能是如何讓閱讀者願意停留、甚至轉發，所以比起簡短有力、上口好記的文案標語，說一個有趣的故事可能在網路社群上會有更好的傳播效果。譬如現下有種文案呈現方式，是藉由大量有趣的、乃至於無厘頭的對話、情節推演，非至最後一刻，方才願意透漏廣告主旨。著名的「史金納箱」（Skinnerbox）實驗，設計兩種情境，在 A 情境下，老鼠按按鈕會掉落一顆飼料，於是老鼠理解後，肚子餓方會去按按鈕，吃飽了便停止。但在 B 情境下，按按鈕會隨機掉落零到三顆飼料，其結果是老鼠不論飢餓與否，都會瘋狂地按按鈕，似乎期待著會掉落幾顆飼料。此一實驗指出不確定性、期待感，會促進、刺激行為。同理，當讀者懷抱著期待感、不確定感，雖明知是廣告，但仍好奇廣告以何種方式連結、呈現。便不再感到被廣告「侵犯」而急著關閉，反會主動花時間閱讀乃至分享、轉發。是以第一，社群文案在撰寫時，做為起點的思考策略，當是如何促使此一貼文、文案能夠讓讀者願意主動分享，讓文案能夠「自我複製」，進而擴大其影響力與受眾。

三　觀察世界

社群文案的一大特色，在於即時性。此一即時性一方面是來得快，所以對當下的話題、時事，要能快速跟上。另一方面則是去得也

快，熱度往往維持不了幾天。是以社群文案與傳統廣告文案在策略思考時也有所分別。傳統廣告文案靠簡短、好記、反覆播放等方式，以較長的時間與高曝光度，讓受眾在不知不覺間留下深刻印象。但社群文案則否，往往「保存期限」短則數天，長也不會超過一周。在網路河道上，所有的話題、內容，被一波波不斷的往前推洗。

所以就此點來講，比起花長時間字斟句酌，精煉出漂亮的文句，不如在事發的當下，迅速、準確的跟上熱潮。如曾經有個新聞事件，某已婚公眾人物到女性友人公寓過夜被拍到，媒體記者電話詢問時，對方脫口說出「我睡在樓梯間」。於是購物平臺便立刻推出「樓梯間過夜用單人睡袋」，在網路上引發一陣轉貼熱潮。雖不消一個禮拜，此事也就於社群媒體的河道上消失，但對於廣告業主而言，卻是大大的增加了知名度與建立了與消費者間的可能連結，此例便是非常成功的社群文案。

也正因社群文案寫作有明顯的即時性，是以在平時大量吸收資訊，與當下的社會產生連結，是相當重要的。若時間、心力有限，則也要在自己所關心的社群裡，掌握相關的文化資訊，方能有較好的產出，讓文案與受眾間有更精確的連結。而對於各式文化、資訊的掌握與吸收，最關鍵的部分則在於對世界充滿好奇，對所有事物都有興趣。用心觀察可能的細節，理解他人的故事、心情，細緻的感同身受各種不同的情緒。對這些幽微人情有所理解，往往也是塑造「情境」的起點。一流的文學家，往往對人性會有深刻的觀察，同理，一個好的文案，也必須貼合在同一個「文化情境」下的人情共感，方會有動人的渲染、莞爾的一笑或是理解的認同。故總體來說，第二，平時即要觀察世界，累積各種細微的理解，方能在即時事件發生時，準確切入、呈現。

四　善用符碼

　　如前文所述，太過直接的插入廣告，會讓社群使用者有被冒犯的感受。是以好的社群文案，應該是有更多的生活感或趣味感，讓讀者感到親切，能有效減低傳播時的阻力。在此一思考方向下，會較不建議直接告訴讀者廣告的目的，而是試著藉由文案，提供讀者一個「情境」。讓讀者投入情境之中，然後方「轉念想通」或「欣然接受」。而此一「情境」往往也會是「文化情境」，亦即彼此間會有一些共通的符碼。傳統的詞彙接近「典故」、「語典」，而當代語境下的「梗」、「謎因」也是相同概念的語言符碼。在同一情境下，越多人理解的符碼，往往是隸屬於整個社會文化、國家民族的共同記憶。舉例言之，常見的譬如國文課本中的〈背影〉、〈雅量〉，片段的仿擬與改寫，幾乎是歷久不衰。看到「臨表涕泣，不知所云」就會知道是〈出師表〉，「不慕榮利」會立刻脫口五柳先生、陶淵明。又如在臺灣社會，會有很多運用臺灣閩南語元素的諧音梗，如「金」與「真」、「北七」與「白痴」等等。就連注音符號，此種屬於我們的共通符碼也常被運用，如藉由文字與注音來製造雙重性意涵：「真是位紳（ㄅㄧㄢˋ）士（ㄊㄞˋ）」、「我（ㄐㄧㄡˋ）朋（ㄕˋ）友（ㄨㄛˇ）說……」。

　　而在個別的文化群眾中，也會有各自的符碼，譬如「萊納，你坐啊！」出自日本動漫《進擊的巨人》中的臺詞，意味以平淡的語氣威脅對方、主客逆轉。「甘阿捏」出自本土劇《臺灣龍捲風》中某角色反覆出現的臺詞，意指略帶高傲的懷疑。「真香」出自大陸的實境節目，指本來堅定的立場、囂張的態度，後因一點小誘惑就一百八十度大轉變。「我就爛」，出自謎因圖，搭配燦笑、舉大拇指的男性圖象，多是指涉自暴自棄，但也會有正向接受自己的意涵。像這些文化符碼，他們的受眾相對較小，理解門檻也較高。但反過來說，在特定族

群裡，這些符碼往往會有更強的感染力。

是以總的來說，善用此些共通符碼，能讓社群文案有更好的傳播效果。而符碼也有短期的當下流行，與長期的共同記憶，但不論何種類型，大多能有效吸引讀者目光，並且在理解符碼的過程，讓讀者也同時進入「文化情境」之中。故第三，社群文案撰寫要能善用符碼拼貼。

五　表現形式

文案寫作的目的固然是銷售或推廣產品或個人、活動、理念，但好的社群文案，最後仍是必須探索未知的、動人的文字呈現，是一種新興載體、媒介下的創作，其仍是一種「表現形式」。這也是與傳統文案寫作最大的交集處，亦即對於文字的精鍊與要求、對於受眾的理解與感染。譬如傳達核心價值、建立主題感，潤飾文字：精簡、洗鍊、互文、詩意等等。這些都是文案寫作的重要觀念，而在社群文案也同樣重要。於思考策略上，就是在產出文字時，要不斷地鍛鍊、搥打每一個文字，在時間、效果、美學、邏輯、創意……各種變項間，尋求當下自己所能產出的最佳平衡。

可以特別注意的一點是，比起傳統以文字呈現的文案寫作，在社群文案中，圖文互相搭配變得更加重要。即便是同樣的文字，但經過美術編輯，搭配合適的字體、大小，與背景圖片，其宣傳效果、感染力，定會大大加分。實務上也確實如此，如今網路社群河道上，比起純文字的展現，文圖搭配方是文案撰寫的主流。

而且在傳統廣告文案下，可能會有大量的專業分工，文字歸文字、美工歸美工。但社群文案寫作的生態，往往是小規模的、甚至是單兵作戰，需要的是專長高度複合的人才。其中對「文字」運用能力

的掌握,誠是重中之重,但美術編輯、創意發想、社群互動等能力也是缺一不可。是以若有心欲提升對於社群文案的操作能力,則在文字之外,相關美編能力也要有一定基礎,能做到獨立產出文圖搭配的完整文案。社群文案撰寫,在策略思考上,表現形式也需多所用心。

六　小結

本文僅就網路社群文案撰寫時,可以注意的思考方向與策略,以四端加以陳述:第一,文案要使讀者願意「主動分享」,進而擴大其影響力與受眾。第二,平時即要「觀察世界」,累積各種細微的理解,方能在即時事件發生時,準確切入。第三,「善用符碼」,讓讀者進入共通的文化情境,而使文案有更好的感染力。第四,「表現形式」也需多所用心,要能產出文圖搭配的完整文案。總此,本文管窺網路社群文案的撰寫策略,受限於篇幅,所論難以全面。然以管窺豹,雖僅得一斑,或仍有可參之處,也還望大方之家不吝指正。

自傳寫作常見的十大問題

吳智雄

國立臺灣海洋大學共同教育中心語文教育組、海洋文化研究所特聘教授

　　畢業，不僅是求學人生的終點，更是就業階段的開始。除非含著金湯匙出生，否則，對絕大部分的人而言，要就業就必須謀職，要謀職就必須歷經一段尋找、撰寫、投件、面試的過程。在這段過程中，履歷自傳的優劣，是求職者能否參加面試並進而錄取的關鍵。所以，如何撰寫一份好的履歷自傳，便是謀職過程中首要面對的挑戰；同樣的，在升學過程中，履歷自傳也扮演著相等的角色與地位。

　　履歷與自傳都是個人事蹟的濃縮。履歷是理性資料的條列，過往的學經歷如何就是如何，一翻兩瞪眼，既不能無中生有，更不許造假欺騙。自傳則在既有的理性資料之外，如果能藉由事件的精心剪裁、文字的良好布局，便可讓閱讀者讀到隱藏於字裡行間的訊息，如此就能讓雙方產生某種程度的情感交流而增加錄取的機會。所以，好的自傳雖不能改變已發生的事實，但卻能左右閱讀者的領會或感受，而達到自傳寫作的最終目的。

　　由於自傳寫作具有如此的重要性，所以我每年都開設「實用中文寫作」課程，除了講授重點與技巧，更有實際的習作。而在大約十年的批閱後，發現學生常出現某些不約而同的寫作盲點。經整理歸納，約有十種常見問題，茲羅列於下，並輔以實例說明，希望能藉此幫助

莘莘學子克服謀職升學的第一關,進而邁向成功的人生。

一 冗字贅句

內容不夠簡潔精練、同字同義句的重複、無效句的畫蛇添足、無關緊要內容的拖沓等冗字贅句的遍地開花,是自傳寫作十大問題之首,其嚴重程度直叫人「嘆為觀止」。

(一)冗字

冗字的情形,約略有三: 一是相同字詞的重複,二是同義字詞的重複,三是無效字詞的重複。

1 相同字詞的重複

指在同一句或鄰近句中,重複相同的字詞,讓文章讀來有拗口之感。例如「讓**我**拓展了**我**的視野」、「從國小**開始**我就**開始**學習英文」、「為了讓**自己**能更深入研究**自己**喜歡的資訊領域」,是相同字詞在同一句中的重複。基本上,這種問題只要去掉其中一個重複的字詞便可解決,例如「拓展了**我**的視野」、「我從國小就**開始**學習英文」;甚至,若已在前句交代主詞,則兩個重複的字詞皆可刪掉,例如「拓展了視野」、「為了能更深入研究喜歡的資訊領域」。

其次,又如「推進**整個球隊**向前,帶動**整個球隊**的士氣」,是連續兩句的兩次重複;「**希望**能對誠品有所了解,未來也**希望**能進入誠品的體系工作,**希望**能在課業與實務中做結合」,是連續三句的三次重複;「做**自己**喜歡做的事便能做得長久,希望**自己**能妥善地處理**自己**的職分,完成**自己**的任務」是連續三句的四次重複。甚至,有兩組相同字詞的交替重複,例如「那種**感覺**是除了快樂外,還多了一種**成**

就感，那種**感覺**是很棒的，因為**成就感**並不容易得到，所以這種經過許多實驗，花了許多時間所得的**成就感**更顯珍貴」。這類問題，無法僅靠刪除重複字詞的方法來解決，而必須依上下文意來調整，例如「這種經過許多實驗、花了許多時間所得到的**感覺**是很棒的，因為除了快樂之外，還多了不易得到的**成就感**，所以更顯珍貴」，「感覺」、「成就感」兩詞僅出現一次，文句仍通順可讀。

2 同義字詞的重複

指兩種同義字詞的重複使用，而讓文句有囉嗦之感。例如「可以學習**策劃企劃**活動」，策劃與企劃同義；「經過幾次**工作職場**的更動」，工作與職場同義；「**我本身**的個性溫和」，我與本身同義；「這些都是**從未有過**的**全新**生活體驗」，從未有過就是全新；「沒有了高中老師**詳盡無微不至**的教導」，詳盡與無微不至同義；「姊姊正在**國小當小學**英文老師」，國小與小學同義。這些問題，都只要保留其中一個字詞即可解決。

此外，又如「在和**這些**孩子**們**相處的過程中」、「**雙親們**延後退休時間」，同一句中重複了兩個複數詞，因為「這些孩子」等於「孩子們」，「雙親」一詞即是複數而無須加「們」。這種問題的產生，或許是受到了英文如 These children 的影響，但在中文裏只要取其一即可。

3 無效字詞的重複

指在句中添加無效的解釋或無作用的常識詞句，而讓文句讀來有多餘之感。例如「母親**則在小學從事教育莘莘學子的工作**」，直接寫「母親是小學老師」即可；「我哥則是**處於當兵的時期**」，直接寫「我哥在當兵」即可；「使自己**所學的能夠得以致用**」，寫「能學以致用」才簡潔；「妹妹弟弟和我都**還在學校求學**」，其實就是「學生」；「我來

自<u>不算近也不算太遠的</u>台中」，台中是否遠近無關緊要。凡此，都屬於無效的解釋。

此外，「誠信是我<u>家的家訓</u>」，家訓當然是自己家的；「家中另有兩名<u>年長於我的</u>哥哥」，哥哥本就年長於自己；「<u>班上的小領導班代，</u>即班長之意」，班長的意思大家都懂；「加入<u>系上的</u>系學會」，系學會本來就是系上的；「我是<u>家裏的</u>獨生女／<u>在家中</u>我排行老么」，手足排行當然是在家裏算的（如果還需要加上「外面的」，當然就另當別論）。凡此，都是無效用的常識詞句。

（二）贅句

贅句的情形，亦約略有三：一是內容扯了太遠，二是多餘而無效用，三是相同意思重複出現。

1 內容扯了太遠

指離自己太遙遠的內容，寫了不但沒幫助，反而會因提供太多繁雜資訊而讓文章失焦，並讓自己淹沒在無用的訊息垃圾中。例如：

「<u>祖父</u>是一位參加過許多戰爭的老榮民，……早期<u>祖父</u>跟著<u>蔣總統</u>到台灣……我的<u>四位姑姑</u>及父親……<u>大姑</u>是……<u>二姑</u>是……<u>三姑</u>原是……<u>四姑</u>留美……父親則是」，此種交代祖宗八代式的內容絕對要避免。

「西元1988年，一個不平凡的時代，這時的台灣失去了他們偉大的領導者，先總統　蔣經國先生的逝世，以及一介平凡百姓的出生，我，○○○於西元1988年百花齊放，充滿生氣的春天呱呱落地」，此種關於自己出生年代的背景，無須鋪陳。

「我是○○○，住在新北市新店一幢名叫○○○○的粉紅色公寓，它座落於一條街的中央點，街上商店林立，小販多不可數，走向

聯外的主要道路還有一家麥當勞，每到用餐時間路上行人總是摩肩擦踵，好不熱鬧，步行五分鐘即可到達大坪林捷運站，生活機能非常完善」，此種詳述自己居住地優點的內容，除非要請房屋仲介賣房，否則也無須贅述。

「小學離我家只有幾百公尺，每天上下學可以自己**走路**到學校，十分方便。國中時，……上下學的<u>交通工具</u>由雙腳變成了**公車**。……高中時，我的<u>交通工具</u>又從公車進化到了**捷運**」，整段都以自己的交通工具演變為重心，已嚴重失焦。

2 多餘而無效用

指一句或一句以上的內容未具效用而無撰寫之必要，此問題同於無效用的冗字。例如：

「先簡略的介紹一下我自己／我叫○○○，我的傳記由我自己寫／以上簡短敘述學生在各方面所獲得的成長與學習」，自傳本就在介紹自己，何必贅寫！

「雖然吃喝拉撒睡依然還是仰賴家庭照料」、「我在畢業後將投身職場／應該繼續升學攻讀碩士學位抑或是就此投入職場的抉擇」、「學跳舞和學琴一樣，都不是可以一步登天的事」、「英文是現在的必備能力，也是與世界接軌的重要工具」，這些屬於常識的事，也都無須再寫。

「我的高中生活和一般高中生一樣，忙著準備段考、忙著社團活動」、「進入了海洋大學水產養殖學系，在大學就讀期間，大一修的為共同科目，大二大三則開始修習關於水產養殖和分子生物相關方面的基礎科目」，做的事和別人差不多，就不必再寫流水帳了。

「感謝您撥時間閱讀我的履歷自傳，希望有機會能進一步介紹自己」，這本來就是自傳的目的，不必多此一舉。

「我是○○○，女生，七年級的後段班，神秘指數最高的星座」、「我出生在春暖花開的季節裡，星座是勇於冒險的牡羊，血型是熱心助人的 O 型」，在履歷表上看得到的資料，不必再寫來佔篇幅。

此外，若干自以為幽默或與眾不同的自問自答式文句，能避則避，因為有時會造成反效果。例如「很多人或許覺得玩社團的人不過就是因為太愛玩，很有表演慾，當然啦！這兩點我並不否認」、「當然我也不是沒有缺點，人嘛！總是無法十全十美的，那就是我是個非常不會說謊的女孩，或許誠實是傳統的美德，但太過卻也不是太好，不是嗎」、「不會抽菸、酗酒，只問 money 有沒有……噢噢噢，不是啦！是每天孝順問媽媽吃飽了沒有」，這些本想使內容生動有變化的文句，常會因操作不當而容易給人輕佻之感，為謹慎起見，還是儘量避免。

3 相同意思重複出現

指前後句的文意相同而重複出現。例如：

「我<u>一共考了兩次</u>，是在<u>第二次的時候考上</u>了海洋大學」，「一共考了兩次」和「第二次的時候考上」同義，只要寫一次即可，例如「我一共考了兩次才考上海洋大學」或「我是在第二次的時候才考上海洋大學」。

「我希望能以我的專長<u>對社會大眾有貢獻，能服務社會大眾</u>」，「對社會大眾有貢獻」與「能服務社會大眾」同義，擇一即可。

「開始會選擇運輸，其實算是<u>一場意外</u>。在對『運輸』<u>完全沒有任何概念</u>的情況下，進來海大就讀，成為運輸大一新鮮人」，「一場意外」導因於「完全沒有任何概念」，所以不必重複。

「從小父母就灌輸我<u>服務大眾</u>是多麼開心、多麼美妙的觀念，讓我從小就對<u>服務大眾</u>抱有熱忱。……我也發現自己非常喜歡<u>服務人</u>

群」，「服務大眾」與「服務人群」同義，前後重複了三次。

「現在我給自己的期許是『<u>把今天的事情做好</u>』，不需要多麼遠大的目標，只需要<u>把現在眼前的事情</u>，盡自己最大的努力去<u>做好做滿</u>」，「把今天的事情做好」一語相當易解，不必其後同義句的多餘解釋。

文章的冗字贅句，容易造成內容拖沓、拗口不順、囉嗦無味、閱讀遲滯、模糊焦點、主題偏失等缺點，若能掌握張高評先生所提出的「自傳寫作雙原則」：量身訂作與獨一無二、常事不敘與大書特書（見〈自傳寫作的原則和要領〉，《國文天地》第29卷第12期，頁47-48），則當可大幅避免這方面的缺失。

二　無言以對句

現今社會開放，資訊流通，知識普及，再加上年輕人喜歡標新立異、KUSO 搞怪、想法奇特，所以常會寫出一些讓人哭笑不得、不知如何是好的文句，在此姑且名之為「無言以對句」。例如：

「我是在平樸的台中長大，<u>一活就是十八年</u>」、「也正因為是第一個小孩，所以過得有點像是<u>白老鼠的生活</u>」，有這麼悲情嗎？

「家中一共有六人，排行老二的我，<u>就差一個姊姊</u>」，這是在怪爸媽沒生齊所有的小孩嗎？

「家中有我最愛的爸爸、媽媽、哥哥、爸爸」，真不知這位同學有幾個爸爸？

「父親的正直、母親的勤奮努力及節儉、哥哥的自信及開朗，我的個性就如同<u>家庭的綜合體</u>般，再加上幾分專注及細膩」，真是個完美的金剛合體戰士啊！

「高中就讀和平高中，……<u>如其名我的高中十分和平</u>，沒有幫派混入也極少人抽菸」，沒去讀和平高中的學生，不就統統完蛋了嗎？

「以前有個老師跟我說過：『無奸不成商。』未來，我可能是個好商人……當然最後都能<u>順利嫁作人妻是最好的了</u>」，既然如此，何必寫自傳找工作？

「我出生在新竹，一個環境多元人文薈萃的地方，從稻田辛勤耕作的<u>農夫</u>到科學園區的<u>科技新貴</u>，讓我在小時候就接觸了<u>各種職業</u>」，農夫和科技新貴，就能代表各種職業了嗎？

「在觀念上，從不接受到開放接受女性從事航海。女人能穿<u>高跟鞋</u>跳舞，穿了<u>工作鞋</u>工作怎能不比男人安全多了」，這樣的比附會不會有點牽強？

「我告訴自己『儘管當下落後於人，只要哪天有自我突破就該<u>阿彌陀佛</u>』」，如果改說「哈雷路亞」，可以嗎？

「老師常告訴我們，能力越大責任就越大，當我發現我力氣比其他女生大，拳頭也不輸其他男生之後，我終於懂了老師所言為何，因此，我開始當起了幼稚園裡的正義使者。那幾個寒暑，男女同學彼此和睦相處，草木欣欣向榮，個個懂得長幼尊卑，對一個從幼幼班就在那兒打滾的我，到畢業那天能看到同學彼此的改變與成長，內心感動不在言下」，請問這是女生版的「艋舺」嗎？

以上這些「無以言對句」，如果發揮在一般文學創作中，或可讓文章生動而引人入勝；但若就求職或升學自傳而言，基本上還是相當不合適的。

三　用詞不當

語詞的使用，基本上有其固定詞義與相應語境，若使用不宜或甚至錯誤，便會讓人啼笑皆非。例如：

「長大後慢慢靠自己的努力，<u>哺育自己</u>」，不知道自己要如何哺育自己？

「民國七十九年九月早晨，一個**男嬰**終於**踏入**這個世界，那就是我」，這大概是全世界唯一會走路的男嬰了！

「當遇到問題能如庖丁解牛般的見招拆招，若真是未見過的難題，我也不**恥於問人**」，用這種心態問人，大概不會有人願意回答你。

「母女三人生活雖清寒，但在政府提供的協助下尚能**豐衣足食**」，想不到政府的福利那麼好！

「我雖然是個**不折不扣**的女孩，理科卻明顯的比較拿手」，真不知道打了折扣的女孩是長什麼樣子？

「小時候家裡經營餐廳，我的童年印象都是以這裡為起點而**繁衍**」，原來除了生命之外，「印象」也可以「繁衍」。

「或許是**有爸爸做映襯**，自認自己是個理性的人」，這是在拐著彎罵爸爸不理性嗎？

以上都是沒有掌握正確的詞義而造成的不當使用；此外，同學很喜歡使用「毅然決然」、「造就」兩詞，例如「大一下因為本身就想學手語，就**毅然決然**加入了手語社」、「陸續搬了好幾次家，**造就**了我快速適應環境的能力」，這兩詞的語氣比較強烈，通常使用在重大事件上，例如「他毅然決然辭掉工作去環遊世界」、「長久的訓練終於造就他今日的成功」。所以，只是加入手語社不必那麼悲壯，改用「決定」即可，而適應能力也只須使用「養成」便可達意。

其次，如果忽略主詞與受詞的關係，也會鬧出笑話。例如「高一時就在學長姐的提拔下**成為**社團總務長**一職**」，主詞是自己，自己不會成為某種職務，應將「成為」改為「擔任」；又如「更認知到**老師是**影響孩子一輩子的**事**」，主詞是老師，老師是人不是事，所以應將「事」改為「人」才行。

其三，對專有名詞的忽略，也會造成語詞使用的不當。例如「在大學便**進了吉他**擔任核心幹部」，除非練成縮骨功，否則怎有辦法進

入「吉他」？「吉他」應改為「吉他社」才對；又如「從小父母就致力於培養我各種能力，從英文、珠心算、電腦、**毛筆**等等」，父母培養的應該是如何「寫書法」，而不是如何「做毛筆」，兩者差異甚大。

四　詞句口語化

自從五四運動提倡「我手寫我口」的白話文運動後，文章的寫作便有日漸口語化的趨勢；然而，文章的書面語與說話的口頭語畢竟仍有不同。過度的口語化，有時會讓文章索然無味，有時會造成辭不達意，有時則會讓讀者陷入語句的旋繞而走不出文意的迷宮。所以，即使無須如古文般文縐縐的寫法，但在文章中保留基本的書面語還是必要的。例如：

「也可能是**想說**有個一技之長總是好的」、「或許有人**會覺得說**……」、「**雖然說**是體育班」，這種有「說」尾的用詞都是直接移植口語，應刪除「說」字，如「會覺得」、「雖然是」，或是將「想說」改成「以為」、「認為」。

「上了高中更是如此，可以互相學習彼此**身上缺少的那塊**」、「只要是投資在我們**身上的東西**，爸媽絕對二話不說就答應」，「那塊」、「東西」都是口語，況且「身上缺少的那塊」、「身上的東西」兩句都有語意不明的毛病。

「從以往的被動漸成主動去引導**大一的**進入狀況」、「**大四老人**時了解當初**做學弟**時，老學長姐們批評與要求」，「大一的」、「做學弟」都是常見的口語，應稱「大一學弟妹」、「當學弟」；而大四學生自稱老人，更是大學生普遍的口語習慣，不宜出現在文章中。

除了上述口語化詞語外，「**傢伙**」、「**超厲害**」、「**很優**」、「**算是**」……等等，也都是常見的口語，應儘量避免在文章中使用。

　　其次，還有將整句口語直接轉寫成文字的情形，例如：「<u>也</u>不知道是我笨還是怎樣」、「<u>讀書是很累沒有錯</u>」、「<u>我們的想法都是既然我連那些粗活都可以承受，那之後出社會後的那些工作又有什麼會因為太累而撐不住的</u>」，如果改為「不知是不是我的資質不好」、「讀書雖然很累」、「既然都可以承受那些粗活，日後出社會的工作又有什麼好擔心的」，是不是會比較好呢？

五　語意不明

　　自傳寫作中，常有語意不明而導致內容不全的情形，大概有下列幾種類型。

　　「<u>上課鐘響絕對每個人坐好拿出課本安靜</u>」，正常的句式應為「上課鐘聲響後，每個人絕對安靜坐好，並拿出課本」，這是語法不順所造成的語意不明。

　　「<u>若能將河與海整合起來</u>，勢必有更深一層的研究價值」，若不知海洋大學有河海工程系，恐不知「將河與海整合起來」的語意，這是缺乏背景了解所造成的語意不明。

　　「我選擇貴公司，願能搭乘上去，<u>成為諾亞的一部分</u>，在這險惡的環境中，一起乘風破浪、甘苦與共，<u>假使船受損，我會盡力修補完善</u>，不會讓破洞使之沈船，因為我也在其中」，將公司比喻為船，且是諾亞方舟，又說自己會修補船的破洞，讓人不知其真正意涵為何？這是比喻過度所造成的語意不明。

　　「當初會選擇運輸科學系，是因為這個科系的<u>風格</u>比較符合我的<u>人格特質</u>」，句中沒寫運輸科學系有什麼風格，當然就不知符合了什麼人格特質？「我的大學是指考分發上的，國立臺灣海洋大學是我<u>最後選擇的大學</u>」，最後選擇的大學，究竟是幸或不幸？未寫。凡此，都是話沒講完所造成的語意不明。

六　疑難雜症句

有些自傳問題的數量可能不多，但問題的「質」卻頗為嚴重，因為這些多為藏在細節裏的魔鬼而不易察覺，即使被魔鬼找上了也不自知。這些問題綜合起來，便成為了「疑難雜症句」。

有些是前後句文意跳接太快，例如：

「學航運產業的相關課程，<u>當一個專業管理者</u>。<u>對服務性社團</u>一直有一份不可抗拒的吸引力」，從「專業管理者」太快跳接到「對服務性社團」，文意缺乏轉折或銜接。

「回顧<u>小時候</u>，當過模範生，念書自動自發，不用父母操心。<u>之後就讀於海洋大學</u>」，本還在講「小時候」的事，卻一下子跳到大學，其間缺乏文意的鋪陳。

有些是前後文意的因果關係不對，例如：

「升上高中時繼續學習<u>長笛</u>一段時間，……在考上大學後，能參加我最愛的<u>管樂團</u>，……也因為這樣我想念<u>運輸課程</u>【因】，這也是為什麼高中沒有繼續念<u>美術班</u>的原因【果】」，由「長笛」到「運輸課程」，再由「運輸課程」到「美術班」，其中的因果關係不知是如何推衍的？

「因為許多<u>打工</u>的經驗【因】，讓我了解這<u>世界是由無數的人所形成</u>【果】」，難道沒打工，就不知這世界有多達六十億的人口嗎？所以這是無效的因果句。

「母親從小就一直鼓勵我多方閱讀，<u>科學與人文並重</u>【因】，所以我在高中時<u>選擇了社會組</u>【果】」，為何「科學與人文並重」的因，最後會導出「選擇社會組」的果？實在不懂。

「因為我讀的國高中講究的是升學技巧，而<u>非待人處事之道理</u>【因】，所以<u>對貴校更是極為有興趣</u>【果】」，意思是指這所「貴校」

不教待人處事的道理嗎？不知這是稱讚？還是罵人不帶髒字？

　　有些是文意前後不通的矛盾句，例如：

　　「對我來說，<u>沒有一件事是馬虎不得的</u>，每件事都很重要」，意思是每件事都可以馬虎囉！「沒有」和「馬虎不得」負負得正，文意剛好與本意相反而矛盾，應改為「每一件事都是馬虎不得的」或「沒有一件事是可以馬虎的」。

　　「在我的家庭環境裏，<u>沒有同輩份的兄弟姊妹，唯一的一個姊姊</u>，她大了我十四歲」，既沒有同輩份的兄弟姊妹，怎還會有唯一的姊姊？手足間不管年齡差距多大，都屬「同輩份」，所以應改為「沒有年齡相近的兄弟姊妹」才通。

七　動詞弱化

　　「讓我為您做／進行一個整理桌面的動作」的「做／進行一個……的動作」，早已被學者批評為語言癌；而以「做／進行」來削弱「整理」的動詞性，也是自傳寫作中常見的問題，對此，余光中先生在〈怎樣改進英式中文？──論中文的常態與變態〉中稱為「弱動詞」，本文則以「動詞弱化」稱之。

　　自傳中所見動詞弱化的類型大略有三：一是「把」字句，例如：

會把時間壓榨→會壓榨時間

要先把身體顧好→要先顧好身體

把自己專業學好→學好自己的專業

把今天的事情做好→做好今天的事情

不只把所學的專業知識實際應用在生活上→不只在生活上應用專業知識

希望有朝一日能把興趣結合自己的長才→希望有朝一日能結合自

己的興趣與長才

二是「做」字句，例如：

　　幫自己的食衣住行育樂**做**打理→打理自己的食衣住行育樂

　　進入了排球校隊**做**培訓→進入排球校隊培訓

　　打算去中國**做**自助旅行→打算去中國自助旅行

　　希望能在課業與實務中**做**結合→希望能結合課業與實務

三是「讓」字句，例如：

　　能**讓**自己的專長充分**發揮**→能充分**發揮**自己的專長

　　讓實務操作與理論結合→結合實務操作與理論

　　以上的語句都是以「把」、「做」、「讓」等字弱化其後的動詞，其實都是多餘的，只要去掉「把」、「做」、「讓」，再將其後的動詞往前移，不僅可維持該動詞本來的動詞性，更可收簡潔清爽之效。

八　自謙過頭

　　據實書寫是自傳的首要準則，但這並不表示內容要鉅細靡遺，從實招來；因為人都有缺點，但自傳卻是在表現相對完美的自己，所以如何在不造假的前提下，隱惡揚善，適度藏拙，選擇適合的事蹟，避免寫出自謙過了頭的內容，而影響閱讀者的觀感，就是自傳寫作所需要的剪裁組織工夫了。

　　因此，自傳內容固然不必吹捧自己，但也無須過度自謙，例如：「不過**小時了了，大未必佳**」、「總算皇天不負苦心人，**吊車尾**考進台南一中」、「大學指考的成績實在是**慘不忍睹**，在成績壓力下，選擇了現在就讀的學系」、「然而我有個**致命缺點**，總是隱藏自己的一部分，保留一些實力」，這種因過度形容或自我批判的自白告解式內容，容易造成無謂的負面初印象，最好不要出現。

　　再者，有些同學的自我反省能力太強，甚至會寫出以灰色頹廢為基調的自傳，例如：

　　我從小到大都是屬於<u>最平凡</u>的學生，<u>沒有</u>任何特殊才藝，<u>也沒有</u>大大小小的比賽獎狀，<u>就連剩下</u>唯一評斷一個學生價值的方法——「學業成績」也只是<u>普普通通</u>。那麼像我這種<u>頭腦不好</u>的學生應該至少要「身體健康，四肢發達」拿個全勤獎吧？<u>很不幸的</u>是我體弱多病，<u>也沒</u>拿過，所以常聽到的天主或基督在傳教時都會說「神愛世人，上帝是公平的」，嗯……我想這句話應該是<u>騙人的</u>。

　　我曾學過很多東西，例如鋼琴，繪畫，琵琶等；但<u>說來慚愧</u>，因<u>毅力不足</u>，導致<u>半途而廢</u>，所以<u>未曾學好</u>任何一項才藝，至今仍是我深深的<u>遺憾</u>。也因如此，每當我見到有人很會彈鋼琴，很會畫畫的時候，心中總會有一絲<u>惆悵</u>，總會想說，<u>要是當初</u>肯好好學的話，我應該也能有這樣的表現吧！

　　沒有、普通、不好、慚愧、遺憾、毅力不足、半廢而廢……等等負面字眼充滿了整段內容，此種批評自己到一無是處的自殺式寫法，一旦寫了，投出去了，就真的要等著後悔了。

九　錯別字

　　很多學生會將自傳中的錯別字，歸咎於使用注音輸入法的緣故。這種理由看似冠冕堂皇，其實反而曝露了草率粗心的做事態度。因為寫完自傳後，本就應再三檢查，沒檢查就寄出，表示不夠慎重；如果有檢查卻沒發現，那更慘，表示你的中文能力不好。一個敷衍了事、中文不好的人，應該不會有多少人願意錄取。所以，不管如何，自傳中絕對不可以出現錯別字；一旦出現了，任何辯解都無濟於事。

　　常見的錯別字有三類：一是音近音同誤用，例如：打<u>拼</u>、<u>座</u>好、

俸養、煩腦、成積、徙獵、屬一屬二、意見相佐、渾渾惡惡、一塵不
變、個性悶燒、下麵是自我介紹、成績不盡仁義。有些音近音同字，
還會造成反義，例如：兼顧課業之虞（餘）、堅辭到底（持）、淺在商
機（潛）。此外，在一再、必須─需要、計畫─計劃、獲得─收穫、
功夫─工夫，更是容易混淆。至於，熱鬧寫成「樂鬧」、擔任寫成
「當任」，則不禁讓人懷疑作者可能有「臺灣國語」腔。

其次是形近而誤用，例如：一昧（一味）、辨事（辦事）、轉戾點
（轉捩點）、繫球技巧（擊球技巧）……等等。

其三是音形皆近而誤用，例如：鎖雜（瑣雜）、切搓（切磋）、書
券獎（書卷獎）、退攘一步（退讓一步）、一翻成就（一番成就）、不
謹如此（不僅如此）、競競業業（兢兢業業）……等等。

以上這些錯別字都是常用字，應該在小學時期都要學會了，再不
濟，也都可以藉一再的檢查來發現。所以，寄出自傳前，拜託！請多
檢查幾遍吧！

十　標點符號不妥

標點符號的使用，大概是最容易忽略的寫作細節，其原因可能是
不知或沒特別感受到標點符號所帶來的文意變化，可是這卻是真實存
在的。例如「他是人。」這是事實的陳述；「他是人，」在事實陳述
後還等著補充說明；「他是人？」懷疑他是不是人？「他是人！」想
不到他竟然是人！「他是人……」將他是人這件事留給讀者判斷。所
以，正確而適時地使用標點符號，絕對有助於文意語氣的轉折與表達。

只是這種差異不易察覺，一般來講，倒也不必吹毛求疵，只要不
是明顯可見的錯誤即可，包括不要全文一逗到底，或是未適時標點而
造成句子太長，例如：

在各個迅速的潮流資訊衝擊及最新最發達的東西培育以及藝術和人文素養不斷薰陶著我的性情和專長（44字）

使得沒有兄弟姊妹而不太會和同儕作交流的我在這段時間內學習到也得到許多許多書上所不能學習到的知識（47字）

而這個受傷事件對我的影響除了父母當初趕到醫院時眼中兒女受傷的不捨及難過讓我深感受到要好好照顧自己的安全外（52字）

寫作時先避免這種長句，再注意不同標點符號所導致的文意變化，基本上便可避免這個問題的產生了。

以上所言十大問題，雖無甚高論，但都是實例所見，或可讓讀者備感「親切」而避免重蹈覆轍。當然，自傳寫作除了要注意字詞語句的使用與構成外，同時也有原則及要領，並要著重結構與布局，這方面已有甚多前輩大作可茲參考，本文不再贅述。只是寫到這裏，最後不禁想再多言兩句。多年來某些「有志之士」認為一大堆不合時用的文言文，是造成學生國語文能力降低的主因，所以提出降低文言文、提高白話文比例的主張；也就是說，好像只要少教點文言文，多讀點白話文，學生的語文能力自然就會提升。然而，從以上所舉的例子來看，事實恐怕不然。既是如此，增加白話文比例與提升語文表達能力之間，是否可以這麼輕易地就劃上等號？答案似乎已經很明顯了。

六　推廣紀實

國立臺北護理健康大學實用中文寫作教學工作坊紀要

——二〇一三年十一月至二〇一六年四月（第一屆至第五屆）[*]

姚彥淇

國立臺北護理健康大學通識教育中心教授

　　從國小到大專階段，「國文」都是重要的教學科目之一，在不同的階段各有不同的教學方法和教育目標。雖然近年來社會上對於國文教育的宗旨和教材，有不同面向和議題的討論，但是透過國文課程來提升文化涵養、充實文化知能及精進語表能力，則是各界有志一同的目標。有關語表能力的教學形式與訓練方法，在中小學階段多以「命題作文」為主要模式，不過大部分學子到了大專階段，皆已具備了基礎的書寫能力，因此國文課程的內容除了情意培養及知能深化外，有關寫作訓練方式應該跟中學有所區別，建議可採用更多元的教學方式來進行，以銜接畢業後在職場或日常生活中的實際需要。過去就已有不少教師認知到應用性文類的重要，在大專的國文課程中融入應用文類的寫作指導，或直接開設「應用文」專題課程。從目前市面上眾多

---

* 原題名為〈國立臺北護理健康大學實用中文寫作教學工作坊紀要（102年11月至105年4月）〉，原刊於《國文天地》32卷第3期（2016年8月）。

的應用文書籍及教材,即可見出前輩師長在此領域內的用心耕耘成果。但除了書面應用文之外,口語溝通能力的培養也應該是語文教學的重要內容之一。雖然數位科技取代了過去許多人與人直接溝通的機會,但在工商業社會中人與人當面的聽說交談,仍是傳播及交換資訊的重要管道,技巧的良窳也間接形塑了自己的公關形象。因此,為了提升學子未來的職場競爭力,口語表達能力也應該成為大專語文教育的重要內容之一。

隨著社會事務的多元化,及數位傳媒發展的日新月異,「應用文」的範圍及形式已經不斷向外擴大,很多新文本甚至溢出文字之外,與音樂、影像,甚至雲端科技結合,延伸創發出支援各種文化活動的新文體。國立成功大學的張高評教授很早就洞燭到此趨勢的端倪,十多年前就開始號召學術界及傳媒界各領域的專家,在傳統應用文領域的基礎上,共同研發以「實用中文寫作」為主題的教材教案及教學方法,並先後出版了《實用中文寫作學》、《實用中文講義(上下冊)》及《中文實用寫作二十講》[1]等著作成果,廣受語文教育界的好評。張教授開發此套教材教案的初衷,是有感於目前大專校院國文課程存在的正當性,受到越來越多的質疑與挑戰。張老師主張大專國文教學活動應該秉持「體用不二」的精神,在「體」的層面,除了應繼續強化文本美感體驗及作品鑑賞分析,在「用」的層面,則應創新寫作課程的訓練模式,利用呼應時代潮流的新文體,引導學生的寫作能力朝多元目標發展,激發學生無窮的創意潛能。另外,近年來不管是技職體系的科大或是高教體系的大學,在課程內容的設計上,皆逐步朝著學用合一的方向進行調整,因此大專院校的國文教學活動也應參考此潮流,發展出具有實用特色的教材教案。王國維在《宋元戲曲

1　《中文實用寫作二十講》(臺北:萬卷樓圖書公司,2016)。

史·序》中曾說：「凡一代有一代之文學。楚之騷、漢之賦、六代之駢語、唐之詩、宋之詞、元之曲，皆所謂一代之文學，而後世莫能繼焉者也。」既然文學體裁會代代新變，我們國文教學的設計亦然。

　　為了將實用中文寫作的理念和教材教案，落實於各大專校院，張高評教授的團隊從十年前起，即陸續在各校舉辦研習及推廣活動，先後曾於成功大學、嘉義大學、虎尾科技大學、中華大學、臺灣師範大學、高雄師範大學，先後舉辦八場教學研習工作坊，邀請實用中文各領域專家學者蒞臨分享教學經驗，或做現場示範教學。這八次研習工作坊共吸引近四百位大學院校之教師與研究生踴躍參加，目的是希望能廣邀志同道合的教師共襄盛舉，將實用中文寫作的教材教法，融入進大專國文的教學設計中，以群策之力逐步推動創新教學，讓國文課程的教學能量能永續「苟日新、日日新、又日新」的源頭活水。國立臺北護理健康大學（以下簡稱本校），長期致力於培育健康照護人才，但除了專業教育外，本校也非常注重學生的核心素養，特別是學生未來在職場和生活中，所必須具備的語文表達能力。為了讓張教授的教學理念能在技職校院間落實，自民國一〇一年起本校通識教育中心獲北區技專校院教學資源中心的計畫補助，開始承辦實用中文的推廣工作。從一〇二學年度上學期第一次舉辦活動迄今（105年4月），已舉辦了五屆以實用中文為主題的全日（八小時）教師研習活動。每次研習活動都是聘請具有豐富授課經驗的專家學者，到現場向研習者進行教學示範或心得分享，且其中八成學者都是張教授所出版「實用中文寫作」書籍各大子題之撰稿人。回顧前四屆研習活動的講師及講題表列如下：

第一屆：實用中文寫作教師培訓工作坊
（102年11月22日，地點：西門町內江校區）

講師	講題
張高評 老師	學術論文寫作
蕭水順 老師	新詩寫作
姚彥淇 老師	極短篇寫作
李興寧 老師	生平傳略寫作
楊晉龍 老師	提要摘要寫作
陳文之 老師	創意思考與寫作
邱詩瑜 老師	命名取號寫作
戴榮冠 老師	自傳寫作

第二屆：實用中文寫作教師培訓工作坊
（103年06月06日，地點：石牌校區）

講師	講題
林登順 老師	生平傳略寫作
張高評 老師	自傳寫作
林淇瀁 老師	報導文學寫作
蕭水順 老師	新詩寫作
姚彥淇 老師	左傳的說服術
須文蔚 老師	數位寫作
蔡宗陽 老師	閱讀與寫作
王偉勇 老師	公文寫作

第三屆：實用中文寫作教師培訓工作坊
（103年11月21日，地點：石牌校區）

講師	講題
林孟君 老師	從線上閱讀談語文學習
張高評 老師	自傳寫作
孫劍秋 老師	思考與閱讀
須文蔚 老師	九把刀電影與網路小說的互文
戴榮冠 老師	企劃案寫作
邱詩瑜 老師	命名取號
林盈鈞 老師	敘事經典文本的創意表達
陳秀美 老師	數位平臺之劇本接龍

第四屆：實用中文寫作與閱讀素養教學工作坊
（104年04月10日，地點：石牌校區）

講師	講題
吳惠花 老師	閱讀與寫作——貫通「寫」脈「讀」家術
丁美雪 老師	閱讀力
楊曉菁 老師	閱讀思辨與寫作思維
張高評 老師	創意思維

綜覽第一次到第四次工作坊的各子題，不但類型豐富、立命新穎、切中日用，兼顧理論與教學，並且順應數位化潮流。筆者茲舉其大要主題簡介如下：「自傳寫作」在前四屆工作坊中舉辦過三個場次，講者分別是張高評和戴榮冠老師。張老師的重點是分享自傳寫作的五個要領，分別是「凸顯亮點」、「比事屬辭」、「詳近略遠」、「言事相兼」和「具體可行」，這五要領同時也可作自傳教學的指引。戴榮

冠老師除了提示寫自傳的原則和要領外，也整理出一般人在寫自傳時可能會犯的疏忽和錯誤，供老師們在教學時做參考。「生平傳略寫作」在前四次工作坊舉辦過兩個場次，分別是由林登順和李興寧老師主講。生平傳略是對一個人一生行事的概括紀錄，常運用在生活中的許多方面。李老師分別就生平傳略的寫作原則和寫作步驟做介紹，供老師們在教學時做參考。而林登順老師則是將重點放在生平傳略常用到的形式──「哀祭文」上，提示現代哀祭文的寫作原則和注意事項。而邱詩瑜老師曾經主講過兩次的「命名取號寫作」，更是我們現代人日常生活中必須具備的技能，不管是個人的名字或是公司行號的命名，皆會運用的到。邱老師分別從「音韻美」、「形體美」和「意蘊美」三個層面來介紹命名取號的要領，這三層面也可作為老師在進行教學時的綱領。

著名詩人蕭水順（蕭蕭）老師曾將新的創作分為五大意圖，分別是「天馬行空想像力」、「共構體中的大對比」、「意象交疊譬喻句」、「融入卑微生命體」以及「風情萬種圖象式」。他在工作坊中利用實例搭配理論，傳授大家新詩寫作的技巧。雖然新詩在形式上是屬於純文學作品，但同樣的寫作技巧，也可以應用在廣告文案或是需要文字創意的實用文本上。長期對數位文學和多媒體有深入研究和關注的須文蔚老師，在工作坊的「數位寫作」單元除了跟大家介紹數位文學的定義、義涵與發展外，他也跟在座老師們分享，將數位文學創作及動畫腳本創作融入教學的經驗。另外，我們都知道「閱讀」是累積寫作靈感和材料的不二法門，吾人的寫作能力又須奠基在紮實深厚的閱讀習慣和素養之上，如汽車引擎之發動須有油料一般，兩者相輔相成缺一不可。因此，第四次工作坊（104年4月10日）本校特別與國立臺北教育大學孫劍秋教授合作，將「閱讀素養」與實用中文寫作搭配結合設計出四個子題。有鑒於寫作就是一種以文字為素材的「創新」活

動，因此張高評老師特別在「創意思維」單元中分享突破慣性思維的
方法，以及進行創意活動的發想與策略。這些策略除了應用在寫作上
外，其他的創作領域也值得借鏡。

　　接續前四屆的成功舉辦經驗，本校於一○五年四月十五日舉辦
「第五屆北護實用中文寫作教學工作坊」，地點為本校石牌校區。這
不但是本校第五度舉辦本系列活動，而且活動前的線上報名人數為一
四三人，為歷屆報名人數之冠。本次工作總共安排了五位具有豐富教
學經驗的學者到場做教學分享，其中多為科技大學的第一線教師，象
徵實用中文寫作的理念在經過多年推廣後，已經逐步轉化、落實進技
職院校的教學內涵之中。第一位講師是國立臺北教育大學的張春榮教
授，他講演的主題為「極短篇寫作教學」。教授以多篇情趣雋永的極
短篇為教材，向參加研習的教師示範如何運用教學活動，引導學生賞
析極短篇文本，並進一步激發學生在文字及意念上的豐富想像力。而
張教授幽默風趣的口才及信手拈來的演說技巧，也讓在座老師們留下
深刻的印象。在他巧妙靈活的設計下，極短篇不只是形式精巧的文學
作品，更是為學生開啟文學殿堂的金鑰。第二位講師是國立臺北商業
大學的林盈鈞教授，她的講題是「創意發想與企畫書寫作」，林教授
分享如何在教學活動中利用曼陀羅式、魚骨圖等方法，引導學生發想
創意、激發潛能與整理思維，並將成果回饋到企畫書的寫作之中。林
教授也認為國文老師的人文素養往往可以帶給學生更寬廣的視野，好
的文字功力更可為企畫書添畫龍點睛之效。

　　第三位講師是國立澎湖科技大學的王璟教授，王教授主要從「應
用文課程的實用性及必要性」及「應用文教材設計及教學實例舉隅」
兩大主題來分享其多年來教授應用文課程的心得。其中涉及名片、柬
帖、題辭、對聯、公文以及自傳履歷寫作策略等課程單元，並且展示
其多元化的教材設計。第四位講師是德霖科技大學的陳秀美教授，陳

教授分享的主題是「自傳撰寫與影音履歷拍攝」，陳教授認為在數位影像的時代裡，實用中文課程應該以整合性課程規劃，引導學生體悟應用文的知識性與實用性價值。故她以 SWOT 分析與教材遊戲化規劃，讓學生在學習自傳寫作時，實踐體用並重的寫作原則，並分組進行「影音履歷」企劃書的撰寫，再以手機拍攝完成一部三分鐘自我行銷的影音履歷，為自己打造完美求職影片。第五位講師是在國立政治大學文學院的林啟屏院長，他的講題是「國文教學的理想與困境」。林教授從洪堡特（Wilhelmvon Humboldt）的語言創造性理論出發，強調語文教學的任務之一，就是引導學生善用語言來開啟無窮豐富的世界，並賦予傳統經典現代性的價值。因此，國文教學的目的不只是為了培養核心能力，更是一個啟蒙學子生命智慧的過程。林教授的精彩演講也為本次活動畫下圓滿的休止符。

展望未來，期盼在各校從事國文教學工作的教師們，能夠繼續給予本活動支持與鼓勵，本校也會努力整合相關資源，舉辦以實用中文寫作為主題的教師研習活動。誠然，目前已發展出的實用中文寫作子題琳瑯滿目、靈活多元，足供有意願參與的教師在課堂上輪流操作，不過只要吾人繼續發揮實用化、創意化的精神，課題尚有許多新創空間。口語方面如實用演說（各種公關致辭）、行銷術、說服術等，而文字方面如廣告、歌詞、命名取號等皆是。隨著投入教師的日漸增多，想必其中有不少教師融會貫通、匠心獨運，開發出兼顧啟發與訓練的新教案。因此本單位在此竭誠歡迎各位方家，踴躍惠賜與實用中文有關的創新教學計畫，須符切合實用、融入生活的精神，並且要以提升語文表達能力為目標。經專家審查後會安排您蒞臨本活動與各校教師做分享，相信更可收切磋琢磨之效。「實用中文寫作」的花園敬邀各位以國文教學為職志的園丁，一起投入接枝育種、研發新品的工作，讓這片花園持續開出生生不息的葳蕤繁花。

國立臺北護理健康大學實用中文寫作教學工作坊紀要
——二〇一六年十月至二〇二一年四月（第六至第十五屆）

許仲南

國立臺北護理健康大學通識教育中心兼任助理教授

　　作為主要科目之一的「國文」，從中學到大專階段長時間陪伴著學生，其內容豐富，面向多元，可謂「體用兼備」。就「體」而言，藉由閱讀理解與書寫表達，提升文化涵養、鑑賞分析、思辨反省、自我調適、關懷同理的素養；就「用」而言，則透過創作實務與口語表達，拓展敘事表達、組織想法、溝通協調、創意設計等各能力，以及奠定跨領域合作的基礎。體、用各有所長，一者向內（內涵），一者向外（表現）；一者在「深」（意義性），一者在「廣」（適用性）；一者本於「道」（理念），一者用於「技」（應用）。就教學而言，大專院校為多數學生最後接觸「國文」課程的階段，由於學生畢業即將走向職場，對於「用」的價值有迫切需求。因此，除了內涵素養以外，如何發揮其「用」，將所學應用於個人生活、職場社會，也是教學的重要目標。所謂「實用」，乃是結合學科專業知識及其他實務經驗，應用於環境需求的層面上。

　　自二〇一三年起，臺北護理健康大學定期舉辦「實用中文寫作教學工作坊」，邀請具教學經驗的教師，針對主題分享教學演示與實務經驗。姚彥淇教授曾以專文〈臺北護理健康大學實用中文寫作教學工作坊紀要〉[1]具體記述當時（前五屆）教學工作坊的內容。至今教學工作坊仍於每學期持續舉辦，每次邀請三位教師分享。繼姚教授專文，下文也將此期間活動內容稍作統整回顧。第六屆至第十屆活動內容如下表：

第六屆：實用中文寫作教學工作坊
（2016年10月20日，地點：石牌校區）

講師	講題
呂淑妤	尋找公衛的櫻花雨——從健康傳播經驗談影像運用
林宏達	填一首好詞——歌詞創作教學
吳智雄	語文創意與廣告文案

第七屆：實用中文寫作教學工作坊
（2017年04月27日，地點：內江校區）

講師	講題
黃鶴仁	對聯創作與欣賞
陳致宏	語用學與本國語文課程之規劃與教學分享——以「語用與溝通——文史中的語言藝術」課程為例
林宏達	演講詞寫作

1　《國文天地》第32卷第3期（臺北：萬卷樓，2016）。

第八屆：實用中文寫作教學工作坊
（2017年11月10日，地點：石牌校區）

講師	講題
黃雅琦	創意生命書寫
徐長安	「朗」朗乾坤，「讀」霸一方——國文教學的口語表達
林宏達	繪聲繪影：影評寫作與創意發想

第九屆：實用中文寫作教學工作坊
（2018年04月27日，地點：石牌校區）

講師	講題
林健群	集資文案的寫作與應用
吳東晟	新詩教學一二三
曾暐傑	從一張小卡到一套桌遊——情境式國文體驗課程的建置

第十屆：實用中文寫作教學工作坊
（2018年12月07日，地點：石牌校區）

講師	講題
楊曉菁	在原著與改編之間飛翔——談劇本創作的裡與外
張高評	借用、連結與轉化、創新——王昭君故事衍變之啟示
柯品文	從口語表達到上臺短講的教案示範

　　綜觀活動內容，各篇題材橫跨影像、歌詞、文案、對聯、演講、新詩、誦讀、影評、劇本、教學等，足見實用中文寫作的「廣」。各篇主題可從幾方面觀察：

　　（一）「創意能力」，如呂淑妤老師以健康行銷、創意 slogan 為例

引導，思考何謂創意、如何開啟創意，認為可以就「生活體驗」（增長見聞）、「腦力激盪」（人脈網絡）、「觸類旁通」（觀摩學習）作為醞釀。曾暐傑老師從小卡、桌遊發揮創意設計，提升國文課程的情境體驗。吳智雄老師以廣告文案為例，點出廣告文案的重點，除圖像搭配以外，語言變化上還可運用雙關、諧音、譬喻、宣告、對反、混用、頂真、回文等技巧提升效果。林健群老師以集資文案為例，從短片與內文兩部份揭示寫作重點，如腳本安排、主題邏輯、故事性、其他分析評估。黃雅琦老師以「如何製造記憶點」發端，強調透過創意發揮，並具體分享活動設計，如 MTV 自我介紹法、召喚五感、圖像敘事等教學安排。

（二）「故事發揮」，如張高評老師以王昭君故事為例，觀察在古典作品中故事內容的變異與創新。楊曉菁老師以〈秋江獨釣〉為例，探討劇本寫作的重點，在人物口白、畫面描述均須仔細設想，讓人物、景物、事物情態能更立體具體。同時也比較文本、劇本、戲劇表演的三者差異，就各性質差異來思考閱讀寫作、口語表達的價值。

（三）「口語表達」，如徐長安老師提出國文教學的口語表達策略，以「朗讀」與「說書」為例，認為前者須表現正確讀音、優美聲情，後者則要發揮虛擬情境、肢體語言。柯品文老師以「短講」為例，重視說故事能力，如故事類型、關鍵詞、標題設計均有其原則重點。陳致宏老師將「語用學」專業發揮於教學規劃，以「辯論」作為促進思辨與溝通表達的方式。

（四）「文類應用」，如林宏達老師以流行歌詞、演講詞、影評寫作為例，提出各文類寫作重點。如歌詞必須考量韻律、結構、聲情的層面。其他如黃鶴仁老師講授對聯創作，吳東晟老師分享新詩教學，涉及古典與現代，也讓寫作在實用目的下，保有傳統價值。

接著再看第十屆至第十五屆的活動內容，如下表：

第十一屆：實用中文寫作教學工作坊
（2019年04月19日，地點：石牌校區）

講師	講題
周富美	因「情」施教——從新聞讀懂孩子心
李威侃	公文實作、欣賞與文創
王世豪	美國深度討論教學在國語文教學的融合與應用

第十二屆：實用中文寫作教學工作坊
（2019年11月08日，地點：臺北商業大學）

講師	講題
曾絲宜	掌握 i 世代的行動閱讀平臺及教師教學準備
郭晉銓	書法藝術的創作與審美
謝淑熙	合作學習閱讀策略融入《論語》教學

第十三屆：實用中文寫作教學工作坊
（2020年05月01日，地點：石牌校區）

講師	講題
何儒育	愛上辯論——談批判性思考的教學實踐
祁立峰	讀國文遇到鄉民
易理玉	金石為開的 QT 深度討論教學——從語文表達到實作評鑑的創思設計

第十四屆：實用中文寫作教學工作坊
（2020年11月06日，地點：石牌校區）

講師	講題
林盈翔	野良師的大學國文戰術
李智平	國考寫作新思維──從冗辭贅句的修訂到如何批閱一篇文章
蔡娉婷	瞄準靶心──企劃書撰寫教學實務
張高評	人文學門課程的實用性與創意化

第十五屆：實用中文寫作教學工作坊
（2021年04月23日，地點：臺北商業大學）

講師	講題
劉錦源	讓美夢成真──我與史記人物故事教學
林建農	做伙拍開心內門窗──淺談人物採訪
邱詩雯	數位人文體與用──談人文課程的教學實踐

（註：第12、13、15屆與臺北商業大學合辦）

　　相較之下，近五屆活動內容明顯有所成長變化。綜觀「實用中文」的整體發展，從最早的傳統文書，拓展至跨領域文類應用，同時著重於文創與口語表達。現今進入資訊豐沛的網路時代，則更重於深度思考與科技應用，以呼應新時代環境。各篇主題可從幾方面觀察：

　　（一）「深度思考」，如王世豪、易理玉老師運用「深度討論」（Quality Talk）教學法，藉由促使學生對文本提問、瞭解問題層次、討論思辨來提升閱讀理解、思辨同理的能力。QT 教學法為美國賓州大學 Murphy 教授及團隊所創，臺灣師大於一○六學年引進，並應用於課堂。何儒育老師以批判性思考理論基礎，設計課堂辯論活動，將

「問題導向教學」（Problem Based Learning）應用於教學實踐。

（二）「數位結合」，如曾絲宜老師有鑑於 i 世代在閱讀習慣上已跳脫紙本傳統，而是透過圖文影音、社群 APP 吸收新知。因此對於行動閱讀平臺如類型、內容、製作等概念應要熟悉掌握，並且嘗試應用於教學。邱詩雯老師就「數位人文」提出思考，認為數位教學為必然趨勢，而人文課程於此該如何與時俱進，教學設計上又該如何新創。邱老師以詞頻分析、地理資訊，關係網絡為例，分享其教學創新成果。

（三）「因應教學」，為因應時代環境，教學亦須融通變化。如謝淑熙老師運用合作學習（cooperative learning）示範閱讀教學，針對預覽、詳讀、大意理解、總結等不同程序來揭示演練重點。祁立峰老師熟悉網路生態，藉此思考如何在教學上融通文言文與白話文，讓學生減少對古文的排斥，並且真正讀懂古人、理解現代。林盈翔老師則從「大學國文教育」的改革浪潮中，觀察其中有「語言能力的實用化」、「專業能力的通識化」與「課程設計的特色化」三大趨勢，並以數則教案為例，切磋討論。張高評老師以其資深研究經歷與教學經驗，強調人文學門的「實用性」與「創意化」，在教學上應連結「人文經典」與「當代思維」。在時代環境轉變下，人文學門唯有融通經典與當代，與環境維持互動，方能延續意義，遠離邊緣危機。

（四）「文類應用」，此延續前階段的應用特質，發揮各文類表現，而在技術層面以外又發掘更多意涵。如周富美老師講述新聞閱讀的重點，並重視「覺察情緒」、「解讀心思」能力。劉錦源老師重視故事講述能力，並強調對職場應用上也有所助益。林建農老師就其資深經驗分享如何當一個「有準備的採訪者」，認為透過適當引導，營造深度溝通互動。李智平老師從寫作的「鍊句」出發，延伸至「批閱」的能力。其他如李威侃老師講述公文寫作要點；蔡娉婷老師談論企劃書寫作的環節與常見錯誤；郭晉銓老師介紹書法作品的風格類型與欣

賞方法，皆從各文類應用發揮，提供多元思考。

　　「實用中文寫作教學工作坊」至今已舉辦八年，累計十五屆共六十多場教學分享，成果豐碩，須歸功於單位重視及師生參與。「實用中文」與現實環境相關，也隨時代前進。有志一同，將經驗與創新延續下去，期望未來有更多激盪與開展。

結合系所專業的中文寫作教學
——以「海洋文創設計產業系」為例

顏智英

國立臺灣海洋大學共同教育中心語文教育組教授

一　前言

　　張高評教授於〈語文教學，應當兼顧實用化、生活化和現代化〉一文中曾說：「編纂一部好教材，有別於一般『高四國文』的內容，提供大學核心通識課程之開授，給予學生另類的選擇，遂成為刻不容緩的當務之急」，同時，還指出中文學門之課程設計，「應該轉型，同時兼顧實用化、生活化、創意化和現代化」[1]，可見，大學中文教學必須在教材選擇與課程設計方面特別用心，方能有別於高中國文教學，而免流於「高四國文」之譏。

　　因此，筆者過去幾年在國立臺灣海洋大學新成立的「海洋文創設計產業系」所開設的「海洋書寫與傳說」課程，遂特重教材選取與寫作設計。在教材選取方面，配合該系課程主軸（「海洋文創資源」），先確立古典文學海洋書寫的主題，再精選各主題較具代表性的詩、詞、文等文學作品；在寫作設計方面，則結合該系「設計繪圖」之專業能力與「文化創意」之教學目標，設定以「海洋文學的圖像創意＋

---

[1]　張高評主編：《實用中文講義》（臺北：東大圖書公司，2008年），頁1-2。

文字創意」為主要方向，請學生依授課主題，用電腦繪圖軟體（平時練習可用鉛筆）將文字圖像化，並在其上題句、再另外書寫故事內涵。期能藉由結合該系學生設計專業能力的寫作設計，引發學生對中文寫作的興趣，並鼓勵學生發揮創意，結合圖像與文字，運用現代科技將中國古典文學作視覺化的創意呈現。

二　教材選取：海洋書寫主題的精品

由於「海洋文創設計產業系」為全國唯一以「海洋」為特色的設計相關學系，因此，三大領域課程（「海洋文創資源」、「文創產品設計」、「文創產業經營」）之第一種領域即為「海洋文創資源」課程群，包含了：海洋書寫與傳說、海洋文化概論、海洋歷史與文化資源、海洋人文地理實察等海洋人文相關的課程，不僅能涵泳學生海納百川、冒險犯難、開放積極的海洋人文素養，更能提供學生在文創設計時發想的豐富內容，是該系發展的基礎所在。

因此，筆者在該系大一上學期開設的「海洋書寫與傳說」，即為極其重要的必修課程之一，其性質屬海洋文學，筆者在選取教材時，結合了個人近五年來在古典海洋文學方面的研究成果，先將古典文學中的海洋書寫分為八大主題（海洋神話、海洋傳說、航海體驗、海洋貿易、海洋奇景、海洋生活、海洋戰爭、海洋移民），然後再精選各主題中較具代表性的詩、詞、文等文學作品。例如：

> 海洋神話：《莊子・秋水》（海若與河伯）、《列子・湯問》（蓬萊仙境）、蘇軾〈廣利王召〉（南海龍王）、吳承恩《西遊記・第三回四海千山皆拱伏　九幽十類盡除名》（孫悟空龍宮乞寶）、《大唐西域記・瞿薩旦那國》（龍女索夫）、李好古〈沙門

島張生煮海〉（龍王嫁女）、徐兢《宣和奉使高麗圖經》（不肯
去觀音）、黃公度〈題順濟廟詩〉（媽祖海上救難）。

海洋傳說：任昉《述異記》（懶婦魚）、張華《博物志》&干寶
《搜神記》（鮫人泣珠報恩）、袁枚《子不語》（美人魚迷路）、
馮夢龍《情史》（人魚送信）、張華《博物志》（八月槎英雄上
天河）、《莊子・逍遙遊》&李白〈古風〉之三十三（鯤、鵬轉
化）、《山海經・北山經》（精衛銜石填海）。

航海體驗：李綱〈次地角場俾宗之攝祭伏波廟〉（謫海南、乘
桴浮於海）、蘇軾〈六月二十日夜渡海〉（獲赦渡海北還）、陸
游〈航海〉（航海之豪情）、文天祥〈漁舟〉（亡命遇海盜）、李
正民〈扈從航海〉（隨皇帝巡行海上）。

海洋貿易：王安石〈予求守江陰未得酬昌叔憶江陰見及之作〉
（海洋貿易港口—黃石港）。

海洋奇景：曹操〈觀滄海〉（藉大海寫壯志）、蘇軾〈登州海
市〉（海市蜃樓）、枚乘〈七發〉&蘇軾〈催試官考較戲作〉
（海潮）、錢惟演〈築捍海塘遺事〉（吳越王射潮）。

海洋生活：柳永〈鬻海歌〉（煮海製鹽）。

海洋戰爭：文天祥〈二月六日，海上大戰，國事不濟，孤臣天
祥，坐北舟中，向南慟哭，為之詩曰〉（崖海戰役）。

海洋移民：郁永河〈渡黑水溝〉、盧若騰〈泛海遇風〉、孫元衡
〈乙酉三月十七夜渡海遇颶，天曉，覓澎湖不得，回西北帆，
屢瀕於危，作歌以紀其事〉。

其實，這門「海洋書寫與傳說」十八週課程中所介紹的文本極
多，上列作品是從中擷取的精品，在第十四週時分配給全班二十九位
同學（每人抽一篇作品）寫作，作為期末展示成果之用的。其具體的
寫作設計與成果，請詳見下節。

三　寫作設計與成果：海洋文學的圖像創意＋文字創意

（一）寫作設計

　　每週一百分鐘的課程，講授文本的時間約七十分鐘，剩餘的三十分鐘是寫作時間。三十分鐘的寫作時間，會先請同學從該週講授的主題文本中，選出一個印象最深或最喜歡的作品；其次，每人分發一張A4的白紙，請同學分兩個面向完成作業：

1　構圖創意部分

　　請同學在詳細解讀完自己選取的文學作品後，將其意境用圖像創意的方式表達出來；可先用鉛筆勾勒、構圖，如果時間許可，還可以著上顏色。至於期末展出的作品，則用電腦繪圖軟體製作。這種將抽象文字轉為具體圖像的練習，也是設計課程中極為重要的創意訓練，相關理論如：

（1）索緒爾（Ferdinand de Saussure, 1839-1914）的二元法則

　　瑞士語言學家索緒爾將語言學的概念帶入符號學中，他提出語言是一種符號系統，而符號（Sign）可分為「能指」（Signifier，符號具）與「所指」（Signified，符號意），前者指符號的語音、形象，而後者指符號的意義、概念。此二者互動關係的研究，若應用在「圖像學」上，可以藉由描述或者重建作品的圖像意義，讓觀者理解藝術品的實質內容，補救了那些只從形色、明暗、構圖……等形式原理來理解造形藝術者的缺陷，使得藝術品重新和時代關連起來。因此若以畫作為例，則區塊、點以及色彩大大小小都屬於畫作的元素，將之組合起來的線條則如同綱要，但是畫作的最終目的是作為藝術品，作為與

作者與觀者溝通的方式，而這最終目的也就如同文章中的主旨。其理論簡示如圖一。[2]

$$\frac{語言}{言語} = \frac{能指\ signifter}{所指\ signifed} = \frac{意識}{潛意識} = \frac{符號具(符徵)}{符號意(符旨)} = \frac{形聲}{意義} = \frac{顯}{隱}$$
$$(概念)$$

圖一：索緒爾二元法則

透過索緒爾的二元法則理論，我們可以知道：「能指與所指（或意符與意旨）之間的關係是武斷（肯定）的。」亦即，顯現在外的形象（形或聲）與隱藏在內的意義是具有密切關連的。如果先掌握了「所指」（即文學作品的意旨，以及意象的選取與安排，被描述主體的特質，結構或情節等），接著，就可以藉由描述或者重建文學作品的圖像意義，好讓觀者理解文學作品的實質內容，使隱藏的、抽象的主旨與內涵，透過畫作的區塊、點、線、明暗以及色彩等元素的組合、搭配，更具體可見地顯現出來。

（2）培威爾（A. Paivio, 1925-2016）的雙碼理論（Dual Coding Theory）

Paivio（1990）的雙碼理論以認知觀點支持「圖像」對學習的重要性。Paivio（1990）指出，個體的記憶主要包含兩個符號系統（Symbolic Memory），一為語言性系統（Verbal System），一為非語言性系統（Non-Verbal System）若透過語言系統與非語言系統來將訊息編碼，相較於以單獨的語言系統或單獨的非語言系統的編碼更為容易被儲存於記憶中。而其中非語言系統所涵蓋之意象碼（Image Code），乃泛

2　詳參俞建章、葉舒憲：《符號：語言與藝術》（臺北：久大文化出版社，1992年），頁199。

指一切靜態與動態之視覺性訊息，例如：圖像；由於「圖像」可以提供另一種編碼的途徑，學習者經由文字及圖像性刺激，資料於記憶中可進行多方面的聯結，當相關訊息愈多，記憶就愈為深刻，對於往後之記憶提取較為有利。其理論簡示如圖二。[3]

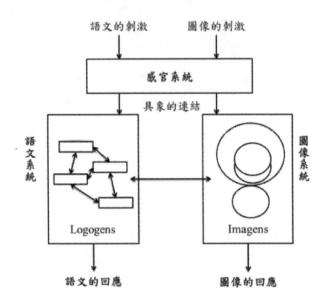

圖二： Paivio（1990）**雙碼理論**（Dual Coding Theory）

　　透過培威爾的雙碼理論，我們可以知道：人類接收外界傳來的訊息時，是經由語文（verbal）與非語文系統（nonverbal）兩個認知系統，分別接收文字、圖像等不同形式的訊息，並從中建立連結，使兩種訊息可相互參照並輔助記憶效果。因此，由「文字＋圖像」的創意寫作設計，可以使創作者（將文字轉換成圖像者）與閱讀者皆經由文字與圖像來進行多方面的聯結，從而使創作者能建構出更多深度文化

3　詳參Paivio, A, *Mental representations: A dual coding approach*(New York, NY: Oxford University Press, 1990), pp.53-83.

創意發展的應用元素，也能使閱讀者因此有更深刻的記憶而達致推廣與宣揚無形文化資產的目的。

至於期末展作品圖像化（含文字）的繪製，則請同學運用電腦繪圖軟體，如：Corel Painter 12、Adobe Photoshop CC、Adobe Illustration CC 等，可以使畫面呈現更為美觀、細緻。

2 文字創意部分

此部分又細分為二。其一，是在畫面上方，寫出四至八句「題句」，扼要道出圖畫中所欲呈現的作品內容，以及同學讀此作品的感觸或啟發；這種「題句」的寫作設計，類似廣告文案 slogan 的撰寫，可以訓練學生的創意與摘要的能力。其二，是在圖畫背面（期末展示時，則是在圖畫下方另製說明板），寫出五十至一百字左右的說明文字，完整敘述圖畫中的內容；這種「說明」的寫作設計，可以訓練學生的敘事能力，以及文筆的流暢度。

（二）寫作成果

茲就二十九位同學的寫作成果中，挑選九位同學的作品略作說明如下：

1 「崖海戰役」（文天祥〈二月六日，海上大戰，……〉，圖三，彭亭筠同學）

圖中題句為：「孤臣見千艘樓船，砲火雷飛箭星落。風雨中向南慟哭，為國為民灑血淚。我欲借劍斬佞臣，黃金橫帶誤國賊。」頗能化用文天祥的詩句，概括他目睹國亡時的海戰歷程與心世界。圖下說明為：「文天祥對於南宋對抗元軍的最後一次慘烈的戰役表達他的無奈、痛苦與感傷。在風雨交加，砲火轟轟，箭星飛落，經過一夜惡戰

圖三：崖海戰役　　圖四：鮫人泣珠報恩　　　圖五：泛海遇風

後，海上散布著魂，南宋的船沉了大半，只剩下元軍的船，文天祥只
能坐北船中，向南慟哭，悼念滅的國家與死去的同胞」文字流暢，可
惜未提及天祥內心對小人誤國的憤恨。

2 「鮫人泣珠報恩」（張華《博物志》&干寶《搜神記》，圖四，周迪同學）

　　圖中題句為：「滴水之恩，當以涌泉相報。鮫人有情，織絹泣珠
還主之恩。」能擷取鮫人泣報恩的鮮明意象，警醒世人應知恩圖報。
圖下說明為：「滴水之恩願以湧泉相報，傳說中的鮫人也如同人類一般
有情有義，以一己之長來回報對自己有過恩情的人。傳說中，鮫人是

善於縫製巾絹的，住在恩人家時，鮫人便織絹販賣回報恩人；鮫人的眼淚從眼眶滑落時，能凝結幻化為珍珠，離開時，鮫人的眼淚洶湧、盈滿瓷罐，作為對恩人最後的回報。圖中，我便以洶湧的大海象徵鮫人難過的心情。」字數雖稍多，卻能完整敘事，並對構圖略作說明。

3 「渡臺遇颶風」（盧若騰〈泛海遇風〉，圖五，陳柔羽同學）

圖中題句為：「少婦伴夫渡臺灣，海怒風濤舟浮載。魖蛟吞艷質，化作精衛填深淵。」能巧妙化用詩句，以少婦為全角，摘要道出海難始末。圖下說明為：「自古以來，臺灣海峽一直有黑水溝之稱，

圖六：煮海製鹽　　　圖七：張生煮海　　　圖八：懶婦魚

明清移民潮時更有非常多渡臺遇颱風溺斃的記載。這些血淚史成為臺灣歷史很重要的部分，令人辛酸不捨。盧若騰〈泛海遇風〉一詩把遇難的少婦比喻成精衛鳥，從此守護大海。」文筆簡鍊。

4 「煮海製鹽」（柳永〈鬻海歌〉，圖六，黃增鎰同學）

圖中題句為：「煮海之民何苦辛，安得母富子不貧。年年春夏潮盈浦，潮退刮泥成島嶼。」雖全出自柳永詩句，但有摘要之功，能得醒目之效。圖下說明為：「〈鬻海歌〉反映了鹽民的艱辛生活，深刻地揭露了當時的社會現實，表現出柳永關心民疾、為民請命的一面。鹽民以『煮鹽』為業，詩中前半段描煮鹽艱辛的過程；接著再道出鹽民在官租私租逼迫下過著苦難生活的無奈與辛酸。」能以流利的文字道出鹽民生活的辛苦與心裡的無奈。

5 「張生煮海」（李好古〈沙門島張生煮海〉，圖七，劉文雅同學）

圖中題句為：「前世因果，為愛而生。為何不擇手段？只為你!」以簡潔而感性的文字，道出張生的心理，也觸動讀者的心絃，最見創意。圖下說明為：「張生與龍女原為金童玉女，因為動了凡思之心，遭受懲罰，得投胎至凡間。在凡間，兩人的情感仍經歷重重考驗，張生與龍女一見傾心，可龍王卻百般阻撓兩人婚事，在張生慌亂之際，遇見了毛女仙姑，仙姑賜予他三樣法器：『銀鍋一只，金錢一文，鐵一把。』只要使用這三法器便能使海水沸騰，迫使龍王答應婚事，後張生果真藉煮海使龍王同意，這時東華上仙現身，道出一切前世因果，並將兩人一同回歸仙位。」以詳盡而理性的文字，娓娓道出李好古一劇的故事內容，條理分明。

圖九：精衛銜石填海　　**圖十：蘇軾獲赦渡海**　　**圖十一：李正民隨皇**
　　　　　　　　　　　　　　　　　　北還　　　　　　　　　　**帝巡行海上**

6　「懶婦魚」（任昉《述異記》，圖八，卓怡安同學）

　　圖中題句為：「淮南懶婦魚，為姑溺而死。其脂可燃燈，照鳴琴博弈。照紡不復明，不愧懶婦魚。」能精確掌握懶婦魚的特質加以書寫，使其形象鮮明生動。圖下說明為：「很久以前，淮南有位懶婦不慎溺死於水中而化為一隻魚。於生前懶惰，只喜玩樂，不事生產，因此她的油脂燃燈照在鳴琴博弈之事上顯得格外耀眼，但照在紡績之事上卻無任何光芒。」敘述平實流暢。

7　「精衛銜石填海」(《山海經・北山經》，圖九，曾仲薇同學)

　　圖中題句為：「昔日東海女娃，女娃化作精衛鳥。今日辛勤啣木石，只為填海救後世。」十分用心地以七字句表達女娃轉化為精衛、銜石填海的苦心。圖下說明為：「炎帝的女兒女娃因溺死於東海，而化身成精衛鳥，因其叫聲聽起來像『精衛』而得名，牠堅持不懈地找尋石頭與樹枝，深怕同樣的悲劇發生在其他人身上，所謂：『精誠所至，金石為開』，他相終有實現理想的一日。」能從同理心、堅持兩個面向，充分理解、感悟此一傳說。

8　「蘇軾獲赦、渡海北還」(蘇軾〈六月二十日夜渡海〉，圖十，徐可靜同學)

　　圖中題句為：「深夜風雨中渡海，時而仰首，見天終澄清。九死不悔，返自海南，空留傲岸，及豪放之襟。」採蘇軾視角，以天清表現一己內在之高潔，情景交融。圖下說明為：「蘇軾自被貶之地的海南島放回，從他的臉上卻絲毫看不出後悔之情，只看得見他的堅定與自信。這時的夜裡，已看不見原本連綿的雨與巨大的狂風，留下的是一片澄清潔白的世界。（暗示自己受的罪總有結束的時候，留下自己的清白。）這幅畫呈現的就是蘇軾的樂觀，大雨後的景致也同時呈現出他充滿希望、舒暢平和的心情。」能掌握象與意的一致性，透視出詩人藉大海所欲表達的情意。

9　「李正民皇帝巡行海上」(李正民〈扈從航海〉，圖十一，林卉芸同學)

　　李正民原詩：「雲濤雪浪蹙天浮，隱隱征帆去未休。蛟蜃伏藏舟楫穩，將軍何用說防秋。」林同學圖中題句將之改寫為：「驚滔駭浪

近蒼穹，征船遠去未曾休。皇帝巡行滄海上，舟穩安心無防秋。」以更親切易懂的文字詮釋原詩，但仍不失詩人原意。圖下說明為：「以重複且彎曲的線條呈現海浪之大，較小的船顯示敵船的離去，而李正民露出滿意的笑容，表示自己對國家的守備相當有信心，至於皇帝凝視著遠方，顯現其內心對國家的未來充滿希望，敵船航向落日則有敗北的意涵。」因為此作較無故事性，因此，林同學改以構圖說明取代說故事，頗能掌握詩人的作意。

四　結論

這種將文學作品以文字加圖像的方式表達的中文寫作訓練，從書寫者的角度言，能將寫作與文創設計系專業課程的學習領域結合，而達興趣化、創意化、現代科技化的教學目標；從閱讀者的角度言，則可以讓文學作品這種無形文化資產，透過同學的創意，以更具象化、深刻化的方式貼近人們的生活，而得到更具體的保存與更有效的推廣。由此可知，中文實用寫作教學與設計，如果能結合學生專業能力、多運用創意思維，可以創造出無限的可能。

「實用中文」計畫述往

林盈翔

東吳大學中國文學系助理教授

一

　　許多年前，當時剛從小島東部縱谷平原甘蔗田旁的大學裡，負笈
轉進成大，拜入高評師門下。在老師的帶領下研讀《春秋》、《左
傳》、宋詩，也跟隨著老師執行計畫。高評師待人和藹、毫無架子，
學友們也都和善大方，加上全新的研究領域、助理工作，日常忙碌而
朝氣。在伊時的府城，生活有種發自內裡、沛然莫之能禦的活力。

　　隔年暮春，南國的夏天似乎迫不及待，清明剛過卻已是稍嫌炎熱
的天氣。在四月下旬時，前往嘉義大學舉辦為期兩天的「實用中文種
子教師培訓營」。當時兩個助理提前一天，在中午時便先行前往布置
會場，張老師則是因為下午有課，晚上才坐火車至嘉義會合。然因經
費有限，加上考量交通問題，是以晚上便掛搭在離會場步行約十分鐘
左右，「古色古香」、一晚僅收數百元的簡單旅社。坦白講，那晚真的
不太好入眠，隔天又是六點多起床，一整天都有點昏昏沈沉的。記得
那天早上，在會跟高評師打招呼時，順口詢問老師是否有睡好，老師
回答：「還可以，只是在寫論文，晚睡了一些，大概快一點才睡。」

　　但讓人至今記憶猶新的是，老師七點多到會場主持會議，接著也
演講了一個場次。在臺下時更是聚精會神地聆聽、筆記，或發問、或

評論；時而總結講者說法、時而引導學員提問。下課休息時也是精神奕奕地與老師、學員們閒話家常、談笑風生。全場參與，絲毫未見疲態。凡此種種，實在很難想像高評師當時已是一位年逾耳順的耄耋長者。曾聽師長輩們當時閒聊，高評師人稱中文學界的「南北兩條牛」，除了研究量多而質精，身兼主任、院長等行政工作外，更是不遺餘力地舉辦、推廣各種學術活動。是故又有一渾號，名曰：「學術界的過動兒」。

二

「實用中文」計畫，是高評師長期關注、推廣的課題，老師對此議題自有其整體論述與終極關懷。高評師常對學生述說他的憂心忡忡、他的整體規劃以及補救時弊的未來展望。《春秋》之義「書之重、辭之複，必有大美惡焉」，正因為重要，是以反覆述說，故在此也整理、闡述高評師的說法，金針示與人：

> 目前中文系的課程設計，陳陳相因，變化不大，已歷五、六十年矣。多就文學、思想、語文、文化方面，作專業與美善之教學，對於繼續攻讀研究所，堪稱量身訂做。雖有其理想與內涵，卻不免顯得陽春白雪、曲高和寡。長久以來，中文學門之教學設計，較欠缺「學以致用」的規劃，頗難適應以實用功利為導向的現當代社會需求。一般中文系大學生每年約有五分之四左右的比例，畢業後即進入職場工作，佔應屆畢業生的絕大多數。然中文系四年的訓練，並不具備就業競爭的優勢，以致畢業生往往學非所用。中文人雖習得一身屠龍之技，但面對當下的社會職場環境，卻是無龍可屠！

　　在長遠了解大學生期待，深入思考語文之社會功能，對傳統教學作一反思與診斷後。為補偏救病，語文教學之任務，除了原有的「美感欣賞」、「情意陶冶」、「文化薪傳」等使命外。語文作為一種表達工具，更應同時兼顧其「實用化」、「創意化」、「生活化」、「數位化」和「現代感」。「美感欣賞」、「情意陶冶」、「文化薪傳」，無庸置疑，這是中文系存在的使命，是「體」，是「本」。如果能夠兼顧實用，以三大使命為體，以上述「四化一感」為用，使之體用不離、體用互涵，具體落實「學用合一」、「學以致用」。如此中文系傳統課程將更富於市場競爭優勢，訓練出來的學生，也更能與職場、社會接軌。

　　「實用中文」計畫之目標，在推動國語文教學朝向「四化一感」的方向調整。以研發課題、編纂教材、開授課程、推廣發揚，為其四大策略與步驟。建構創新教學課程，提昇中文教學品質，是本計畫的兩大願景。希望中文教育，在「學用合一」、「學以致用」的補強下，能夠改善國語文教學現況，切中學生之期待，符合社會需求、大勢所趨。

　　高評師也正是在此一思考下，先後執行了三期計畫。先是從二〇〇三年起，執行教育部「提大學基礎教育計畫」，與國立成功大學教務處合作，以「中文之閱讀技術與寫作策略」為題，進行研討，舉第一、第二屆「實用中文寫作學學術研討會」。研究成果出版《實用中文寫作學》[1]，及《實用中文寫作學續編》[2]兩本論文集，全臺科技大學、技術學院通識課程，紛紛選為教材，先後開授「實用中文寫作」課程。

1　張高評主編：《實用中文寫作學》（臺北：里仁書局，2004年12月）。
2　張高評主編：《實用中文寫作學續編》（臺北：里仁書局，2006年9月）。

　　而後於二〇〇六年配合國立成功大學「發展國際一流大學及頂尖研究中心計畫」，執行三年期「『實用中文寫作教材』之研發與製作」。前後共召開四場「實用中文與寫作策略學術研討會」，會後集結論文成果為《實用中文寫作學三編》[3]、《實用中文寫作學四編》[4]、《實用中文寫作學五編》[5]、《實用中文寫作學六編》[6]。此一系列研究成果，網羅國內各領域的一流學者、文人，如陳滿銘、鄭愁予、徐秀榮、王偉勇、江漢聲、林淇瀁、王道還、孫劍秋、仇小屏、蕭水順、林耀潾、陳致宏等諸位先生，皆是一時之選。此外更是拓展了過往傳統中文系所忽略，全新而實用的領域，諸如〈市場研究報告的書寫〉、〈醫學人文的科普寫作〉、〈飲料行銷與文學〉、〈文學動畫與電玩腳本創作〉、〈科普化科技論文寫作〉、〈科技論文摘要寫作〉等等，一皆收錄在前揭書中，蔚為大觀。

　　最後則是於二〇〇九年起，配合教育部「獎勵大學校院設立區域教學資源中心計畫」，執行為期三年的「實用中文寫作教材之研發與製作」。前兩期計畫透過研討會、專家演講等方式，進行課題研發，並且延請校內外各領域專家學者進行子題的深入研討與教材編纂。而此一階段除了延續子題開發、教材編纂等主軸外，更進一步將重心放在規劃實驗教學，將教材投入實際的課程開授，從而推廣發揚實用中文寫作學，使中文教學能夠符合時代潮流與各界需求。之後更於全國各地舉辦「實用中文種子教師培訓營」，新竹中華大學、臺北臺灣師大、高雄高雄師大、臺南成功大學、嘉義嘉義大學、雲林虎尾科技大學等等，八次培訓營共吸引近五百人次踴躍參加，對於中文實用化的理念，有其推波之效。

3　張高評主編：《實用中文寫作學三編》（臺北：里仁書局，2009年11月）。

4　張高評主編：《實用中文寫作學四編》（臺北：里仁書局，2011年12月）。

5　張高評主編：《實用中文寫作學五編》（臺北：里仁書局，2015年10月）。

6　張高評主編：《實用中文寫作學六編》（臺北：里仁書局，2021年3月）。

　　「實用中文」計畫研發、產出的教材，則有《實用中文講義（上）》[7]、《實用中文講義（下）》[8]、《中文實用寫作二十講》[9]三書。推出後也是備受學界肯定，大專院校課程多有參考、採用。臺北大學、臺北教育大學、輔仁大學、銘傳大學、屏東科技大學等等，紛紛選為教材，先後開授相關課程，影響可謂深遠。

　　實則，高評師「實用中文」計畫前後共執行了三期、九年，成果豐碩、著作等身，開大專課程革新之前導，階段性任務可說告一段落。然國立臺北護理健康大學姚彥淇教授，與高評師商議、接洽後，於二〇一三年起，每年兩次，定期舉辦「實用中文寫作教學工作坊」，邀請專家學者講授子題、教材教法，至二〇二三年的現在，共已累積十年，共十九場矣，相信工作坊日後仍會持續舉辦。姚教授對「實用中文」理念推廣、大專課程革新之貢獻，可說是功不可沒，也誠是大浪之後必有餘波。

三

　　拜入高評師門下，是在二〇一一年的下旬。是以對「實用中文」計畫而言，可說是躬逢其盛，而又正逮其末。除了隨高評師南征北討，於各地協辦研討會外，主要工作也包括了論文集與教材的編纂工作。在博士班期間，共協辦了九場大小會議、經手編輯四本「實用中文」計畫專書。藉職務之便，親炙於多位前輩學者，浸淫日久、沾染漸深，對於「實用中文」計畫的各式子題也有粗淺認識。故於課堂教授應用文課程時，也是多所引用計畫成果，活化、豐富教學課程，同

7　張高評主編：《實用中文講義（上）》（臺北：東大圖書公司，2008年6月）。

8　張高評主編：《實用中文講義（下）》（臺北：東大圖書公司，2010年9月）。

9　張高評主編：《中文實用寫作二十講》（臺北：萬卷樓，2016年4月）。

學反應亦皆不錯。

　　一個側面觀察是，「實用中文」計畫與教育部所推行之大專通識課程革新、「全校型中文閱讀書寫課程革新推動計畫」，實也有可相發明處。所關注者皆在於過往中文課程設計上的不足，以及國文教學當與時俱進之處。高評師早在十幾年前便已洞燭機先，注意到問題所在，此外更是劍及履及，起身執行計畫，望能匡補時弊，可說是真正落實「學用合一」、「明體達用」。

　　高評師於二〇一五年榮退，現已年逾從心，卻仍是孜孜不倦於研究著述、演講論學。對「實用中文」理念的推廣，也是不遺餘力，未有鬆懈。高評師開始執行「實用中文」計畫至今，匆匆已過二十年矣。藉由此文的梳理，回顧「實用中文」計畫歷年來具體的執行過程與豐碩成果，可以後見之明的說，「實用中文」計畫確實是至關重要、極具前瞻。

　　實則，高評師執行第二期「實用中文」教學計畫時，正值教育部「邁向頂尖大學計畫」執行期間，也就是俗稱的「五年五百億」時期。國內主要的研究型大學、教授們，無不進入狂熱的「拚研究」、「積點數」時期。在彼時的風潮下，教學計畫因無助於研究成果之分數累積，故往往只是陪襯，甚而乏人問津。但高評師仍是不計功利，毅然投入教學計畫之執行，付出大量的時間與心力，「時人以為魯」。《世說新語・品藻》載龐統言：「陸子，所謂駑馬有逸足之用；顧子，所謂駑牛可以負重致遠」。高評師被中文學界戲稱為「南北兩條牛」，也或許正是此番「駑牛」、「魯笨」的精神，方能不計個人功利，心繫中文學界發展，「負重致遠」，步履至今吧。

實用中文教學困境與策略

戴榮冠

佛光大學人文學院助理教授

一 實用中文教學因緣

數年前，就讀博班期間，參加母校成功大學中文系張高評教授的實用中文研習活動，開啟了我實用中文教學之路。幾年來，從學員的各種反饋中，意識到實用中文並不只為了拯救現前中文教學困境而產生，更核心的價值，在於中文學門「實際運用」的體現，也就是學用合一的落實。因此，僅以任教於正修科大之教學經驗，提煉個人心得，歸納得失利弊，以就教於方家。

二 實用中文教學困境

實用中文的產生，原本是為了挽救長久以來僵化的中文教學，使中文實用化，讓學子重新認識中文學習的價值。在此前提下，我在大學部每學期實用中文教學單元結束後，均用問卷調查的形式，檢討教學上的得失，以求改進之道。由於學生提出若干建設性意見，使課程內容、教案設計、課堂活動得以不斷進步。但其中更有價值的反饋，竟來自於隨班附讀的大三學長姊。在問卷調查中，部份三年級學長姐

指出，在二年級時曾上過實用中文的課程，但課程內容多是照本宣科，並以傳統背誦答案的方式考核績，讓人很沒實用感。這不禁讓人深思，倘若實用中文的教案設計、課堂活動與傳統國文課程相同，那麼是否實用中文就「實用都不實用了？」

實用中文的精神本在切合社會脈動，透過教學的「實際演練」，以達到中文學科在現今社會「實際運用」的效果。然而，教材的更新，如果沒有相對應的教學方法，那麼實用中文也只另一種傳統考試的工具而已。

另一個教學的困境，在於上課的時機。現前實用中文的帶狀課程，多排在大學一、二年級，然而該階段的學生，對於未來就業多數沒有急迫感，導致學習實用中文意願低落，其中與就業高度相關的自傳、履歷、面試技巧、企劃案的學習，成效自然低於預期。對於求職較有危機意識的大三、大四生，又迫於課業繁重，多半以一、兩場職涯發展講座形式說明，這類講座僅能提點部分訣竅，無法有效帶領學生進行實作，因此教學成效也不盡理想。

再者，實用中文門類繁多，並沒有以學生需求為本位進行同心圓的分類，如職場核心實用課程為自傳、履歷、試技巧，其次為職場應用類的企劃案、報導文學等，若一開始便教授與未來職場相關性低的課程，只會強化學生對於實用中文課程的「無用感」，失去了實用中文教學的旨趣。

三　實用中文教學策略倡議

數年來的實用中文教學，與師生互動的經驗告訴我，實用中文教學的推廣能否成功，取決在推廣的信度與效度。信度決定於授課教師本身的可信度，效度即推廣的方法與切入點。

在實用中文近二十種課程的教學經驗中，若教師本身在該課程具有實際戰績與經驗，則學生上起課來往往心悅臣服。就以自傳履歷寫作而言，在上課之初，讓學生了解授課教師在該領域的耕耘，如出版著作、相關創作、獲獎經驗，又或者是豐富的教學演講經驗，以及在課程中帶入許多過去輔導成功之自傳履歷案例，學生的專注度就有明顯的變化。換言之，如果實用中文是一艘大船，教師的硬實力就好比是大船的壓艙石，因此有志於實用中文教學者，似乎有亮麗的成績單才足以服人，否則相較之下，學生往往較願意相信職涯講座中，學校請來演講的公司總經理。

然而，擁有亮麗的實用中文戰績，是否就意味教學的成功？其實也不盡然。就實用中文的教學成果來說，戰績是充分條件，而非必要條件，就好比研究成果亮眼的學者，不必然是一位傑出的教學者一樣。教學成果的必要條件，還是必須著眼於教學對象，也就是採取「以學生為主體」的教學模式，才有可能切中要害，收到良好的教學效果。

（一）問題意識教學法

以學生為主體的教學，必須同時結合學習的動機、方法以及實際操作模式，才有可能收到效果。近年「PBL」（問題導向學習）的學習模式，是實用中文教學上良好的工具。在上課一開始，即透過問題引導，以分組討論的方式，讓學生自主討論何謂「實用」的中文教學，並通過投票表決，制定客製化的學習歷程，以增加學員的學習意願。

我曾嘗試歸納若干學年的分組討論結果，發現不同梯次的學生，最後優先選擇的課程，大致上落在「與就業高度相關」的自傳、履歷、面試課程，與「內容有趣新穎」的命名取、旅遊文學、歌詞寫作的項目，足見學生具有自主判斷的能力，且選擇多半符合實用原則。

　　制定課程內容後，除了基本的課堂概念講授外，以「PBL」的操作模式，鼓勵學生創意發想，並大量採取分組討論方式，引導學生自主學習，並從做中學，建構屬於自己的實用中文範本，以應付未來職場挑戰。然而，實用中文教學現場，除了學生自主的問題意識外，引導學生發想問題同樣重要，不能一味遵從學生選擇。例如讓學生從實用中文三十個課程中選擇五個主題，結果多半是趨易避難，或是主觀認為「無用」就與以捨棄。如「企劃案」在實用中文教學學生多半「聞名而逃」，這時適當的溝通就十分重要，透過教案設計以活化課程，就能增加學生的認同感，詳述於後。

　　另外如「田野調查」、「採訪寫作」、「書評寫作」等課程，學生多半感到興味索然，而不願意圈選，此時老師本身必須扮演引導思考的腳色，如「田野調查」、「採訪寫作」涉及問卷製作與調查，其實與職場應用有極大關聯，如未來公司指派「顧客反應調查」、「產品滿意度調查」等工作，那麼「田野調查」、「採訪寫作」的學習基礎就能立即派上用場。

　　又「書評寫作」乍看之下與職場並無關聯，但因內容涉及「介紹與評論」，因此學習後，未來可針對公司產品進行介紹與評論。時下有關「故事力」的討論方興未艾，其中一種是透過優秀的敘事力，增加受評者的附加價值，這與「書評寫作」的內容關聯性相當高。因此，如何透過當代的職場風潮，與實用中文題材進行巧妙結合，使學生提高學習意願，是教學者們可以開發的方向。

(二) 遊戲學習與教材設計法

　　採用「PBL」教學法易引學生學習的動機，但課程要能有效進行，則有賴於教學方法的配合。教學本無定法，在此僅分享個人所知若干方法，以求拋磚引玉之效。

　　過去經驗中，在自傳、履歷表與面試等求職相關課程，由於求職上需要注意的細節頗多，且操作過程容易出錯，因此適合以遊戲教學的方式進行。例如在上課結束後，分組進行「抓錯競賽」，在最短時間內抓錯率最高者全組加分，藉此加強學生上課記憶。

　　如為「題辭寫作」、「慶賀辭寫作」、「對聯寫作」、「廣告詞寫作」、「歌詞寫作」等職場應用類課程，同樣以遊戲教學為基礎，如抽掉對聯中若干組詞，讓學生尋找正確答案，藉此訓練詞性對應。進一步，再參考宋代黃庭堅江西詩派「奪胎換骨法」，借古人既有之若干詞語，拼湊出全新對聯。最後，再給學員進行實戰演練，學員在熟悉詞語借用技巧下，自然能順利產生對聯。如此便能在最短時間內，收到對聯寫作之實效，其餘課程可比照辦理。

　　另外，若屬「短篇小說寫作」、「兒童文學寫作」、「心靈寫作」等文字幅較大的課程，則以「心智圖法」為基礎，採有獎徵答方式，集思廣益，構思作品骨架，產生心智圖架構。其次，以心智圖架構為藍本，創作屬於自己的作品心智圖。最後，再以該類別的優秀作品為例，分析結構、字句，讓學員進行仿作，以產生初步作品，做為課程學習成果。

　　以上分享，僅為個人實驗教學之心得，仍有未盡完善之處。但總的來說，就是以捨棄傳統紙筆記憶測驗為目標，以學生自主學習為方向，如才能收「翻轉」與「實用」的功效。

（三）現實議題的關懷

　　「實用中文」的命題，過去多在追求中文實用化，服務於學生未來職場。時至今日，在「學用合一」的浪潮下，更推展出「所學」與社會貢獻度的結合。教育部近年來提出「大學社會責任實踐計畫」，加強大專校院與在地的合作，實踐大學社會責任，發掘在地需求、解

決問題，以推動地方創新發展，這樣的訴求，其實與實用中文的現實關懷不謀而合。在實用中文課程中，如「企劃案寫作」本身就著重於個案分析、創意發想、執行策略等範疇，這正好能為「大學社會責任」奉獻一己之力。在此前提下，對於「企劃案寫作」的課程安排，首須「立其識」，以「PBL」教學法，引導學員關心地方，並針對在地議題，尋找問題關鍵。其次，安排學員擬定課題，歸納解決問題的方法與步驟。最後，再進行成效評估。

數年前某次的教學實驗中，安排班上同學關心高雄觀光議題，研擬促進觀光對策，以分組討論及報告形式進行。由於同學多為在地高雄人，因此討論氣氛熱烈，許多同學反映，透過報告的過程，讓自己重新認識高雄這塊土地，而非停留在課本、電視上的資訊。所謂讀萬卷書，行萬里路，只有實地考察過、關心過，才能讓教學內化於自身。就「企劃案寫作」而言，除了給予學生職場實用的功能外，培養大學生具備社會關懷的責任，也許是實用中文更高的目標所在。

（四）鼓勵參賽的必要與反思

目前各大專院校對於實用中文的重要性已有一定的認識，各校推廣的方法主要是辦理相關比賽，以促進學生接觸相關領域。在我的教學經驗中，競賽是學習的重要催化劑，就消極意義來說，得獎可以獲得可觀的獎金，與自滿足感；就是積極意義而言，每張獎狀代表個人資歷的累積，與實用中文的實際操作經驗。這對於未來求職而言，有著一定程度的助益。

過去任職於正修科大，每年固定舉辦「人物專訪寫作比賽」，並鼓勵選修「實用中文」學生參賽。這類比賽的好處在於，透過一項比賽，學生必須同時掌握「田野調查」、「採訪寫作」及「報導文學寫作」等三門實用中文課程技巧，才能充分展現專訪的結果。在此成果

下，還能進一步將專訪延伸為實用中文課程中的「新聞報導」與「微電影創作」這類多媒體創作，可說是一舉多得。因此，比賽的舉辦，對於學校實用中文的推廣，起了決定性的作用。

然而，某次擔任該比賽的評審時，卻發現若干怪現象，即同一班若干組參賽作品，其「起手式」的語言，與末後的結語，詞藻華麗非常，且同班各組間的起手與結語文字竟完全一樣，似乎是某種勝利方程式。實用中文教學變形至此，究竟是以學生學習成果為導向，還是比賽得獎為導向，確實值得深思。但因此而否定比賽的價值，也是因噎廢食，或許未來能有更好的學習機制。

四　結語

實用中文教學，除了教材本身的實用價值外，更需中文教師結合跨領域的學習，以及不斷精進教學法，才能收到良好的效果。所謂「運用妙存乎一心」，實用中文的教學能否更加發揚光大，最重要仍在於教師是否能妥善整合教材與教法。唯有教師充分消化教材內容，並實際操作，落實於創作與教學，並結合教學心得與創新教學方法，才能建立有效的教學系統，落實在教學現場。期盼未來的實用中文教學，能在服務於未來職涯發展的基礎上，更能培養知識分子的社會關懷與社會責任，使實用中文能成為體現大學社會責任的核心課程。

推動校內實用中文寫作課程的創意策略分享

——以國立臺北護理健康大學經驗為例

姚彥淇

國立臺北護理健康大學通識教育中心教授

　　大專院校除了是傳遞知識和創發學術的重要場域，還有一個更重要的教育目標，就是培養將來可為社會和產業所用的專業性人才。身為一位專業性人才的最基本條件，就是能在競爭激烈的職場中找到適合自己專業能力的職位，且很快適應工作環境發揮所長。但在專業知識之外，像語言表達、邏輯思維、情緒管理、國際視野、人文素養等，更是不可或缺的能力要項。因此，大專院校的課程內容除了系所專業科目，還必須涵括培養學生未來職場軟實力的通識課程。

　　目前國內各大專院校普遍在通識領域的課程中安排了「大一國文」課，只是規定學分數不一。雖然時代不斷遞嬗新變，但「大一國文」在大專課程中的重要地位依然難被取代，除了傳承經典文本、培養審美情意的基礎任務之外，在這個新時代更肩負起了深化人文素養、提升語言能力的重大使命。因此，現在大一國文課程的教師不但要繼續引導學生領略古典文學之美，也應該要積極回應當前語文教育所面臨的嶄新局面，以古典文學深厚的美感為底蘊，研發出更具實務

性、功用性與前瞻性的教材教案。如此一來國文課程除讓學生能繼續悠遊於人文之美，也能進一步將語文知識銳化成未來提昇職場競爭優勢的利器。國立成功大學的張高評名譽教授秉此理念執行「教育部頂尖大學實用中文教材研發與製作計畫」超過十餘年，不但累積了豐碩的教學及出版成果，也在與其他專家學者的合作之下，開發出無數以「實用中文寫作」為導向的國文教材及教案。張教授多年來的努力不僅獲得了無數教師的共鳴迴響，也激勵啟發了許多有心從事精進教學內容的國文教師，相信在可見的將來會有更多的創意教案誕生面世，讓大專院校的國語文教學能與時俱進、推陳出新。

　　本校自創立來一直以培育健康照護產業的菁英人才為已任，因此國文課程不僅重在陶冶學生的文學美感及義理哲思，也非常注重本國語文能力的「務實致用」面向。本校的通識教育中心自民國一○二年十一月起，每學期都固定為北區專校院所有教師舉辦「實用中文寫作教學工作坊」，邀請有經驗的國文教師，針對實用中文寫作的分項主題做教學經驗的交流分享。到目前為止本活動已經舉辦了十九屆（至112年4月止），每次皆吸引了北區眾多的夥伴學校師長來共襄盛舉。活動目的除了將張高評教授實用中文寫作的理念推廣到各校之外，也希望能藉由跨校的交流活動，讓更靈活、更創新的教學方法，能持續在本校紮根茁壯。本校的國文課程除不斷將各領域專家的研發成果轉化成實際的教學措施，也配合各種教學策略和活動，讓實用中文寫作的教學成果能極大化。以下筆者就以自己在本校國文課曾操作或參與過的教學活動為例，向各位讀者先進們舉例介紹本身在「實用中文寫作」的教學歷程中，配合使用過哪些教學教材和策略。除了回顧透過這些教材和策略所獲得的教學成效外，也概略分享學生在修課後的回饋與收獲。

一　會通經典文本，啟發人文智慧

　　雖然一年級大學新生普遍具備了基本的國語文能力，但厚實的語文素養和敏銳語感，仍是文字創作不可缺少的靈感泉源。因此，筆者認為在推動「實用中文寫作」課程時，仍應結合傳統或現當代經典文本的閱讀與鑑賞，讓學生在吸收優秀作品能量養分的同時，也可以練習透過新的實用寫作形式，將傳統的文學之美做脫胎換骨的全新演繹。例如有鑑於說話技巧與人際溝通是職場工作所需要的重要能力之一，「如何透過口語表達達成目的」（說服術）也應是國語文教學甚至是實用中文寫作應該發展的主題。雖然坊間出版了許多指導吾人說話或說服技巧的書籍，但是在我們傳統的經典文獻裡，不管是諸子史籍或是野史小說，皆有不少精彩的說話術範例可供我們作為學習對象。教師可將古典文獻中的說話事例套用在現代生活的情境中，讓學子們感受到古代文獻經典的智慧，對我們現代人仍有參考的意義。例如筆者曾用《左傳》裡穎考叔諫莊公地及泉的史事，指導同學將來在職場如果要說服上級主管接受自己的建議，該把握哪些技巧及原則。修課同學們都覺得這樣的詮釋不但沒有落入傳統的「純孝」說教模式，還創造了古為今用的價值，對將來在職場溝通上頗有幫助。

二　設計以實務和創意為導向的練習作業

　　實用中文寫作課程的子題琳瑯滿目，但國文教師不管是教授哪一個子題，除了解說原理和講授技巧之外，都必須設計作業題目讓學生親自操作練習。雖然每個實用中文寫作的子題，在形式上都有一定的規範和格式，不過筆者建議授課者在指定作業題目時，可與一般生活情境所需或是與當下熱門的時事議題做連結，並以傳播方便的數位多

媒體文本為創作媒介。如此一來也是在新品迭出、日新月異的網路環境裡，創造實用中文寫作新的價值與需求。例如筆者在一○三學年度下學期以「演講詞寫作」為學單位之一，練習作業就是要求同學們先以「婚禮致辭」或「領獎感言」等實用情境為主題，草擬創作一篇長度約三分鐘的講稿，然後再自己模擬口說一遍並用手機拍下來。作業繳交方式就是請同學先將演講錄影上傳 Youtube 平臺，然後再把網址傳送到學校規定教學平臺即可。不論是繳收作業或評分，都可以全部透過網路完成。

又另一學期筆者以《聊齋》為課程主文本，配合這個主題筆者就請修課學生們以本學期的選文故事為改編對象，分組創作十分鐘以內的「微電影」劇本，並且要拍攝成影片。「劇本寫作」是我們實用中文寫作重要的主題之一，但是不管請學生創作舞臺劇本或是電視電影劇本，因為結構對學生來說過於龐大，初學者可能一開始不好掌握，而且無法拍攝成實體作品，學生寫得再好也只能「紙上談兵」，未免可惜。但如果我們把時下熱門的「微電影」概念引進到實用中文寫作課程中，請同學們以聊齋故事為發想創作一個十分鐘以內的微電影劇本，並且用手機或簡單的錄影器材拍攝出來，相信學生必定會有無比的成就感。指定學生以課程所教的聊齋故事為劇本改編的對象，不但可訓練學生創意發想的能力，同時也可激勵修課同學反覆閱讀文本，更深入體會故事角的情意思緒。

除了劇本寫作之外，「歌詞創作」也可以採用類似模式來操作。過去教師在教授歌詞寫作時通常是先傳授重要的原則及訣竅，然後再以指定的流行歌曲為題目，請同學們運用原則來「倚聲填詞」。不過拜數位科技進步之賜，同學們的填詞作品可以做更精彩多元的呈現。現在已經有套裝的娛樂軟體可以伴奏指定的流行歌曲並錄音，學生可以輕鬆的將自己的歌詞作品錄製成完整的單曲，甚至上傳到網路社群

平臺與朋友分享，但還是得遵守智慧財產權的規範。另外也可以結合自己拍攝的影像和字幕，製作出獨一無二的專門 MV。不但讓歌詞作業從原本單純的文字進化成數位多媒體，而且教師只要透過網路連結就可批改作業，大大簡化原本複雜的課務流程。

三　舉辦校內競賽，激勵學生創作

　　為了讓不同班級學生的創作有互相觀摩、彼此攻錯的機會，建議同學期不同班級的國文教師可以在課程內上做橫向的連結，例如本學期指定兩個共同子題的作業，期末收繳所有學生的作業之後，舉辦全校性的評比競賽。舉辦這樣的競賽不但可以激勵學生的學習和創作意願，也可凝聚同組同學的向心力。優秀作品的得獎同學不僅獲得成就和榮譽感，配合現在各校已普遍實施的學生學習歷程檔案（E-Portfolio）制度，更可直接為學生在學時期的傑出資歷增光。以本校的國文課程為例，四學年度上學期全校一年級的國文課，共同指定的實用中文寫作作業就是「微電影」及「歌詞創作」。通識教育中心配合本次作業於當學期舉辦了「校園微電影徵選&歌曲填詞暨演唱比賽」，各班國文老師將學生作業整理後投稿參賽，並舉辦網路平臺初選投票，讓所有同學也參與評分工作。後來網路票的分數加上指定評審的評分，「微電影」項目選出得獎作品六名、「歌曲填詞」項目選出得獎作品九名。一〇四學年度下學期更結合比賽的頒獎典禮，在本校的大禮堂舉辦微電影作品發表及歌曲演唱比賽，不但播放得獎微電影的精采片段，更邀請專業樂團伴奏，讓同學們現場演唱自己的得獎歌詞作品。

　　像以上這種「教學」、「作業」、「競賽」、「發表」四位一體的操作模式，不但讓實用中文寫作的教學成果極大化，也把國文教學直接轉

化成校內的藝文活動資源，教學和活動相輔相、互蒙其利。本校同學不管是透過學校的平臺來發表作品，或是欣賞其他同學的優秀作品展演，皆可激發對我們國文教學的認同感，不再認為國文只是一門單純的必修通識課。一〇四學年度成果發表會的成功舉辦不但打開了競賽的知名度，也在同學之間引起了熱烈響應。一〇五學年度上學期舉辦同樣項目的競賽，投稿件數比上一次暴增好幾倍，可見此活動的效益可以透過資訊的傳播不斷擴大。雖然舉辦競賽免不了要投入一些時間和人力成本，但是善用現在的網路及數位科技可以將舉辦競賽的行政成本降低許多。不管是宣傳、收件、評分、公告結果等流程，都可以透過網路平臺來操作，只要在事前規劃得宜，要以有限成本舉辦一個大型的校內競賽並不是問題。如果單位沒有經費和人力可舉辦發表會，「網路」未嘗不是一個即時又便利的發表平臺。主辦單位只要把學生的作品放在網路上做發表，再配合網路投票機制，也可以在學生之間製造出人氣和話題。以現在網路直播技術之普及，再加上過去幾年疫情的推波助瀾，未來許多展演可能就直接在線上舉辦了。當然，隨著新科技和新技術的不斷出現，我們實用中文寫作不但要主動投入其中發揮所長，更應該盡快針對新科技研發出相應的創作技能來。

四　配合校務需求、活化教學效益

　　實用中文寫作課程不僅如前所言可以直接與校內學生活動結合，如果校務發展上有所需要的話，課程進度與校務需求可以互相配合，讓學用合一的精神不用留到未來職場上，在學期間就能直接對校務有所貢獻。一〇四學期年度上學期本校為了慶祝即將到來的七十週年校慶，校友中心計畫針對本校的資深教職員進行一系列的口述採訪，為本校的發展歷史留下第一手的見證紀錄。因為本活動在校史上具有重

大的意義，因此該學期多個班級的國文課就特別設計了「人物採訪與寫作」單元，指導同學們做人物採訪時的技巧，還有在事後撰寫採訪稿時要注意哪些事項。為了讓同學可以做實務練習，特別將各班同學分組並分配資深的教職員為採訪對象，從與採訪對象約定時間、進行專訪到撰寫採訪稿等，均由各組同學通力合作完成。本活動在當學期總共完成了三十九位資深教職員的採訪工作，參與同學的反應都很正面，雖然各組同學被指定的採訪對象不同，但是能在課堂之餘與資深師長或職員做近距離的接觸（包括校本人），聽他們娓娓道來學校過去的點點滴滴以及自己長年以來在本校服務的心路歷程，對同學們來說是難得且寶貴的經驗。參加過此活動同學不但從此對學校有了不一樣的認識，而且更加強了對學校的認同感。校友中心有了這個成功的經驗之後，更於一○四學年度下學期與筆者的國文課程繼續合作執行資深校友的口述專訪計畫。

　　以上為筆者不揣淺陋分享本校在推動實用中文寫作課程時，曾配合實施過的幾項教學策略，祈望目前也在從事相關教學活動的杏壇先進能不吝指教。展望「實用中文寫作」未來的發展前景，筆者認為除了在語文領域課程繼續深化外，教師們也應該考慮與其他專業科目進行跨域合作，以 PBL 教學法（問題學習導向）的精神，讓實用中文寫作的技能可以和其他專業對接，並滲透進各產業領域的組織流程中，成為未來職場菁英絕對不能缺少的「關鍵軟實力」。相信在眾多抱有共同目標國文教師的齊心努力下，這一天的到來是指日可待的。

通識教育叢書・通識課程叢刊 0202008

經典傳播與藝文日用——實用中文寫作集林

主　　編　姚彥淇

責任編輯　林涵瑋

發 行 人　林慶彰

總 經 理　梁錦興

總 編 輯　張晏瑞

編 輯 所　萬卷樓圖書股份有限公司

　　　　　臺北市羅斯福路二段 41 號 6 樓之 3

　　　　　電話 (02)23216565

　　　　　傳真 (02)23218698

發　　行　萬卷樓圖書股份有限公司

　　　　　臺北市羅斯福路二段 41 號 6 樓之 3

　　　　　電話 (02)23216565

　　　　　傳真 (02)23218698

　　　　　電郵 SERVICE@WANJUAN.COM.TW

香港經銷　香港聯合書刊物流有限公司

　　　　　電話 (852)21502100

　　　　　傳真 (852)23560735

ISBN 978-986-478-865-1

2023 年 12 月初版二刷

2023 年 09 月初版一刷

定價：460 元

如何購買本書：

1. 劃撥購書，請透過以下郵政劃撥帳號：

　 帳號：15624015

　 戶名：萬卷樓圖書股份有限公司

2. 轉帳購書，請透過以下帳戶

　 合作金庫銀行　古亭分行

　 戶名：萬卷樓圖書股份有限公司

　 帳號：0877717092596

3. 網路購書，請透過萬卷樓網站

　 網址 WWW.WANJUAN.COM.TW

大量購書，請直接聯繫我們，將有專人為您

服務。客服：(02)23216565 分機 610

如有缺頁、破損或裝訂錯誤，請寄回更換

國家圖書館出版品預行編目資料

經典傳播與藝文日用：實用中文寫作集林 /
姚彥淇編著.-- 初版.-- 臺北市：萬卷樓圖書
股份有限公司, 2023.09

　 面；　公分.--(通識教育叢書. 通識課程叢
刊；202008)

ISBN 978-986-478-865-1(平裝)

1.CST: 漢語　2.CST: 寫作法　3.CST: 教學法

802.7　　　　　　　　　　　　112010780